老

四世同堂

暗濤

寫國破家亡、寫無恥和氣節、寫哭與笑

20 世紀前百大中文小說

——老舍長篇小說經典再現！

「以北平而言，他們萬沒想到他們所逮捕的成千論萬的人，
不管是在黨的，還是與政黨毫無關係的，
幾乎一致的恨惡日本人，一致的承認孫中山先生是國父。
他們不能明白這是怎麼一回事，因為他們只以
自己的狂傲推測中國人必定和五十年前一模一樣，
而忽略了五十年來的真正的歷史。狂傲使他們變成色盲。」

Four
Generations
Under
One Roof

目錄

第 46 幕　捉拿瑞宣

　　瑞宣想錯了，日本人捕人並不敲門，而是在天快亮的時候，由牆外跳進來。在大處，日本人沒有獨創的哲學，文藝，音樂，圖畫，與科學，所以也就沒有遠見與高深的思想。在小事情上，他們卻心細如髮，捉老鼠也用捉大象的力量與心計。小事情與小算盤作得周到詳密，使他們像猴子拿蝨子似的，拿到一個便滿心歡喜。因此，他們忘了大事，沒有理想，而一天到晚苦心焦慮的捉蝨子。在瑞宣去看而沒有看到錢先生的第三天，他們來捕瑞宣。他們捕人的方法已和捕錢先生的時候大不相同了。

　　瑞宣沒有任何罪過，可是日本人要捉他。捉他，本是最容易的事。他們只須派一名憲兵或巡警來就夠了。可是，他們必須小題大作，好表示出他們的聰明與認真。約摸是在早上四點鐘左右吧，一輛大卡車停在了小羊圈的口外，車上有十來個人，有的穿制服，有的穿便衣。卡車後面還有一輛小汽車，裡面坐著兩位官長。為捕一個軟弱的書生，他們須用十幾個人，與許多汽油。只有這樣，日本人才感到得意與嚴肅。日本人沒有幽默感。

　　車停住，那兩位軍官先下來視察地形，而後在衚衕口上放了哨。他們拿出地圖，仔細的閱看。他們互相耳語，然後與卡車上輕輕跳下來的人們耳語。他們倒彷彿是要攻取一座堡壘或軍火庫，而不是捉拿一個不會抵抗的老實人。這樣，商議了半天，嘀咕了半天，一位軍官才回到小汽車上，把手交插在胸前，坐下，覺得自己非常的重要。另一位軍官率領著六七個人像貓似的輕快的往衚衕裡走。沒有一點聲音，他們都穿著膠皮鞋。看到了兩株大槐，軍官把手一揚兩個人分頭爬上樹去，在樹叉上蹲好，把槍口對準了五號。軍官再一揚手，其餘的人 —— 多數是中國人 —— 爬牆的爬

牆，上房的上房。軍官自己藏在大槐樹與三號的影壁之間。

　　天還沒有十分亮，星星可已稀疏。全衚衕裡沒有一點聲音，人們還都睡得正香甜。一點曉風吹動著老槐的枝子。遠處傳來一兩聲雞鳴。一個半大的貓順著四號的牆根往二號跑，槐樹上與槐樹下的槍馬上都轉移了方向。看清楚了是個貓，東洋的武士才又聚精會神的看著五號的門，神氣更加嚴肅。瑞宣聽到房上有響動。他直覺的想到了那該是怎回事。他根本沒往鬧賊上想，因為祁家在這裡住過了幾十年，幾乎沒有鬧過賊。人緣好，在這條衚衕裡，是可以避賊的。一聲沒出，他穿上了衣服。而後，極快的他推醒了韻梅：「房上有人！別大驚小怪！假若我教他們拿去，別著急，去找富善先生！」

　　韻梅似乎聽明白，又似乎沒有聽明白，可是身上已發了顫。「拿你？剩下我一個人怎麼辦呢？」她的手緊緊的扯住他的褲子。

　　「放開！」瑞宣低聲的急切的說：「你有膽子！我知道你不會害怕！千萬別教祖父知道了！你就說，我陪著富善先生下鄉了，過幾天就回來！」他一轉身，極快的下了地。「你要不回來呢？」韻梅低聲的問。

　　「誰知道！」

　　屋門上輕輕的敲了兩下。瑞宣假裝沒聽見。韻梅哆嗦得牙直響。

　　門上又響了一聲。瑞宣問：「誰？」

　　「你是祁瑞宣？」門外輕輕的問。

　　「是！」瑞宣的手顫著，提上了鞋；而後，扯開屋門的閂。

　　幾條黑影圍住了他，幾個槍口都貼在他身上。一個手電筒忽然照在他的臉上，使他閉了一會兒眼。槍口戳了戳他的肋骨，緊跟著一聲：「別出聲，走！」

　　瑞宣橫了心，一聲沒出，慢慢往外走。

　　祁老人一到天亮便已睡不著。他聽見了一些響動。瑞宣剛走在老人的門外，老人先嗽了一聲，而後懶懶的問：「什麼呀！誰呀？有人鬧肚子啊？」

　　瑞宣的腳微微的一停，就接著往前走。他不敢出聲。他知道前面等著他的是什麼。有錢先生的受刑在前，他不便希望自己能幸而免。他也不便先害怕，害怕毫無用處。他只有點後悔，悔不該為了祖父，父母，妻子，而不肯離開北平。可是，後悔並沒使他怨恨老人們：聽到祖父的聲音，他非常的難過。他也許永遠看不見祖父了！他的腿有點發軟，可是依舊鼓著勇氣往外走。他曉得，假若他和祖父過一句話，他便再也邁不開步。到了棗樹旁邊，他往南屋看了一眼，心中叫了一聲「媽！」

　　天亮了一些。一出街門，瑞宣看到兩株槐樹上都跳下一個人來。他的臉上沒有了血色，可是他笑了。他很想告訴他們：「捕我，還要費這麼大的事呀？」他可是沒有出聲。往左右看了看，他覺得衚衕比往日寬闊了許多。他痛快了一點。四號的門響了一聲。幾條槍像被電氣指揮著似的，一齊口兒朝了北。什麼也沒有，他開始往前走。到了三號門口，影壁後鑽出來那位軍官。兩個人回去了，走進五號，把門關好。聽見關門的微響，瑞宣的心中更痛快了些 —— 家關在後面，他可以放膽往前迎接自己的命運了！

　　韻梅顧不得想這是什麼時間，七下子八下子的就穿上了衣服。也顧不得梳頭洗臉，她便慌忙的走出來，想馬上找富善先生去。她不常出門，不曉得怎樣走才能找到富善先生。但是，她不因此而遲疑。她很慌，可也很堅決；不管怎樣困難，她須救出她的丈夫來。為營救丈夫，她不惜犧牲了自己。在平日，她很老實；今天，她可下了決心不再怕任何人與任何困難。幾次，淚已到了眼中，她都用力的睜她的大眼睛，把淚截了回去。她知道落淚是毫無用處的。在極快的一會兒工夫，她甚至於想到瑞宣也許被

殺。不過，就是不幸丈夫真的死了，她也須盡她所有的一點能力養工作女，侍奉公婆與祖父。她的膽子不大，但是真面對面的遇見了鬼，她也只好闖上前去。

輕輕的關好了屋門，她極快的往外走。看到了街門，她也看到那一高一矮的兩個人。兩個都是中國人，拿著日本人給的槍。兩支槍阻住她的去路：「幹什麼？不准出去！」韻梅的腿軟了，手扶住了影壁。她的大眼睛可是冒了火：「躲開！就要出去！」

「誰也不准出去！」那個身量高的人說：「告訴你，去給我們燒點水，泡點茶；有吃的東西拿出點來！快回去！」

韻梅渾身都顫抖起來。她真想拚命，但是她一個人打不過兩個槍手。況且，活了這麼大，她永遠沒想到過和人打架鬥毆。她沒了辦法。但是，她也不甘心就這麼退回來。她明知無用而不能不說的問他們：「你們憑什麼抓去我的丈夫呢？他是頂老實的人！」這回，那個矮一點的人開了口：「別廢話！日本人要拿他，我們不曉得為什麼！快去燒開水！」

「難道你們不是中國人？」韻梅瞪著眼問。

矮一點的人發了氣：「告訴你，我們對你可是很客氣，別不知好歹！回去！」他的槍離韻梅更近了一些。

她往後退了退。她的嘴幹不過手槍。退了兩步，她忽然的轉過身來，小跑著奔了南屋去。她本想不驚動婆母，可是沒了別的辦法；她既出不去街門，就必須和婆母要個主意了。

把婆母叫醒，她馬上後了悔。事情是很簡單，可是她不知道怎麼開口好了。婆母是個病身子，她不應當大驚小怪的嚇唬她。同時，事情是這麼緊急，她又不該磨磨蹭蹭的繞彎子。進到婆母的屋中，她呆呆的愣起來。

天已經大亮了，南屋裡可是還相當的黑。天佑太太看不清楚韻梅的

臉，而直覺的感到事情有點不大對：「怎麼啦？小順兒的媽！」

韻梅的憋了好久的眼淚流了下來。她可是還控制著自己，沒哭出聲來。

「怎麼啦？怎麼啦？」天佑太太連問了兩聲。

「瑞宣，」韻梅顧不得再思索了。「瑞宣教他們抓去了！」像有幾滴冰水落在天佑太太的背上，她顫了兩下。可是，她控制住自己。她是婆母，不能給兒媳一個壞榜樣。再說，五十年的生活都在戰爭與困苦中度過，她知道怎樣用理智與心計控住感情。她用力扶住一張桌子，問了聲：「怎麼抓去的？」

極快的，韻梅把事情述說了一遍。快，可是很清楚，詳細。

天佑太太一眼看到生命的盡頭。沒了瑞宣，全家都得死！她可是把這個壓在了心裡，沒有說出來。少說兩句悲觀的話，便能給兒媳一點安慰。她愣住，她須想主意。不管主意好不好，總比哭泣與說廢話強。「小順兒的媽，想法子推開一塊牆，告訴六號的人，教他們給使館送信去！」老太太這個辦法不是她的創作，而是跟祁老人學來的。從前，遇到兵變與大的戰事，老人便杵開一塊牆，以便兩個院子的人互通消息，和討論辦法。這個辦法不一定能避免災患，可是在心理上有很大的作用，它能使兩個院子的人都感到人多勢眾，減少了恐慌。

韻梅沒加思索，便跑出去。到廚房去找開牆的傢夥。她沒想她有杵開界牆的能力，和杵開以後有什麼用處。她只覺得這是個辦法，並且覺得她必定有足夠的力氣把牆推開；為救丈夫，她自信能開一座山。

正在這個時候，祁老人起來了，拿著掃帚去打掃街門口。這是他每天必作的運動。高興呢，他便掃乾淨自己的與六號的門外，一直掃到槐樹根兒那溜兒，而後跺一跺腳，直一直腰，再掃院中。不高興呢，他便只掃一

掃大門的臺階，而後掃院內。不管高興與否，他永遠不掃三號的門外，他看不起冠家的人。這點運動使他足以給自己保險 —— 老年人多動一動，身上就不會長疙疸與癩疸。此外，在他掃完了院子的時候，他還要拿著掃帚看一看兒孫，暗示給他們這就叫做勤儉成家！

天佑太太與韻梅都沒看見老人出去。

老人一拐過影壁就看到了那兩個人，馬上他說了話。這是他自己的院子，他有權利干涉闖進來的人。「怎麼回事？你們二位？」他的話說得相當的有力，表示出他的權威；同時，又相當的柔和，以免得罪了人 —— 即使那兩個是土匪，他也不願得罪他們。等到他看見了他們的槍，老人決定不發慌，也不便表示強硬。七十多年的亂世經驗使他穩重，像橡皮似的，軟中帶硬。「怎嗎？二位是短了錢花嗎？我這裡是窮人家喲！」

「回去！告訴裡邊的人，誰也不准出來！」高個子說。「怎麼？」老人還不肯動氣，可是眼睛瞇起來。「這是我的家！」

「囉嗦！不看你上了歲數，我給你幾槍把子！」那個矮子說，顯然的他比高個子的脾氣更壞一些。

沒等老人說話，高個子插嘴：「回去吧，別惹不自在！那個叫瑞宣的是你的兒子還是孫子？」

「長孫！」老人有點得意的說。

「他已經教日本人抓了走！我們倆奉命令在這裡把守，不准你們出去！聽明白了沒有？」

掃帚鬆了手。老人的血忽然被怒氣與恐懼呃淨，臉上灰了。「為什麼拿他呢？他沒有罪！」

「別廢話，回去！」矮子的槍逼近了老人。

老人不想搶矮子的槍，但是往前邁了一步。他是貧苦出身，年紀大了

還有把子力氣；因此，他雖不想打架，可是身上的力氣被怒火催動著，他向前衝著槍口邁了步。「這是我的家，我要出去就出去！你敢把我怎樣呢？開槍！我絕不躲一躲！拿去我的孫子，憑什麼？」在老人的心裡，他的確要央求那兩個人，可是他的怒氣已經使他的嘴不再受心的指揮。他的話隨便的，無倫次的，跑出來。話這樣說了，他把老命置之度外，他喊起來：「拿去我的孫子，不行！日本人拿去他，你們是幹什麼的？拿日本鬼子嚇嚇我，我見過鬼子！躲開！我找鬼子去！老命不要了！」說著，他扯開了小襖，露出他的瘦而硬的胸膛。「你槍斃了我！來！」怒氣使他的手顫抖，可是把胸膛拍得很響。

「你嚷！我真開槍！」矮子咬著牙說。

「開！開！衝著這裡來！」祁老人用顫抖的手指戳著自己的胸口。他的小眼睛瞇成了一道縫子，挺直了腰，腮上的白鬍子一勁兒的顫動。

天佑太太首先來到。韻梅，還沒能杵開一塊磚，也跑了過來。兩個婦人一邊一個扯住老人的雙臂，往院子裡邊扯。老人跳起腳來，高聲的咒罵。他忘了禮貌，忘了和平，因為禮貌與和平並沒給他平安與幸福。

兩個婦人連扯帶央告的把老人拉回屋中，老人閉上了口，只剩了哆嗦。

「老爺子！」天佑太太低聲的叫，「先別動這麼大的氣！得想主意往出救瑞宣啊！」

老人嚥了幾口氣，用小眼睛看了看兒媳與孫媳。他的眼很乾很亮。臉上由灰白變成了微紅。看完兩個婦人，他閉上了眼。是的，他已經表現了他的勇敢，現在他須想好主意。他知道她們婆媳是不會有什麼高明辦法的，他向來以為婦女都是沒有心路的。很快的，他想出來辦法：「找天佑去！」純粹出於習慣，韻梅微笑了一下：「我們不是出不去街門嗎？爺爺！」

　　老人的心疼了一下，低下頭去。他自己一向守規矩，不招惹是非；他的兒孫也都老實，不敢為非作歹。可是，一家子人都被手槍給囚禁在院子裡。他以為無論日本鬼子怎樣厲害，也一定不會找尋到他的頭上來。可是，三孫子逃開，長孫被捕，還有兩支手槍堵住了大門。這是什麼世界呢？他的理想，他的一生的努力要強，全完了！他已是個被圈在自己家裡的囚犯！他極快的檢討自己一生的所作所為，他找不到一點應當責備自己的事情。雖然如此，他現在可是必須責備自己，自己一定是有許多錯誤，要不然怎麼會弄得家破人亡呢？在許多錯誤之中，最大的一個恐怕就是他錯看了日本人。他以為只要自己近情近理的，不招災惹禍的，過日子，日本人就必定會允許他享受一團和氣的四世同堂的幸福。他錯了。日本人是和任何中國人都勢不兩立的！想明白了這一點，他覺得他是白活了七十多歲。他不敢再信任自己，他的老命完全被日本人攥在手心裡，像被頑皮的孩子握住的一條槐樹蟲！

　　他不敢摸他的鬍子。鬍子已不再代表著經驗與智慧，而只是老朽的標記。哼哼了一兩聲，他躺在了炕上。「你們去吧，我沒主意！」

　　婆媳愣了一會兒，慢慢的走出來。

　　「我還挖牆去！」韻梅兩隻大眼離離光光的，不知道看什麼好，還是不看什麼好。她心裡燃著一把火，可是還要把火壓住，好教老人們少著一點急。

　　「你等等！」天佑太太心中的火併不比兒媳的那一把少著火苗。可是她也必須鎮定，好教兒媳不太發慌。她已忘了她的病；長子若有個不幸，她就必得死，死比病更厲害。「我去央告央告那兩個人，教我出去送個信！」

　　「不用！他們不聽央告！」韻梅搓著手說。

　　「難道他們不是中國人？就不幫我們一點兒忙？」韻梅沒回答什麼，

只搖了搖頭。

太陽出來了。天上有點薄雲，而遮不住太陽的光。陽光射入薄雲裡，東一塊西一塊的給天上點綴了一些錦霞。婆媳都往天上看了看。看到那片片的明霞，她們覺得似乎像是作夢。

韻梅無可如何的，又回到廚房的北邊，拿起鐵通條。她不敢用力，怕出了響聲被那兩個槍手聽見。不用力，她又沒法活動開一塊磚。她出了汗。她一邊挖牆，一邊輕輕的叫：「文先生！文先生！」這裡離小文的屋子最近，她希望小文能聽見她的低叫。沒有用。她的聲音太低。她不再叫，而手上加了勁。半天，她才只活動開一塊磚。嘆了口氣，她愣起來。小妞子叫她呢。她急忙跑到屋中。她必須囑咐小妞子不要到大門那溜兒去。

小妞子還不大懂事，可是從媽媽的臉色與神氣上看出來事情有點不大對。她不敢掰開揉碎的細問，而只用小眼目留著媽媽。等媽媽給她穿好衣服，她緊跟在媽媽後邊，不敢離開。她是祁家的孩子，她曉得害怕。

媽媽到廚房去升火，妞子幫著給拿火柴，找劈柴。她要表現出她很乖，不招媽媽生氣。這樣，她可以減少一點恐懼。

天佑太太獨自在院中立著。她的眼直勾勾的對著已落了葉的幾盆石榴樹，可是並沒有看見什麼。她的心跳得很快。她極想躺一躺去，可是用力的控制住自己。不，她不能再管自己的病；她必須立刻想出搭救長子的辦法來。忽然的，她的眼一亮。眼一亮，她差點要暈倒。她急忙蹲了下去。她想起來一個好主意。想主意是勞心的事，她感到眩暈。蹲了一小會兒，她的興奮勁兒慢慢退了下去。她極留神的往起立。立起來，她開足了速度往南屋走。在她的賠嫁的箱子裡，她有五六十塊現洋，都是「人頭」的。她輕輕的開開箱子，找到箱底上的一隻舊白布襪子。她用雙手提起那隻舊襪子，好不至於譁啷譁啷的響。手伸到襪子裡去，摸到那硬的涼的銀塊子。她的心又跳快了。這是她的「私錢」。每逢病重，她就必想到這幾十

塊現洋；它們足以使她在想到死亡的時候得到一點安慰，因為它們可以給她換來一口棺材，而少教兒子們著一點急。今天，她下決心改變了它們的用途；不管自己死去有無買棺材的現錢，她必須先去救長子瑞宣。瑞宣若是死在獄裡，全家就必同歸於盡，她不能太自私的還不肯動用「棺材本兒」！輕輕的，她一塊一塊的往外拿錢。每一塊都是晶亮的，上面有個胖胖的袁世凱。她永遠沒判斷過袁世凱，因為袁世凱在銀圓上是那麼富泰威武，無論大家怎樣說袁世凱不好，她總覺得他必是財神下界。現在她可是沒有閒心再想這些，而只覺得有這點錢便可以買回瑞宣的命來。

　　她只拿出二十塊來。她看不起那兩個狗仗人勢給日本人作事的槍手。二十塊，每人十塊，就夠收買他們的了。把其餘的錢又收好，她用手帕包好這二十塊，放在衣袋裡。而後，她輕輕的走出了屋門。走到棗樹下面，她立住了。不對！那兩個人既肯幫助日本人為非作歹，就必定不是好人。她若給了他們錢，而反倒招出他們的歹意來呢？他們有槍！他們既肯無故的捉人，怎麼知道不肯再見財起意，作明火呢？世界的確變了樣兒，連行賄都須特別的留神了！

　　立了許久，她打不定主意。她貧血，向來不大出汗，現在她的手心上溼了。為救兒子，她須冒險；可是白白冒了險，而再招出更多的麻煩，就不上算。她著急，但是她不肯因著急而像掉了頭的蒼蠅那樣去亂撞。

　　正在這麼左右為難，她聽到很響的一聲鈴 —— 老二瑞豐來了！瑞豐有了包車，他每次來，即使大門開著，也要響一兩聲車鈴。鈴聲替他廣播著身分與聲勢。天佑太太很快的向前走了兩步。只是兩步，她沒再往前走。她必須教二兒子施展他的本領，而別因她的熱心反倒壞了事。她是祁家的婦人，她知道婦人的規矩 —— 男人能辦的就交給男人，婦女不要不知分寸的跟著夾纏。

　　韻梅也聽到了鈴聲，急忙跑過來。看見婆母，她收住了腳步。她的大

眼睛亮起來，可是把聲音放低，向婆母耳語：「老二！」

老太太點了點頭，嘴角上露出一點點笑意。

兩個婦人都不敢說什麼，而心中都溫暖了一點。不管老二平日對待她們怎樣的不合理，假若今天他能幫助營救瑞宣，她們就必會原諒他。兩個婦人的眼都亮起來，她們以為老二必會沒有問題的幫忙，因為瑞宣是他的親哥哥呀。

韻梅輕輕的往前走，婆母扯住了她。她給呼氣兒加上一丁點聲音：「我探頭看看，不過去！」說完，她在影壁的邊上探出頭去，用一隻眼往外看。

那兩個人都面朝了外。矮子開開門。

瑞豐的小幹臉向著陽光，額上與鼻子上都非常的亮。他的眼也很亮，兩腮上擺出點笑紋，像剛吃了一頓最滿意的早飯似的那麼得意。帽子在右手裡拿著，他穿著一身剛剛作好的藏青嗶嘰中山裝。胸前戴著教育局的證章，剛要邁門檻，他先用左手摸了摸它。一摸證章，他的胸忽然挺得更直一些。他得意，他是教育局的科長。今天他特別得意，因為他是以教育局的科長的資格，去見日本天皇派來的兩位特使。

武漢陷落以後，華北的地位更重要了。日本人可以放棄武漢，甚至於放棄了南京，而絕不撒手華北。可是，華北的「政府」，像我們從前說過的，並沒有多少實權，而且在表面上還不如南京那麼體面與重要。因此，日本天皇派來兩位特使，給北平的漢奸們打打氣，同時也看看華北是否像軍人與政客所報告的那樣太平。今天，這兩位特使在懷仁堂接見各機關科長以上的官吏，向大家宣佈天皇的德意。

接見的時間是在早九點。瑞豐後半夜就沒能睡好，五點多鐘便起了床。他加細的梳頭洗臉，而後穿上修改過五次，一點缺陷也沒有的新中山

裝。臨出門的時候，他推醒了胖菊子：「你再看一眼，是不是完全合適？我看袖子還是長了一點，長著一分！」菊子沒有理他，掉頭又睡著了。他對自己笑了笑：「哼！我是在友軍入城後，第一個敢穿出中山裝去的！有點膽子！今天，居然能穿中山裝去見天皇的特使了！瑞豐有兩下子！真有兩下子！」

天還早，離見特使的時候還早著兩個多鐘頭。他要到家中顯露顯露自己的中山裝，同時也教一家老少知道他是去見特使 —— 這就等於皇上召見啊，諸位！

臨上車，他教小崔把車再重新擦抹一遍。上了車以後，他把背靠在車箱上，而挺著脖子，口中含著那隻假像牙的菸嘴兒。曉風涼涼的拂著臉，剛出來的太陽照亮他的新衣與徽章。他左顧右盼的，感到得意。他幾次要笑出聲來，而又控制住自己，只許笑意輕輕的發散在鼻窪嘴角之間。看見一個熟人，他的脖子探出多長，去勾引人家的注意。而後，嘴撅起一點，整個的臉上都撐起笑紋，像被敲裂了的一個核桃。同時，雙手抱拳，放在左臉之旁，左肩之上。車走出好遠，他還那樣抱拳，表示出身分高而有禮貌。手剛放下，他的腳趕快去按車鈴，不管有無必要。他得意，彷彿偌大的北平都屬於他似的。

家門開了，他看見了那個矮子。他愣了一愣。笑意與亮光馬上由他的臉上消逝，他嗅到了危險。他的膽子很小。「進來！」矮子命令著。

瑞豐不敢動。

高個子湊過來。瑞豐因為，近來交結了不少特務，認識高個子。像小兒看到個熟面孔，便把恐懼都忘掉那樣，他又有了笑容：「喲，老孟呀！」老孟只點了點頭。矮子一把將瑞豐扯進來。瑞豐的臉依然對著老孟：「怎麼回事？老孟！」

「抓人！」老孟板著臉說。

「抓誰？」瑞豐的臉白了一些。

「大概是你的哥哥吧！」

瑞豐動了心。哥哥總是哥哥。可是，再一想，哥哥到底不是自己。他往外退了一步，舐了舐嘴唇，勉強的笑著說：「嘔！我們哥兒倆分居另過，誰也不管誰的事！我是來看看老祖父！」

「進去！」矮子向院子裡指。

瑞豐轉了轉眼珠。「我想，我不進去了吧！」

矮子抓住瑞豐的腕子：「進來的都不准再出去，有命令！」是的，老孟與矮子的責任便是把守著大門，進來一個捉一個。「不是這麼說，不是這麼說，老孟！」瑞豐故意的躲著矮子。「我是教育局的科長！」他用下頦指了指胸前的證章，因為一手拿著帽子，一手被矮子攔住，都勻不出來。「不管是誰！我們只知道命令！」矮子的手加了勁，瑞豐的腕子有點疼。

「我是個例外！」瑞豐強硬了一些。「我去見天皇派來的特使！你要不放我，請你們去給我請假！」緊跟著，他又軟了些：「老孟，何苦呢，我們都是朋友！」

老孟幹嗽了兩小聲：「祁科長，這可教我們倆為難！你有公事，我們這裡也是公事！我們奉命令，進來一個抓一個，現在抓人都用這個辦法。我們放了你，就砸了我們的飯鍋！」

瑞豐把帽子扣在頭上，伸手往口袋裡摸。慚愧，他只摸到兩塊錢。他的錢都須交給胖菊子，然後再向她索要每天的零花兒。手摸索著那兩張票子，他不敢往外拿。他假笑著說：「老孟！我非到懷仁堂去不可！這麼辦，我改天請你們二位吃酒！我們都是一家人！」轉臉向矮子：「這位老哥貴姓？」「郭！沒關係！」

韻梅一勁兒的哆嗦，天佑太太早湊過來，拉住兒媳的手，她也聽到

了門內的那些使兒媳哆嗦的對話。忽然的，她放開兒媳的手，轉過了影壁去。

「媽！」瑞豐只叫出來半聲，唯恐因為證實了他與瑞宣是同胞兄弟而走不脫。

老太太看了看兒子，又看了看那兩個人，而後嚥了一口唾沫。慢慢的，她掏出包著二十塊現洋的手帕來。輕輕的，她開啟手帕，露出白花花的現洋。六隻眼都像看變戲法似的瞪住了那雪白發亮的，久已沒看見過的銀塊子。矮子老郭的下巴垂了下來；他厲害，所以見了錢也特別的貪婪。「拿去吧，放了他！」老太太一手拿著十塊錢，放在他們的腳旁。她不屑於把錢交在他們手裡。

矮子放開瑞豐，極快的拾起錢來。老孟吸了口氣，向老太太笑了一下，也去挑選錢。矮子挑選了一塊，對它吹了口氣，然後放在耳邊聽了聽。他也笑了一下：「多年不見了，好東西！」瑞豐張了張嘴，極快的跑了出去。

老太太拿著空手帕，往回走。拐過了影壁，她和兒媳打了對臉。韻梅的眼中含著淚，淚可是沒能掩蓋住怒火。到祁家這麼多年了，她沒和婆母鬧過氣。今天，她不能再忍。她的伶俐的嘴已不會說話，而只怒視著老太太。

老太太扶住了牆，低聲的說：「老二不是東西，可也是我的兒子！」

韻梅一下子坐在地上，雙手捧著臉低聲的哭起來。

瑞豐跑出來，想趕緊上車逃走。越想越怕，他開始哆嗦開了。小崔的車，和往日一樣，還是放在西邊的那棵槐樹下。瑞豐走到三號門外，停住了腳。他極願找個熟人說出他的受驚與冒險。他把大哥瑞宣完全忘掉，而只覺得自己受的驚險值得陳述，甚至於值得寫一部小說！他覺得只要進了

冠家，說上三句哈哈，兩句笑話的，他便必定得到安慰與鎮定。不管瑞宣是不是下了地獄，他反正必須上天堂 —— 冠家就是他的天堂。

在平日，冠家的人起不了這麼早。今天，大赤包也到懷仁堂去，所以大家都起了床。大赤包的心裡充滿高興與得意。可是心中越喜歡，臉上就越不便表示出來。她花了一個鐘頭的工夫去描眉搽粉抹口紅，而仍不滿意；一邊修飾，她一邊抱怨香粉不好，口紅不道地。頭部的裝修告一段落，選擇衣服又是個惱人的問題。什麼話呢，今天她是去見特使，她必須打扮得極精彩，連一個鈕釦也不能稍微馬虎一點。箱子全開啟了，衣服堆滿了床與沙發。她穿了又脫，換了又換，而始終不能滿意。「要是特使下個命令，教我穿什麼衣服，倒省了事！」她一邊照鏡子，一邊這麼嘮叨。

「你站定，我從遠處看一看！」曉荷走到屋子的盡頭，左偏一偏頭，右定一定眼，仔細的端詳。「我看就行了！你走兩步看！」

「走你媽的屁！」大赤包半惱半笑的說。

「唉！唉！出口傷人，不對！」曉荷笑著說：「今天咱可不敢招惹你，好傢夥，特使都召見你呀！好的很！好的很！」曉荷從心裡喜歡。「說真的，這簡直是空前，空前之舉！要是也有我的份兒呀，哼，我早就哆嗦上了！所長你行，真沉得住氣！別再換了，連我的眼都有點看花了！」

這時候，瑞豐走進來。他的臉還很白，可是一聽到冠家人們的聲音，他已經安靜了一些。

「看新中山裝喲！」曉荷一看見瑞豐，馬上這麼喊起來。「還是男人容易打扮！看，只是這麼一套中山裝，就教瑞豐年輕了十歲！」在他心裡，他實在有點隱痛：太太和瑞豐都去見特使，他自己可是沒有份兒。雖然如此，他對於太太的修飾打扮與瑞豐的穿新衣裳還是感到興趣。他，和瑞豐一樣，永遠不看事情本身的好壞，而只看事情的熱鬧不熱鬧。只要熱鬧，他便高興。

　　「了不得啦！」瑞豐故作驚人之筆的說，說完，他一下子坐在了沙發上。他需要安慰。因此，他忘了他的祖父，母親，與大嫂也正需要安慰。

　　「怎麼啦？」大赤包端詳著他的中山裝問。

　　「了不得啦！我就知道早晚必有這麼一場嗎！瑞宣，瑞宣，」他故意的要求效果。

　　「瑞宣怎樣？」曉荷懇切的問。

　　「掉下去了！」

　　「什麼？」

　　「掉──被抓去了！」

　　「真的？」曉荷倒吸了一口氣。

　　「怎麼抓去的？」大赤包問。

　　「糟透了！」瑞豐不願正面的回答問題，而只顧表現自己：「連我也差點兒教他們抓了走！好傢夥，要不是我這身中山裝，這塊徽章，和我告訴他們我是去見特使，我準得也掉下去！真！我跟老大說過不止一次，他老不信，看，糟了沒有？我告訴他，別跟日本人犯彆扭，他偏要牛脖子；這可好，他抓去了，門口還有兩個新門神爺！」瑞豐說出這些，心中痛快多了，臉上慢慢的有了血色。

　　「這話對，對！」曉荷點頭咂嘴的說。「不用說，瑞宣必是以為仗著英國府的勢力，不會出岔子。他可是不知道，北平是日本人的，老英老美都差點勁兒！」這樣批評了瑞宣，他向大赤包點了點頭，暗示出只有她的作法才是最聰明的。大赤包沒再說什麼。她不同情瑞宣，也有點看不起瑞豐。她看瑞豐這麼大驚小怪的，有點缺乏男兒氣。她把這件事推在了一旁，問瑞豐：「你是坐你的車走啊？那你就該活動著了！」

　　瑞豐立起來。「對，我先走啦。所長是僱汽車去？」大赤包點了點頭：

「包一上午汽車！」

瑞豐走了出去。坐上車，他覺得有點不是勁兒。大赤包剛才對他很冷淡啊。她沒安慰他一句，而只催他走；冷淡！嘔，對了！他剛由家中逃出來，就到三號去，大赤包一定是因為怕受連累而以為他太荒唐。對，準是這麼回事！瑞宣太胡鬧了，哼！你教人家抓去不要緊，連累得我老二也丟了人緣！這麼一盤算，他有點恨瑞宣了。

小崔忽然說了話，嚇了瑞豐一跳。小崔問：「先生，剛才你怎麼到了家，可不進去？」

瑞豐不想把事情告訴小崔。老孟老郭必定不願意他走漏訊息。可是，他存不住話。像一般的愛說話的人一樣，他先囑咐小崔：「你可別對別人再說呀！聽見沒有？瑞宣掉下去了！」

「什麼？」小崔收住了腳步，由跑改為大步的走。

「千萬別再告訴別人！瑞宣教他們抓下去了！」

「那麼，我們是上南海，還是……不是得想法趕緊救他嗎？」

「救他？連我還差點吃了掛誤官司！」瑞豐理直氣壯的說。

小崔的臉本來就發紅，變成了深紫的。又走了幾步，他放下了車。極不客氣的，他說：「下來！」

瑞豐當然不肯下車。「怎回事？」

「下來！」小崔非常的強硬。「我不伺候你這樣的人！那是你的親哥哥，喝，好，你就大撒巴掌不管？你還是人不是？」

瑞豐也掛了火。不管他怎樣懦弱，他也不能聽車伕的教訓。可是，他把火壓下去。今天他必須坐著包車到南海去。好嗎，多少多少人都有汽車，他若坐著僱來的車去，就太丟人了！他寧可吃小崔幾句閒話，也不能教自己在南海外邊去丟人！包車也是一種徽章！他假裝笑了：「算了，小

崔！等我見完了特使，再給瑞宣想辦法，一定！」

　　小崔猶豫了一會兒。他很想馬上次去，給祁家跑跑腿。他佩服瑞宣，他應當去幫忙。可是，他也想到：他自己未必有多大的能力，倒不如督催著瑞豐去到處奔走。況且瑞宣到底是瑞豐的親哥哥，難道瑞豐就真能站在一旁看熱鬧？再說呢，等到瑞豐真不肯管這件事的時候，他會把他拉到個僻靜的地方，飽打一頓。什麼科長不科長的，揍！這樣想清楚，他又慢慢的抄起車把來。他本想再釘問一句，可是既有「揍」打底兒，他不便再費話了。

　　一路上，瑞豐沒再出一聲。小崔給了他個難題作。他決定不管瑞宣的事，可是小崔這小子要是死不放鬆，就有點麻煩。他不敢辭掉小崔，他知小崔敢動拳頭。他想不出辦法，而只更恨瑞宣。有瑞宣這樣的一個人，他以為，就足以使天下都不能安生！

　　快到南海了，他把心事都忘掉。看哪，軍警早已在路兩旁站好，裡外三層。左右兩行站在馬路邊上，槍上都上了刺刀，面朝著馬路中間。兩行站在人行道上，面也朝著馬路。在這中間又有兩行，端著槍，面朝著鋪戶。鋪戶都掛出五色旗與日本旗，而都上著板子。路中間除了赴會的汽車，馬車，與包月的人力車，沒有別的車，也沒有行人；連電車也停了。瑞豐看看路中心，再看看左右的六行軍警，心中有些發顫。同時，他又感到一點驕傲，交通已經斷絕，而他居然還能在馬路中間走，身分！幸而他處置的得當，沒教小崔在半途中跑了；好傢夥，要是坐著破車來，軍警準得擋住他的去路。他想蹬一下車鈴，可是急忙收住了腳。大街是那麼寬，那麼靜，假若忽然車鈴一響，也許招出一排槍來！他的背離了車箱，直挺挺的坐著，心揪成了一小團。連小崔也有點發慌了，他跑得飛快，而時時回頭看看瑞豐，瑞豐心中罵：「該死！別看我！招人家疑心，不開槍才怪！」

府右街口一個頂高身量的巡警伸出一隻手。小崔拐了彎。人力車都須停在南海的西牆外。這裡有二三十名軍警，手裡提著手槍，維持秩序。

下了車，瑞豐遇見兩個面熟的人，心中安靜了一點。他只向熟人點了點頭，湊過去和他們一塊走，而不敢說話。這整個的陣式已把他的嘴封嚴。那兩個人低聲的交談，他感到威脅，而又不便攔阻他們。及至聽到一個人說：「下午還有戲，全城的名角都得到！」他的話衝破了恐懼，他喜歡熱鬧，愛聽戲。「還有戲？我們也可以聽？」

「那可就不得而知了，科長階級有資格聽戲沒有，還……」那個人想必也是什麼科長，所以慘笑了一下。

瑞豐趕緊運用他的腦子，他必須設法聽上戲，不管資格夠不夠。

在南海的大門前，他們被軍警包圍著，登記，檢查證章證件，並搜檢身上。瑞豐並沒感到侮辱，他覺得這是必須有的手續，而且只有科長以上的人才能「享受」這點「優遇」。別的都是假的，科長才是真調貨！

進了大門，一拐彎，他的眼前空曠了。但是他沒心思看那湖山宮宇之美，而只盼望趕快走到懷仁堂，那裡也許有很好的茶點 —— 先啃它一頓兒再說！他笑了。

一眼，他看見了大赤包，在他前面大約有三箭遠。他要向前趕。兩旁的軍警是那麼多，他不敢快走。再說，他也有點嫉妒，大赤包是坐了汽車來的，所以遲起身而反趕到他前面。到底汽車是汽車！有朝一日，他須由包車階級升為汽車階級！大丈夫必須有志氣！

正在這麼思索，大門門樓上的軍樂響了。他的心跳起來，特使到了！軍警喝住他，教他立在路旁，他極規矩的服從了命令。立了半天，軍樂停了，四外一點聲音也沒有。他怕靜寂，手心上出了汗。

忽然的，兩聲槍響，很近，彷彿就在大門外。跟著，又響了幾槍。他

慌了，不知不覺的要跑。兩把刺刀夾住了他，「別動！」

外面還不住的放槍，他的心跳到嗓子裡來。

他沒看見懷仁堂，而被軍警把他，和許多別的人，大赤包也在內，都圈在大門以內的一排南房裡。大家都穿著最好的衣服，佩著徽章，可是忽然被囚在又冷又溼的屋子裡，沒有茶水，沒有足夠用的椅凳，而只有軍警與槍刺。他們不曉得門外發生了什麼事，而只能猜測或者有人向特使行刺。瑞豐沒替特使擔憂，而只覺得掃興；不單看不上了戲，連茶點也沒了希望呀！人不為麵包而生，瑞豐也不是為麵包而活著的，假若麵包上沒有一點奶油的話。還算好，他是第一批被驅逐進來的，所以得到了一個椅子。後進來的有許多人只好站著。他穩穩的坐定，紋絲不動，生怕丟失了他的椅子。

大赤包畢竟有些氣派。她硬把一個人扒拉開，占據了他的座位。坐在那裡，她還是大聲的談話，甚至於質問軍警們：「這是什麼事呢？我是來開會，不是來受罪！」

瑞豐的肚子報告著時間，一定是已經過午了，他的肚子裡餓得唧哩咕嚕的亂響。他害怕起來，假若軍警老這麼圍著，不准出去吃東西，那可要命！他最怕餓！一餓，他就很容易想起「犧牲」，「就義」，與「死亡」等等字眼。

約摸著是下午兩點了，才來了十幾個日本憲兵。每個憲兵的臉上都像剛死了父親那麼難看。他們指揮軍警細細搜檢屋裡的人，不論男女都須連內衣也脫下來。瑞豐對此一舉有些反感，他以為鬧事的既在大門外，何苦這麼麻煩門內的人呢。可是，及至看到大赤包也打了赤背，露出兩個黑而大的乳房，他心平氣和了一些。

搜檢了一個多鐘頭，沒有任何發現，他們才看見一個憲兵官長揚了揚手。他們由軍警押著向中海走。走出中海的後門，他們吸到了自由的空

氣。瑞豐沒有招呼別人，三步並作兩步的跑到西四牌樓，吃了幾個燒餅，喝了一大碗餛飩。肚子撐圓，他把剛才那一幕醜劇完全忘掉，只當那是一個不甚得體的夢。走到教育局，他才聽到：兩位特使全死在南海大門外。城門又關上，到現在還沒開。街上已不知捕去多少人。聽到這點情報，他對著胸前的徽章發開了愣：險哪！幸虧他是科長，有中山裝與徽章。好傢夥，就是當嫌疑犯拿去也不得了呀！他想，他應當去喝兩杯酒，慶祝自己的好運。科長給他的性命保了險！

　　下了班，他在局子門外找小崔。沒找到。他發了氣：「他媽的！天生來的不是玩藝兒，得偷懶就偷懶！」他步行回了家。一進門就問：「小崔沒回來呀？」沒有，誰也沒看到小崔。瑞豐心中開啟了鼓：「莫非這小子真辭工作不幹了？嘿，真他媽的邪門！我還沒為瑞宣著急，你著哪門子急呢？他又不是你的哥哥！」他冒了火，準備明天早上小崔若來到，他必厲厲害害的罵小崔一頓。

　　第二天，小崔還是沒露面。城內還到處捉人。「唉？」瑞豐對自己說：「莫非這小子教人家抓去啦？也別說，那小子長得賊眉鼠眼的，看著就像奸細！」

　　為給特使報仇，城內已捉去兩千多人，小崔也在內。各色各樣的人被捕，不管有無嫌疑，不分男女老少，一概受了各色各樣的毒刑。

　　真正的兇手可是沒有拿著。

　　日本憲兵司令不能再等，他必須先槍斃兩個，好證明自己的精明強幹。好嗎，捉不著行刺特使的人，不單交不了差事，對不起天皇，也被全世界的人恥笑啊！他從兩千多皮開肉綻的人裡選擇出兩個來：一個是四十多歲的姓馮的汽車伕，一個是小崔。

　　第三天早八點，姓馮的汽車伕與小崔，被綁出來，遊街示眾。他們倆都赤著背，只穿著一條褲子，頭後插著大白招子。他們倆是要被砍頭，而

後將人頭號令在前門外五牌樓上。馮汽車伕由獄裡一出來，便已搭拉了腦袋，由兩個巡警攙著他。他已失了魂。小崔挺著胸自己走。他的眼比臉還紅。他沒罵街，也不怕死，而心中非常的後悔，後悔他沒聽錢先生與祁瑞宣的勸告。他的年歲，身體，和心地，都夠與日本兵在戰場上拚個死活的，他有資格去殉國。可是，他就這麼不明不白的被拉出去砍頭。走幾步，他仰頭看看天，再低頭看看地。天，多麼美的北平的青天啊。地，每一寸都是他跑熟了的黑土地。他捨不得這塊天地，而這塊天地，就是他的墳墓。

　　兩面銅鼓，四隻軍號，在前面吹打。前後多少排軍警，都扛著上了刺刀的槍，中間走著馮汽車伕與小崔。最後面，兩個日本軍官騎著大馬，得意的監視著殺戮與暴行。

　　瑞豐在西單商場那溜兒，聽見了鼓號的聲音，那死亡的音樂。他飛跑趕上去，他喜歡看熱鬧，軍鼓軍號對他有特別的吸引力。殺人也是「熱鬧」，他必須去看，而且要看個詳細。「喲！」他不由的出了聲。他看見了小崔。他的臉馬上成了一張白紙，急忙退回來。他沒為小崔思想什麼，而先摸了摸自己的脖子 —— 小崔是他的車伕呀，他是不是也有點危險呢？

　　他極快的想到，他必須找個可靠的人商議一下。萬一日本人來盤查他，他應當怎樣回話呢？他小跑著往北疾走，想找瑞宣大哥去談一談。大哥必定有好主意。走了有十幾丈遠，他才想起來，瑞宣不是也被捕了麼？他收住了腳，立定。恐懼變成了憤怒，他嘟囔著：「真倒楣！光是咱自己有心路也不行呀，看這群親友，全是不知死的鬼！早晚我是得吃了他們的虧！」

第 47 幕　通風報信

　　程長順微微有點肚子疼，想出去方便方便。剛把街門開開一道縫，他就看見了五號門前的 —— 群黑影。他趕緊用手託著門，把它關嚴。然後，他扒著破門板的一個不小的洞，用一隻眼往外看著。他的心似乎要跳了出來，忘了肚子疼。捕人並沒費多少工夫，可是長順等得發急。好容易，他又看見了那些黑影，其中有一個是瑞宣 —— 看不清面貌，他可是認識瑞宣的身量與體態。他猜到了那是怎回事。他的一隻眼，因為用力往外看，已有點發酸。他的手顫起來。一直等到那些黑影全走淨，他還立在那裡。他的呼吸很緊促，心中很亂。他只有一個念頭，去救祁瑞宣。怎麼去救呢？他想不出。他記得錢家的事。假若不從速搭救出瑞宣來，他以為，祁家就必定也像錢家那樣的毀滅！他著急，有兩顆急出來的淚在眼中盤旋。他想去告訴孫七，但是他知道孫七隻會吹大話，未必有用。把手放在頭上，他繼續思索。把全衚衕的人都想到了，他心中忽然一亮，想起李四爺來。他立刻去開門。可是急忙的收回手來。他須小心，他知道日本人的詭計多端。他轉了身，進到院中。把一條破板凳放在西牆邊，他上了牆頭。雙手一叫勁，他的身子落在二號的地上。他沒想到自己會能這麼靈巧輕快。腳落了地，他彷彿才明白自己幹的是什麼。「四爺爺！四爺爺！」他立在窗前，聲音低切的叫。口中的熱氣吹到窗紙上，紙微微的作響。

　　李四爺早已醒了，可是還閉著眼多享受一會兒被窩中的溫暖。「誰呀？」老人睜開眼問。

　　「我！長順！」長順嗚嚥著鼻子低聲的說。「快起來！祁先生教他們抓去了！」

　　「什麼？」李老人極快的坐起來，用手摸衣服。掩著懷，他就走出來：

「怎回事？怎回事？」

長順搓著手心上的涼汗，越著急嘴越不靈便的，把事情說了一遍。

聽完，老人的眼瞇成了一道縫，看著牆外的槐樹枝。他心中極難過。他看明白：在衚衕中的老鄰居裡，錢家和祁家是最好的人，可是好人都保不住了命。他自信自己也是好人，照著好人都要受難的例子推測，他的老命恐怕也難保住。他看著那些被曉風吹動著的樹枝，說不出來話。

「四爺爺！怎麼辦哪？」長順扯了扯四爺的衣服。「嗯！」老人顫了一下。「有辦法！有！趕緊給英國使館去送信？」

「我願意去！」長順眼亮起來。

「你知道找誰嗎？」老人低下頭，親熱的問。

「我 ── 」長順想了一會兒，「我會找丁約翰！」「對！好小子，你有出息！你去好，我脫不開身，我得偷偷的去告訴街坊們，別到祁家去！」

「怎麼？」

「他們拿人，老留兩個人在大門裡等著，好進去一個捉一個！他們還以為我們不知道，其實，其實，」老人輕蔑的一笑，「他們那麼作過一次，我們還能不曉得？」

「那麼，我就走吧？」

「走！由牆上翻過去！還早，這麼早出門，會招那兩個埋伏起疑！等太陽出來再開門！你認識路？」

長順點了點頭，看了看界牆。

「來，我託你一把兒！」老人有力氣。雙手一託，長順夠到了牆頭。

「慢著！留神扭了腿！」

長順沒出聲，跳了下去。

太陽不知道為什麼出來的那麼慢。長順穿好了大褂，在院中向東看著天。外婆還沒有起來。他唯恐她起來盤問他。假若對她說了實話，她一定會攔阻他——「小孩子！多管什麼事！」

天紅起來，長順的心跳得更快了。紅光透過薄雲，變成明霞，他跑到街門前。立定，用一隻眼往外看。衚衕裡沒有一點動靜，只有槐樹枝上添了一點亮的光兒。他的鼻子好像已不夠用，他張開了嘴，緊促的，有聲的，呼吸氣。他不敢開門。他想像著，門一響就會招來槍彈！他須勇敢，也必須小心。他年輕，而必須老成。作一年的奴隸，會使人增長十歲。

太陽出來了！他極慢極慢的開開門，只開了夠他擠出去的一個縫子。像魚往水裡鑽似的，他溜出去。怕被五號的埋伏看見，他擦著牆往東走。走到「葫蘆肚」裡，陽光已把護國寺大殿上的殘破的琉璃瓦照亮，一閃一閃的發著光，他腳上加了勁。在護國寺街西口，他上了電車。電車只開到西單牌樓，西長安街今天斷絕交通。下了車，他買了兩塊滾熱的切糕，一邊走一邊往口中塞。鋪戶的夥計們都正懸掛五色旗。他不曉得這是為了什麼，也不去打聽。掛旗的日子太多了，他已不感興趣；反正掛旗是日本人的主意，管它幹什麼呢。進不了西長安街，他取道順城街往東走。

沒有留聲機在背上壓著，他走得很快。他的走路的樣子可不大好看，大腦袋往前探著，兩隻手，因失去了那個大喇叭筒與留聲機片，簡直不知放在什麼地方好。腳步一快，他的手更亂了，有時候掄得很高，有時候忘了掄動，使他自己走著走著都莫名其妙了。

一看見東交民巷，他的腳步放慢，手也有了一定的律動。他有點害怕。他是由外婆養大的，外婆最怕外國人，也常常用躲避著洋人教訓外孫。因此，假若長順得到一支槍，他並不怕去和任何外國人交戰，可是，在初一和敵人見面，他必先愣一愣，而後才敢殺上前去。外婆平日的教訓使他必然的愣那麼一愣。

　　他跺了跺腳上的土，用手擦了擦鼻子上的汗，而後慢慢的往東交民巷裡邊走，他下了決心，必須闖進使館去，可是無意中的先跺了腳，擦去汗。看見了英國使館，當然也看見了門外站得像一根棍兒那麼直的衛兵。他不由的站住了。幾十年來人們懼外的心理使他不敢直入公堂的走過去。

　　不，他不能老立在那裡。在多少年的恐懼中，他到底有一顆青年的心。一顆日本人所不認識的心。他的血湧上了臉，面對著衛兵走了過去。沒等衛兵開口，他用高嗓音，為是免去嗚嗚囔囔，說：「我找丁約翰！」

　　衛兵沒說什麼，只用手往裡面一指。他奔了門房去。門房裡的一位當差的很客氣，教他等一等。他的湧到臉上的血退了下去。他沒覺得自己怎麼勇敢，也不再害怕，心中十分的平靜。他開始看院中的花木 —— 一箇中國人彷彿心中剛一平靜就能注意花木庭園之美。

　　丁約翰走出來。穿著漿洗得有稜有角的白衫，他低著頭，鞋底不出一點聲音的，快而極穩的走來，他的動作既表示出英國府的尊嚴，又露出他能在這裡作事的驕傲。見了長順，他的頭稍微揚起些來，聲音很低的說：「喲，你！」「是我！」長順笑了一下。

　　「我家裡出了什麼事？」

　　「沒有！祁先生教日本人抓去了！」

　　丁約翰愣住了。他絕對沒想到日本人敢逮捕英國府的人！他並不是不怕日本人。不過，拿英國人與日本人比較一下，他就沒法不把英國加上個「大」字，日本加上個「小」字。這大小之間，就大有分寸了。他承認日本人的厲害，而永遠沒想像到過他們的厲害足以使英國府的人也下獄。他皺上了眉，發了怒 —— 不是為中國人發怒，而是替英國府抱不平。「這不行！我告訴你，這不行！你等等，我告訴富善先生去！非教他們馬上放了祁先生不可！」彷彿怕長順跑了似的，他又補了句：「你等著！」

　　不大一會兒，丁約翰又走回來。這回，他走得更快，可也更沒有聲音。他的眼中發了光，穩重而又興奮的向長順勾了一勾手指。他替長順高興，因為富善先生要親自問長順的話。

　　長順傻子似的隨著約翰進到一間不很大的辦公室，富善先生正在屋中來回的走，脖子一伸一伸的像噎住了似的。富善先生的心中顯然的是很不安定。見長順進來，他立住，拱了拱手。他不大喜歡握手，而以為拱手更恭敬，也更衛生一些。對長順，他本來沒有拱手的必要，長順不過是個孩子。可是，他喜歡純粹的中國人。假若穿西裝的中國人永遠得不到他的尊敬，那麼穿大褂的，不論年紀大小，總被他重視。「你來送信，祁先生被捕了？」他用中國話問，他的灰藍色的眼珠更藍了一些，他是真心的關切瑞宣。「怎麼拿去的？」

　　長順結結巴巴的把事情述說了一遍。他永遠沒和外國人說過話，他不知道怎樣說才最合適，所以說得特別的不順利。

　　富善先生極注意的聽著。聽完，他伸了伸脖子，臉上紅起好幾塊來。「嗯！嗯！嗯！」他連連的點頭。「你是他的鄉居，唉？」看長順點了頭，他又「嗯」了一聲。「好！你是好孩子！我有辦法！」他挺了挺胸。「趕緊回去，設法告訴祁老先生，不要著急！我有辦法！我親自去把他保出來！」沉默了一會兒，他好像是對自己說：「這不是捕瑞宣，而是打老英國的嘴巴！殺雞給猴子看，哼！」

　　長順立在那裡，要再說話，沒的可說，要告辭又不好意思。他的心裡可是很痛快，他今天是作了一件「非常」的事情，足以把孫七的嘴堵住不再吹牛的事情！

　　「約翰！」富善先生叫。「領他出去，給他點車錢！」而後對長順：「好孩子。回去吧！別對別人說我們的事！」

　　丁約翰與長順都極得意的走出來。長順攔阻丁約翰給他車錢：「給祁

先生辦點事，還能……」他找不著適當的言語表現他的熱心，而只傻笑了一下。

丁約翰塞到長順的衣袋裡一塊錢。他奉命這樣作，就非作不可。

出了東交民巷，長順真的僱了車。他必須坐車，因為那一元錢是富善先生給他僱車用的。坐在車上，他心中開了鍋。他要去對外婆，孫七，李四爺，和一切的人講說他怎樣闖進英國府。緊跟著，他就警告自己：「一聲都不要出，把嘴閉嚴像個蛤蜊！」同時，他又須設計怎樣去報告給祁老人，教老人放心，一會兒，他又想像著祁瑞宣怎樣被救出來，和怎樣感激他。想著想著，涼風兒吹低了他的頭。一大早上的恐懼，興奮，與疲乏，使他閉上了眼。

忽然的他醒了，車已經停住。他打了個極大的哈欠，像要把一條大街都吞吃了似的。

回到家中，他編制了一大套謊言敷衍外婆，而後低著頭思索怎樣通知祁老人的妙計。

這時候，全衚衕的人們已都由李四爺那裡得到了祁家的不幸訊息。李四爺並不敢挨家去通知，而只在大家都圍著一個青菜挑子買菜的時候，低聲的告訴了大家。得到了訊息，大家都把街門開啟，表示鎮定。他們的心可是跳得都很快。只是這麼一條小衚衕裡，他們已看到錢家與祁家兩家的不幸。他們都想盡點力，幫忙祁家，可是誰也沒有辦法與能力。他們只能偷偷的用眼角瞭著五號的門。他們還照常的升火作飯，沏茶灌水，可是心裡都有一種說不出來的悲哀與不平。到了晌午，大家的心跳得更快了，這可是另一種的跳法。他們幾乎忘了瑞宣的事，因為聽到了兩個特使被刺身亡的訊息。孫七連活都顧不得作了，他須回家喝兩口酒。多少日子了，他沒聽到一件痛快的事；今天，他的心張開了：「好！解恨！誰說我們北平沒有英雄好漢呢！」他一邊往家走，一邊跟自己說。他忘了自己的近視

眼，而把頭碰在了電線杆子上。摸著頭上的大包，他還是滿心歡喜：「是這樣！要殺就挑選大個的殺！是！」

小文夫婦是被傳到南海唱戲的，聽到這個訊息，小文發表了他的藝術家的意見：「改朝換代都得死人，有錢的，沒錢的，有地位的，沒地位的，作主人的，作奴隸的，都得死！好戲裡面必須有法場，行刺，砍頭，才熱鬧，才叫好！」說完，他拿起胡琴來，拉了一個過門。雖然他要無動於衷，可是琴音裡也不怎麼顯著輕快激壯。

文若霞沒說什麼，只低頭哼唧了幾句審頭刺湯。

李四爺不想說什麼，搬了個小板凳，坐在門外，面對著五號的門。秋陽曬在他的頭上，他覺得舒服。他心中的天平恰好兩邊一樣高了 —— 你們拿去我們的瑞宣，我們結果了你們的特使。一號的小孩子本是去向特使行參見禮的，像兩個落在水裡的老鼠似的跑回家來。他倆不敢在門外胡鬧，而是一直的跑進家門，把門關嚴。李四爺的眼角上露出一點笑紋來。老人一向不喜歡殺生，現在他幾乎要改變了心思 ——「殺」是有用處的，只要殺得對！

冠曉荷憋著一肚子話，想找個人說一說。他的眉頭皺著點，彷彿頗有所憂慮。他並沒憂慮大赤包的安全，而是發愁恐怕日本人要屠城。他覺得特使被刺，理當屠城。自然，屠城也許沒有他的事，因為冠家是日本人的朋友。不過，日本人真要殺紅了眼，殺瘋了心，誰準知道他們不迷迷糊糊的也給他一刀呢？過度害怕的也就是首先屈膝的，可是屈膝之後還時常打哆嗦。

一眼看見了李四爺，他趕了過來：「這麼鬧不好哇！」他的眉頭皺得更緊了一些。「你看，這不是太歲頭上動土嗎？」他以為這件事完全是一種胡鬧。

李四爺立起來，拿起小板凳。他最不喜歡得罪人，可是今天他的胸中

不知哪兒來的一口壯氣，他決定得罪冠曉荷。正在這個時候，一個人像報喪似的奔了祁家去。到門外，他沒有敲門，而說了一個什麼暗號。門開了，他和裡面的人像螞蟻相遇那麼碰一碰須兒，裡面的兩個人便慌忙走出來。三個人一齊走開。

李四爺看出來：特使被刺，大概特務不夠用的了，所以祁家的埋伏也被調了走。他慢慢的走進家去。過了一小會兒，他又出來，看曉荷已不在外面，趕緊的在四號門外叫了聲長順。

長順一早半天並沒聞著，到現在還在思索怎麼和祁老人見面。聽見李四爺的聲音，他急忙跑出來。李四爺只一點手，他便跟在老人的身後，一同到祁家去。

韻梅已放棄了挖牆的工作，因為祁老人不許她繼續下去。老人的怒氣還沒消逝，聲音相當大的對她說：「幹嘛呀？不要再挖，誰也幫不了我們的忙，我們也別連累別人！這些老法子，全沒了用！告訴你，以後不要再用破缸頂街門！哼，人家會由房上跳進來！完了，完了！我白活了七十多歲！我的法子全用不上了！」是的，他的最寶貴的經驗都一個錢也不值了。他失去了自信。他像一匹被人棄捨了的老馬，任憑蒼蠅蚊子們欺侮，而毫無辦法。

小順兒和妞子在南屋裡偷偷的玩耍，不敢到院子裡來。偷偷的玩耍是兒童的很大的悲哀。韻梅給他們煮了點幹豌豆，使他們好占住嘴，不出聲。

小順兒頭一個看見李四爺進來。他極興奮的叫了聲「媽！」院子裡已經安靜了一早半天，這一聲呼叫使大家都顫了一下。韻梅紅著眼圈跑過來。「小要命鬼！你叫喚什麼？」剛說完，她也看見了李四爺，顧不得說什麼，她哭起來。

她不是輕於愛落淚的婦人，可是這半天的災難使她沒法不哭了。丈夫

的生死不明，而一家人在自己的院子裡作了囚犯。假若她有出去的自由，她會跑掉了鞋底子去為丈夫奔走，她有那麼點決心與勇氣。可是，她出不去。再說，既在家中出不去，她就該給老的小的弄飯吃，不管她心中怎麼痛苦，也不管他們吃不吃。可是，她不能到街上或門外去買東西。她和整個的世界斷絕了關係，也和作妻的，作母的，作媳婦的責任脫了節。雖然沒上鎖鐐，她卻變成囚犯。她著急，生氣，發怒，沒辦法。她沒聽說過，一人被捕，而全家也坐「獄」的辦法。只有日本人會出這種絕戶主意。現在，她才真明白了日本人，也才真恨他們。

「四爺！」祁老人驚異的叫。「你怎麼進來的？」李四爺勉強的一笑：「他們走啦！」

「走啦？」天佑太太拉著小順兒與妞子趕了過來。「日本的特使教我們給殺啦，他們沒工夫再守在這裡！」韻梅止住了啼哭。

「特使？死啦？」祁老人覺得一切好像都是夢。沒等李四爺說話，他打定了主意。「小順兒的媽，拿一股高香來，我給日本人燒香！」

「你老人家算了吧！」李四爺又笑了一下。「燒香？放槍才有用呢！」

「哼！」祁老人的小眼睛裡發出仇恨的光來。「我要是有槍，我就早已打死門口的那兩個畜生了！中國人幫著日本人來欺侮我們，混帳！」

「算了吧，聽聽長順兒說什麼。」李四爺把立在他身後的長順拉到前邊來。

長順早已等得不耐煩了，馬上挺了挺胸，把一早上的英勇事蹟，像說一段驚險的故事似的，說給大家聽。當他初進來的時候，大家都以為他是來看看熱鬧，所以沒大注意他。現在，他成了英雄，連他的嗚嚷嗚嚷的聲音彷彿都是音樂。等他說完，祁老人嘆了口氣：「長順，難為你！好孩子！好孩子！我當是老街舊鄰們都揣著手在一旁看祁家的哈哈笑呢，原

來……」他不能再說下去。感激鄰居的真情使他忘了對日本人的憤怒，他的心軟起來，怒火降下去，他的肩不再挺著，而鬆了下去。摸索著，他慢慢的坐在了臺階上，雙手捧住了頭。

「爺爺！怎麼啦？」韻梅急切的問。

老人沒抬頭，低聲的說：「我的孫子也許死不了啦！天老爺，睜開眼照應著瑞宣吧！」事情剛剛有點希望，他馬上又還了原，仍舊是個老實的，和平的，忍受患難與壓迫的老人。

天佑太太掙扎了一上午，已經感到疲乏，極想去躺一會兒。可是，她不肯離開李四爺與長順。她不便宣佈二兒瑞豐的醜惡，但是她看出來朋友們確是比瑞豐還更親近，更可靠。這使她高興，而又難過。把感情都壓抑住，她勉強的笑著說：「四大爺！長順！你們可受了累！」

韻梅也想道出心中的感激，可是說不出話來。她的心完全在瑞宣身上。她不敢懷疑富善先生的力量，可又不放心丈夫是不是可能的在富善先生去到以前，就已受了刑！她的心中時時的把錢先生與瑞宣合併到一塊兒，看見個滿身是血的瑞宣。

李四爺看看這個，看看那個，心中十分難過。眼前的男女老少都是心地最乾淨的人，可是一個個的都無緣無故的受到魔難。他幾乎沒有法子安慰他們。很勉強的，他張開了口：「我看瑞宣也許受不了多少委屈，都彆著急！」他輕嗽了一下，他知道自己的話是多麼平凡，沒有力量。「彆著急！也別亂吵嚷！英國府一定有好法子！長順，我們走吧！祁大哥，有事只管找我去！」他慢慢的往外走。走了兩步，他回頭對韻梅說：「彆著急！先給孩子們作點什麼吃吧！」

長順也想交代一兩句，而沒能想出話來。無聊的，他摸了摸小順兒的頭。小順兒笑了：「妹妹，我，都乖，聽話！不上門口去！」

他們往外走。兩個婦人像被吸引著似的，往外送。李四爺伸出胳臂來。「就別送了吧！」

她們愣愣磕磕的站住。

祁老人還捧著頭坐在那裡，沒動一動。

這時候，瑞宣已在獄裡過了幾個鐘頭。這裡，也就是錢默吟先生來過的地方。這地方的一切裝置可是已和默吟先生所知道的大不相同了。當默吟到這裡的時節，它的一切還都因陋就簡的，把學校變為臨時的監獄。現在，它已是一座「完美的」監獄，處處看得出日本人的「苦心經營」。任何一個小地方，日本人都花了心血，改造又改造，使任何人一看都得稱讚它為殘暴的結晶品。在這裡，日本人充分的表現了他們殺人藝術的造詣。是的，殺人是他們的一種藝術，正像他們喫茶與插瓶花那麼有講究。來到這裡的不只是犯人，而也是日本人折來的花草；他們必須在斷了呼吸以前，經驗到最耐心的，最細膩的藝術方法，把血一滴一滴的，緩慢的，巧妙的，最痛苦的，流盡。他們的痛苦正是日本人的欣悅。日本軍人所受的教育，使他們不僅要兇狠殘暴，而是吃進去毒狠的滋味，教殘暴變成像愛花愛鳥那樣的一種趣味。這所監獄正是這種趣味與藝術的試驗所。

瑞宣的心裡相當的平靜。在平日，他愛思索；即使是無關宏旨的一點小事，他也要思前想後的考慮，以便得到個最妥善的辦法。從七七抗戰以來，他的腦子就沒有閒著過。今天，他被捕了，反倒覺得事情有了個結束，不必再想什麼了。臉上很白，而嘴邊上掛著點微笑，他走下車來，進了北京大學——他看得非常的清楚，那是「北大」。

欽先生曾經住過的牢房，現在已完全變了樣子。樓下的一列房，已把前臉兒拆去，而安上很密很粗的鐵條，極像動物園的獸籠子。牢房改得很小，窄窄的分為若干間，每間裡只夠容納一對野豬或狐狸的。可是，瑞宣看清，每一間裡都有十個到十二個犯人。他們只能胸靠著背，嘴頂著腦勺

兒立著，誰也不能動一動。屋裡除了人，沒有任何東西，大概犯人大小便也只能立著，就地執行。瑞宣一眼掃過去，這樣的獸籠至少有十幾間。他哆嗦了一下。籠外，只站著兩個日兵，六支眼 —— 兵的四隻，槍的兩隻 —— 可以毫不費力的控制一切。瑞宣低下頭去。他不曉得自己是否也將被放進那集體的「站籠」去。假若進去，他猜測著，只須站兩天他就會斷了氣的。

可是，他被領到最靠西的一間牢房裡去，屋子也很小，可是空著的。他心裡說：「這也許是優待室呢！」小鐵門開了鎖。他大彎腰才擠了進去。三合土的地上，沒有任何東西，除了一片片的，比土色深的，發著腥氣的，血跡。他趕緊轉過身來，面對著鐵柵，他看見了陽光，也看見了一個兵。那個兵的槍刺使陽光減少了熱力。抬頭，他看見天花板上懸著一根鐵條。鐵條上纏著一團鐵絲，鐵絲中纏著一隻手，已經腐爛了的手。他收回來眼光，無意中的看到東牆，牆上舒舒展展的釘著一張完整的人皮。他想馬上走出，可是立刻看到了鐵柵。既無法出去，他爽性看個周到，他的眼不敢遲疑的轉到西牆上去。牆上，正好和他的頭一邊兒高，有一張裱好的橫幅，上邊貼著七個女人的陰戶。每一個下面都用紅筆記著號碼，旁邊還有一朵畫得很細緻的小圖案花。

瑞宣不敢再看。低下頭，他把嘴閉緊。待了一會兒，他的牙咬出響聲來。他不顧得去想自己的危險，一股怒火燃燒著他的心。他的鼻翅撐起來，帶著響的出氣。

他決定不再想家裡的事。他看出來，他的命運已被日本人決定。那懸著的手，釘著的人皮，是特意教他看的，而他的手與皮大概也會作展覽品。好吧，命運既被決定，他就笑著迎上前去吧。他冷笑了一聲。祖父，父母，妻子……都離他很遠了，他似乎已想不清楚他們的面貌。就是這樣才好，死要死得痛快，沒有淚，沒有縈繞，沒有顧慮。

他呆呆的立在那裡,不知有多久;一點斜著來的陽光碰在他的頭上,他才如夢方醒的動了一動。他的腿已發僵,可是仍不肯坐下,倒彷彿立著更能多表示一點堅強的氣概。有一個很小很小的便衣的日本人,像一頭老鼠似的,在鐵柵外看了他一眼,而後笑著走開。他的笑容留在瑞宣的心裡,使瑞宣噁心了一陣。又過了一會兒,小老鼠又回來,向瑞宣惡意的鞠了一躬。小老鼠張開嘴,用相當好的中國話說:「你的不肯坐下,客氣,我請一位朋友來陪你!」說完,他回頭一招手。兩個兵抬過一個半死的人來,放在鐵柵外,而後搬弄那個人,使他立起來。那個人 —— 一個臉上全腫著,看不清有多大歲數的人 —— 已不會立住。兩個兵用一條繩把他捆在鐵柵上。「好了!祁先生,這個人的不聽話,我們請他老站著。」小老鼠笑著說,說完他指了指那個半死的人的腳。瑞宣這才看清,那個人的兩腳十指是釘在木板上的。那個人東晃一下,西晃一下,而不能倒下去,因為有繩子攏著他的胸。他的腳指已經發黑。過了好大半天,那個人哎喲了一聲。一個兵極快的跑過來,用槍把子像舂米似的砸他的腳。已經腐爛的腳指被砸斷了一個。那個人像飢狼似的長嚎了一聲,垂下頭去,不再出聲。「你的喊!打!」那個兵眼看著瑞宣,罵那個人。然後,他珍惜的拾起那個斷了的腳指,細細的玩賞。看了半天,他用臂攏著槍,從袋中掏出張紙來,把腳指包好,記上號碼。而後,他向瑞宣笑了笑,回到職位去。

過了有半個鐘頭吧,小老鼠又來到。看了看斷指的人,看了看瑞宣。斷指的人已停止了呼吸。小老鼠惋惜的說:「這個人不結實的,穿木鞋不到三天就死的!中國人體育不講究的!」一邊說,他一邊搖頭,好像很替中國人的健康擔憂似的。嘆了口氣,他又對瑞宣說:「英國使館,沒有木鞋的?」瑞宣沒出聲,而明白了他的罪狀。

小老鼠板起臉來:「你,看起英國的,看不起大日本的!要悔改的!」說完,他狠狠的踢了死人兩腳。話從牙縫中濺出來:「中國人,一樣的!

都不好的！」他的兩隻發光的鼠眼瞪著瑞宣。瑞宣沒瞪眼，而只淡淡的看著小老鼠。老鼠發了怒：「你的厲害，你的也會穿木鞋的！」說罷，他扯著極大的步子走開，好像一步就要跨過半個地球似的。

瑞宣呆呆的看著自己的腳。等著腳指上挨釘。他知道自己的身體不會太強壯，也許釘了釘以後，只能活兩天。那兩天當然很痛苦，可是過去以後，就什麼也不知道了，永遠什麼也不知道了 —— 無感覺的永生！他盼望事情就會如此的簡單，迅速。他承認他有罪，應當這樣慘死，因為他因循，苟安，沒能去參加抗戰。

兩個囚犯，默默的把死人抬了走。他兩個眼中都含著淚，可是一聲也沒出。聲音是「自由」的語言，沒有自由的只能默默的死去。

院中忽然增多了職位。出來進去的日本人像螞蟻搬家那麼緊張忙碌。瑞宣不曉得南海外的刺殺，而只覺得那些亂跑的矮子們非常的可笑。生為一個人，他以為，已經是很可憐，生為一個日本人，把可憐的生命全花費在亂咬亂鬧上，就不但可憐，而且可笑了！

一隊一隊的囚犯，由外面像羊似的被趕進來，往後邊走。瑞宣不曉得外邊發生了什麼事，而只盼望北平城裡或城外發生了什麼暴動。暴動，即使失敗，也是光榮的。像他這樣默默的等著剝皮剁指，只是日本人手中玩弄著的一條小蟲，恥辱是他永遠的諡號！

第 48 幕　　出了監獄

　　瑞宣趕得機會好。司令部裡忙著審刺客，除了小老鼠還來看他一眼，戲弄他幾句，沒有別人來打擾他。第一天的正午和晚上，他都得到一個比地皮還黑的饅頭，與一碗白水。對著人皮，他沒法往下嚥東西。他只喝了一碗水。第二天，他的「飯」改了：一碗高粱米飯代替了黑饅頭。看著高粱米飯，他想到了東北。關內的人並不吃高粱飯。這一定是日本人在東北給慣了囚犯這樣的飯食，所以也用它來「優待」關內的犯人。日本人自以為最通曉中國的事，瑞宣想，那麼他們就該知道北平人並不吃高粱。也許是日本人在東北作慣了的，就成了定例定法，適用於一切的地方。瑞宣，平日自以為頗明白日本人，不敢再那麼自信了。他想不清楚，日本人在什麼事情上要一成不變，在哪裡又隨地變動；和日本人到底明白不明白中國人與中國事。

　　對他自己被捕的這件事，他也一樣的摸不清頭腦。日本人為什麼要捕他呢？為什麼捕了來既不審問，又不上刑呢？難道他們只是為教他來觀光？不，不能！日本人不是最陰險，最詭祕，不願教人家知道他們的暴行的嗎？那麼，為什麼教他來看呢？假若他能幸而逃出去，他所看見的豈不就成了歷史，永遠是日本人的罪案麼？他們也許絕不肯放了他，那麼，又幹嘛「優待」他呢？他怎想，怎弄不清楚。他不敢斷定，日本人是聰明，還是愚痴；是事事有辦法，還是隨意的亂搞。

　　最後，他想了出來：只要想侵略別人，征服別人，傷害別人，就只有亂搞，別無辦法。侵略的本身就是胡來，因為侵略者只看見了自己，而且順著自己的心思假想出被侵略者應當是什麼樣子。這樣，不管侵略者計算的多麼精細，他必然的遇到挫折與失算。為補救失算，他只好再順著自己

的成見從事改正，越改也就越錯，越亂。小的修正與嚴密，並無補於大前提的根本錯誤。日本人，瑞宣以為，在小事情上的確是費了心機；可是，一個極細心捉蝨子的小猴，永遠是小猴，不能變成猩猩。

這樣看清楚，他嚼了一兩口高粱米飯。他不再憂慮。不管他自己是生還是死，他看清日本人必然失敗。小事聰明，大事胡塗，是日本人必然失敗的原因。

假若瑞宣正在這麼思索大的問題，富善先生可是正想一些最實際的，小小的而有實效的辦法。瑞宣的被捕，使老先生憤怒。把瑞宣約到使館來作事，他的確以為可以救了瑞宣自己和祁家全家人的性命。可是，瑞宣被捕。這，傷了老人的自尊心。他準知道瑞宣是最規矩正派的人，不會招災惹禍。那麼，日本人捉捕瑞宣，必是向英國人挑戰。的確，富善先生是中國化了的英國人。可是，在他的心的深處，他到底隱藏著一些並未中國化了的東西。他同情中國人，而不便因同情中國人也就不佩服日本人的武力。因此，看到日本人在中國的殺戮橫行，他只能抱著一種無可奈何之感。他不是個哲人，他沒有特別超越的膽識，去斥責日本人。這樣，他一方面，深盼英國政府替中國主持正義，另一方面，卻又以為只要日本不攻擊英國，便無須多管閒事。他深信英國是海上之王，日本人絕不敢來以卵投石。對自己的國力與國威的信仰，使他既有點同情中國，又必不可免的感到自己的優越。他絕不幸災樂禍，可也不便見義勇為，為別人打不平。瑞宣的被捕，他看，是日本人已經要和英國碰一碰了。他動了心。他的同情心使他決定救出瑞宣來，他的自尊心更加強了這個決定。

他開始想辦法。他是英國人，一想他便想到辦公事向日本人交涉。可是，他也是東方化了的英國人，他曉得在公事遞達之前，瑞宣也許已經受了毒刑，而在公事遞達之後，日本人也許先結果了瑞宣的性命，再回覆一件「查無此人」的，客氣的公文。況且，一動公文，就是英日兩國間的直

接牴觸，他必須請示大使。那麻煩，而且也許惹起上司的不悅。為迅速，為省事，他應用了東方的辦法。

他找到了一位「大哥」，給了錢（他自己的錢），託「大哥」去買出瑞宣來。「大哥」是愛面子而不關心是非的。他必須賣給英國人一個面子，而且給日本人找到一筆現款。錢遞進去，瑞宣看見了高粱米飯。

第三天，也就是小崔被砍頭的那一天，約摸在晚八點左右，小老鼠把前天由瑞宣身上搜去的東西都拿回來，笑得像個開了花的饅頭似的，低聲的說：「日本人大大的好的！客氣的！親善的！公道的！你可以開路的！」把東西遞給瑞宣，他的臉板起來：「你起誓的！這裡的事，一點，一點，不准說出去的！說出去，你會再拿回來的，穿木鞋的！」

瑞宣看著小老鼠出神。日本人簡直是個謎。即使他是全能的上帝，也沒法子判斷小老鼠到底是什麼玩藝兒！他起了誓。他這才明白為什麼錢先生始終不肯對他說獄中的情形。

剩了一個皮夾，小老鼠不忍釋手。瑞宣記得，裡面有三張一元的鈔票，幾張名片，和兩張當票。瑞宣沒伸手索要，也無意贈給小老鼠。小老鼠，最後，繃不住勁兒了，笑著問：「心交心交？」瑞宣點了點頭。他得到小老鼠的誇獎：「你的大大的好！你的請！」瑞宣慢慢的走出來。小老鼠把他領到後門。

瑞宣不曉得是不是富善先生營救他出來的，可是很願馬上去看他；即使富善先生沒有出力，他也願意先教老先生知道他已經出來，好放心。心裡這樣想，他可是一勁兒往西走。「家」吸引著他的腳步。他僱了一輛車。在獄裡，雖然捱了三天的餓，他並沒感到疲乏；怒氣持撐著他的精神與體力。現在，出了獄門，他的怒氣降落下去，腿馬上軟起來。坐在車上，他感到一陣眩暈，噁心。他用力的抓住車墊子，鎮定自己。昏迷了一下，出了滿身的涼汗，他清醒過來。待了半天，他才去擦擦臉上的汗。三天沒盥

洗，臉上有一層浮泥。閉著眼，涼風撩著他的耳與腮，他舒服了一點。睜開眼，最先進入他的眼中的是那些燈光，明亮的，美麗的，燈光。他不由的笑了一下。他又得到自由，又看到了人世的燈光。馬上，他可是也想起那些站在囚牢裡的同胞。那些人也許和他一樣，沒有犯任何的罪，而被圈在那裡，站著；站一天，兩天，三天，多麼強壯的人也會站死，不用上別的刑。「亡國就是最大的罪！」他想起這麼一句，反覆的唸叨著。他忘了燈光，忘了眼前的一切。那些燈，那些人，那些鋪戶，都是假的，都是幻影。只要獄裡還站著那麼多人，一切就都不存在！北平，帶著它的湖山宮殿，也並不存在。存在的只有罪惡！

車伕，一位四十多歲，腿腳已不甚輕快的人，為掩飾自己的遲慢，說了話：「我說先生，你知道今兒個砍頭的拉車的姓什麼嗎？」

瑞宣不知道。

「姓崔呀！西城的人！」

瑞宣馬上想到了小崔。可是，很快的他便放棄了這個想頭。他知道小崔是給瑞豐拉包車，一定不會忽然的，無緣無故的被砍頭。再一想，即使真是小崔，也不足為怪；他自己不是無緣無故的被抓進去了麼？「他為什麼……」「還不知道嗎，先生？」車伕看著左右無人，放低了聲音說：「不是什麼特使教我們給殺了嗎？姓崔的，還有一兩千人都抓了進去；姓崔的掉了頭！是他行的刺不是，誰可也說不上來。反正我們的腦袋不值錢，隨便砍吧！我日他奶奶的！」

瑞宣明白了為什麼這兩天，獄中趕進來那麼多人，也明白了他為什麼沒被審訊和上刑。他趕上個好機會，白挑選來一條命。假若他可以「幸而免」，焉知道小崔不可以誤投羅網呢？國土被人家拿去，人的性命也就交給人家掌管，誰活誰死都由人家安排。他和小崔都想偷偷的活著，而偷生恰好是慘死的原因。他又閉上了眼，忘了自己與小崔，而想像著在自由中

國的陣地裡，多少多少自由的人，自由的選擇好死的地方與死的目的。那些面向著槍彈走的才是真的人，才是把生命放在自己的決心與膽量中的。他們活，活得自由；死，死得光榮。他與小崔，哼，不算數兒！

　　車子忽然停在家門口，他愣磕磕的睜開眼。他忘了身上沒有一個錢。摸了摸衣袋，他向車伕說：「等一等，給你拿錢。」「是了，先生，不忙！」車伕很客氣的說。

　　他拍門，很冷靜的拍門。由死亡裡逃出，把手按在自己的家門上，應當是動心的事。可是他很冷靜。他看見了亡國的真景像，領悟到亡國奴的生與死相距有多麼近。他的心硬了，不預備在逃出死亡而繼續去偷生搖動他的感情。再說，家的本身就是囚獄，假若大家只顧了油鹽醬醋，而忘了靈魂上的生活。

　　他聽到韻梅的腳步聲。她立住了，低聲的問「誰？」他只淡淡的答了聲「我！」她跑上來，極快的開了門。夫妻打了對臉。假若她是個西歐的女人，她必會急忙上去，緊緊的抱住丈夫。她是中國人，雖然她的心要跳出來，跳到丈夫的身裡去，她可是收住腳步，倒好像夫妻之間有一條什麼無形的牆壁阻隔著似的。她的大眼睛亮起來，不知怎樣才好的問了聲：「你回來啦？」

　　「給車錢！」瑞宣低聲的說。說完，他走進院中去。他沒感到夫妻相見的興奮與欣喜，而只覺得自己的偷偷被捉走，與偷偷的回來，是一種莫大的恥辱。假若他身上受了傷，或臉上刺了字，他必會驕傲的邁進門檻，笑著接受家人的慰問與關切。可是，他還是他，除了心靈上受了損傷，身上並沒一點血痕 —— 倒好像連日本人都不屑於打他似的。當愛國的人們正用戰爭換取和平的時候，血痕是光榮的徽章。他沒有這個徽章，他不過只捱了兩三天的餓，像一條餓狗垂著尾巴跑回家來。

　　天佑太太在屋門口立著呢。她的聲音有點顫：「老大！」

瑞宣的頭不敢抬起來，輕輕的叫了聲：「媽！」小順兒與妞子這兩天都睡得遲了些，為是等著爸爸回來，他們倆笑著，飛快的跑過來：「爸！你回來啦？」一邊一個，他們拉住了爸的手。

兩支溫暖的小手，把瑞宣的心扯軟。天真純摯的愛把他的恥辱驅去了許多。

「老大！瑞宣！」祁老人也還沒睡，等著孫子回來，在屋中叫。緊跟著，他開開屋門：「老大，是你呀？」瑞宣拉著孩子走過來：「是我，爺爺！」

老人哆嗦著下了臺階，心急而身體慢的跪下去：「歷代的祖宗有德呀！老祖宗們，我這裡磕頭了！」他向西磕了三個頭。

撇開小順兒與妞子，瑞宣趕緊去攙老祖父。老人渾身彷彿都軟了，半天才立起來。老少四輩兒都進了老人的屋中。天佑太太乘這個時節，在院中囑告兒媳：「他回來了，真是祖上的陰功，就別跟他講究老二了！是不是？」韻梅眨了兩下眼，「我不說！」

在屋中，老人的眼盯住了長孫，好像多年沒見了似的。瑞宣的臉瘦了一圈兒。三天沒刮臉，短的，東一束西一根的鬍子，給他添了些病容。

天佑太太與韻梅也走進來，她們都有一肚子話，而找不到話頭兒，所以都極關心的又極愚傻的，看著瑞宣。「小順兒的媽！」老人的眼還看著孫子，而向孫媳說：「你倒是先給他打點水，泡點茶呀！」

韻梅早就想作點什麼，可是直到現在才想起來泡茶和打水。她笑了一下：「我簡直的迷了頭啦，爺爺！」說完，她很快的跑出去。

「給他作點什麼吃呀！」老人向兒媳說。他願也把兒媳支出去，好獨自占有孫子，說出自己的勇敢與傷心來。天佑太太也下了廚房。

老人的話太多了，所以隨便的就提出一句來 —— 話太多了的時候，

是在哪裡都可以起頭的。

「我怕他們嗎？」老人的小眼瞇成了一道縫，把三天前的鬥爭場面從新擺在眼前：「我？哼！露出胸膛教他們放槍！他們沒 —— 敢 —— 打！哈哈！」老人冷笑了一聲。

小順兒拉了爸一把，爺兒倆都坐在炕沿上。小妞子立在爸的腿中間。他們都靜靜的聽著老人指手劃腳的說。瑞宣摸不清祖父說的是什麼，而只覺得祖父已經變了樣子。在他的記憶中，祖父的教訓永遠是和平，忍氣，吃虧，而沒有勇敢，大膽，與冒險。現在，老人說露出胸膛教他們放槍了！壓迫與暴行大概會使一隻綿羊也要向前碰頭吧？

天佑太太先提著茶壺回來。在公公面前，她不敢坐下。可是，儘管必須立著，她也甘心。她必須多看長子幾眼，還有一肚子話要對兒子說。

兩口熱茶喝下去，瑞宣的精神振作了一些。雖然如此，他還是一心的想去躺下，睡一覺。可是，他必須聽祖父說完，這是他的責任。他的責任很多，聽祖父說話兒，被日本人捕去，忍受小老鼠的戲弄……都是他的責任。他是盡責任的亡國奴。

好容易等老人把話說完，他知道媽媽必還有一大片話要說。可憐的媽媽！她的臉色黃得像一張舊紙，沒有一點光彩；她的眼陷進好深，眼皮是青的；她早就該去休息，可是還掙扎著不肯走開。

韻梅端來一盆水。瑞宣不顧得洗臉，只草草的擦了一把；坐獄使人記住大事，而把洗臉刷牙可以忽略過去。「你吃點什麼呢？」韻梅一邊給老人與婆母倒茶，一邊問丈夫。她不敢只單純的招呼丈夫，而忽略了老人們。她是妻，也是媳婦；媳婦的責任似乎比妻更重要。

「隨便！」瑞宣的肚中確是空虛，可是並不怎麼熱心張羅吃東西，他更需要安睡。

「揪點面片兒吧，薄薄的！」天佑太太出了主意。等兒媳走出去，她才問瑞宣：「你沒受委屈啊？」

「還好！」瑞宣勉強的笑了一下。

老太太還有好多話要說，但是她曉得怎麼控制自己。她的話像滿滿的一杯水，雖然很滿，可是不會撒出來。她看出兒子的疲倦，需要休息。她最不放心的是兒子有沒有受委屈。兒子既說了「還好」，她不再多盤問。「小順兒，我們睡覺去！」小順兒捨不得離開。

「小順兒，乖！」瑞宣懶懶的說。

「爸！明天你不再走了吧？」小順兒似乎很不放心爸爸的安全。

「嗯！」瑞宣說不出什麼來。他知道，只要日本人高興，明天他還會下獄的。

等媽媽和小順兒走出去，瑞宣也立起來。「爺爺，你該休息了吧？」

老人似乎有點不滿意孫子：「你還沒告訴我，你都受了什麼委屈呢！」老人非常的興奮，毫無倦意。他要聽聽孫子下獄的情形，好與自己的勇敢的行動合到一處成為一段有頭有尾的歷史。

瑞宣沒精神，也不敢，述說獄中的情形。他知道中國人不會保守祕密，而日本人又耳目靈通；假若他隨便亂說，他就必會因此而再下獄。於是，他只說了句「裡邊還好！」就拉著妞子走出來。

到了自己屋中，他一下子把自己扔在床上。他覺得自己的床比什麼都更可愛，它軟軟的託著他的全身，使身上一切的地方都有了著落，而身上有了靠頭，心裡也就得到了安穩與舒適。懲治人的最簡單，也最厲害的方法，便是奪去他的床！這樣想著，他的眼已閉上，像被風吹動著的燭光似的，半滅未滅的，他帶著未思索完的一點意思沉入夢鄉。

韻梅端著碗進來，不知怎麼辦好了。叫醒他呢，怕他不高興；不叫他

呢，又怕面片兒涼了。

小妞子眨巴著小眼，出了主意：「妞妞吃點？」

在平日，妞子的建議必遭拒絕；韻梅不許孩子在睡覺以前吃東西。今天，韻梅覺得一切都可以將就一點，不必一定都守規矩。她沒法表示出她心中的歡喜，好吧，就用給小女兒一點面片吃來表示吧。她扒在小妞子的耳邊說：「給你一小碗吃，吃完乖乖的睡覺！爸回來好不好？」

「好！」妞子也低聲的說。

韻梅坐在椅子上看一眼妞子，看一眼丈夫。她決定不睡覺，等丈夫醒了再去另作一碗麵片。即使他睡一夜，她也可以等一夜。丈夫回來了，她的後半生就都有了依靠，犧牲一夜的睡眠算得了什麼呢。她輕輕的起來，輕輕的給丈夫蓋上了一床被子。

快到天亮，瑞宣才醒過來。睜開眼，他忘了是在哪裡，很快的，不安的，他坐起來。小妞子的小床前放著油燈，只有一點點光兒。韻梅在小床前一把椅子上打盹呢。

瑞宣的頭還有點疼，心中寡寡勞勞的像是餓，又不想吃，他想繼續睡覺。可是韻梅的徹夜不睡感動了他。他低聲的叫：「小順兒的媽！梅！你怎麼不睡呢？」

韻梅揉了揉眼，把燈頭捻大了點。「我等著給你作面呢！什麼時候了？」

鄰家的雞聲回答了她的問題。

「喲！」她立起來，伸了伸腰，「快天亮了！你餓不餓？」瑞宣搖了搖頭。看著韻梅，他忽然的想說出心中的話，告訴她獄中的情形，和日本人的殘暴。他覺得她是他的唯一的真朋友，應當分擔他的患難，知道他一切的事情。可是，繼而一想，他有什麼值得告訴她的呢？他的軟弱與恥辱是

連對妻子也拿不出來的呀！

「你躺下睡吧，別受了涼！」他只拿出這麼兩句敷衍的話來。是的，他只能敷衍。他沒有生命的真火與熱血，他只能敷衍生命，把生命的價值貶降到馬馬虎虎的活著，只要活著便是盡了責任。

他又躺下去，可是不能再安睡。他想，即使不都說，似乎也應告訴韻梅幾句，好表示對她的親熱與感激。可是，韻梅吹滅了燈，躺下便睡著了。她好像簡單得和小妞子一樣，只要他平安的回來，她便放寬了心；他說什麼與不說什麼都沒關係。她不要求感激，也不多心冷淡，她的愛丈夫的誠心像一顆燈光，只管放亮，而不索要報酬與誇獎。

早晨起來，他的身上發僵，好像受了寒似的。他可是決定去辦公，去看富善先生，他不肯輕易請假。

見到富善先生，他找不到適當的話表示感激。富善先生，到底是英國人，只問了一句「受委屈沒有」就不再說別的了。他不願意教瑞宣多說感激的話。英國人沉得住氣。他也沒說怎樣把瑞宣救出來的。至於用他個人的錢去行賄，他更一字不提，而且決定永遠不提。

「瑞宣！」老人伸了伸脖子，懇切的說：「你應當休息兩天，氣色不好！」

瑞宣不肯休息。

「隨你！下了班，我請你吃酒！」老先生笑了笑，離開瑞宣。

這點經過，使瑞宣滿意。他沒告訴老人什麼，老人也沒告訴他什麼，而彼此心中都明白：人既然平安的出來，就無須再去囉嗦了。瑞宣看得出老先生是真心的歡喜，老人也看得出瑞宣是誠心的感激，再多說什麼便是廢話。這是英國人的辦法，也是中國人的交友之道。

到了晌午，兩個人都喝過了一杯酒之後，老人才說出心中的顧慮來；

「瑞宣！從你的這點事，我看出一點，一點——噢，也許是過慮，我也希望這是過慮！我看哪，有朝一日，日本人會突擊英國的！」

「能嗎？」瑞宣不敢下斷語。他現在已經知道日本人是無可捉摸的。替日本人揣測什麼，等於預言老鼠在夜裡將作些什麼。

「能嗎？怎麼不能！我打聽明白了，你的被捕純粹因為你在使館裡作事！」

「可是英國有強大的海軍？」

「誰知道！希望我這是過慮！」老人呆呆的看著酒杯，不再說什麼。

喝完了酒，老人告訴瑞宣：「你回家吧，我替你請半天假。下午四五點鐘，我來看你，給老人們壓驚！要是不麻煩的話，你給我預備點餃子好不好？」

瑞宣點了頭。

冠曉荷特別注意祁家的事。瑞宣平日對他那樣冷淡，使他沒法不幸災樂禍。同時，他以為小崔既被砍頭，大概瑞宣也許會死。他知道，瑞宣若死去，祁家就非垮臺不可。祁家若垮了臺，便減少了他一些精神上的威脅——全衚衕中，只有祁家體面，可是祁家不肯和他表示親善。再說，祁家垮了，他就應當買過五號的房來，再租給日本人。他的左右要是都與日本人為鄰，他就感到安全，倒好像是住在日本國似的了。

可是，瑞宣出來了。曉荷趕緊矯正自己。要是被日本人捉去而不敢殺，他想，瑞宣的來歷一定大得很！不，他還得去巴結瑞宣。他不能因為精神上的一點壓迫而得罪大有來歷的人。

他時時的到門外來立著，看看祁家的動靜。在五點鐘左右，他看到了富善先生在五號門外叩門，他的舌頭伸出來，半天收不回去。像暑天求偶的狗似的，他吐著舌頭飛跑進去：「所長！所長！英國人來了！」

「什麼？」大赤包驚異的問。

「英國人！上五號去了！」

「真的？」大赤包一邊問，一邊開始想具體的辦法。「我們是不是應當過去壓驚呢？」

「當然去！馬上就去，我們也和那個老英國人套套交情！」曉荷急忙就要換衣服。

「請原諒我多嘴，所長！」高亦陀又來等晚飯，恭恭敬敬的對大赤包說。「那合適嗎？這年月似乎應當抱住一頭兒，不便腳踩兩隻船吧？到祁家去，倘若被暗探看見，報告上去，總……所長你說是不是？」

曉荷不加思索的點了頭。「亦陀你想的對！你真有思想！」大赤包想了想：「你的話也有理。不過，作大事的人都得八面玲瓏。方面越多，關係越多，才能在任何地方，任何時候，都吃得開！我近來總算能接近些個大人物了，你看，他們說中央政府不好嗎？不！他們說南京政府不好嗎？不！他們說英美或德意不好嗎？不！要不怎麼成為大人物呢，人家對誰都留著活口兒，對誰都不即不離的。因此，無論誰上臺，都有他們的飯吃，他們永遠是大人物！亦陀，你還有點所見者小！」

「就是！就是！」曉荷趕快的說：「我也這麼想！鬧義和拳的時候，你頂好去練拳；等到有了巡警，你就該去當巡警。這就叫做義和拳當巡警，隨機應變！好啦，我們還是過去看看吧？」

大赤包點了點頭。

富善先生和祁老人很談得來。祁老人的一切，在富善先生眼中，都帶著道地的中國味兒，足以和他心中的中國人嚴密的合到一塊兒。祁老人的必定讓客人坐上座，祁老人的一會兒一讓茶，祁老人的謙恭與繁瑣，都使富善先生滿意。

　　天佑太太與韻梅也給了富善先生以很好的印像。她們雖沒有裹小腳，可是也沒燙頭髮與抹口紅。她們對客人非常的有禮貌，而繁瑣的禮貌老使富善先生心中高興。小順兒與妞子看見富善先生，既覺得新奇，又有點害怕，既要上前摸摸老頭兒的洋衣服，而只有點忸怩。這也使富善先生歡喜，而一定要抱一抱小妞子 ——「來吧，看看我的高鼻子和藍眼睛！」

　　由表面上的禮貌與舉止，和大家的言談，富善先生似乎一眼看到了一部歷史，一部激變中的中國近代史。祁老人是代表著清朝人的，也就是富善先生所最願看到的中國人。天佑太太是代表著清朝與民國之間的人的，她還保留著一些老的規矩，可是也攔不住新的事情的興起。瑞宣純粹的是個民國的人，他與祖父在年紀上雖只差四十年，而在思想上卻相隔有一兩世紀。小順兒與妞子是將來的人。將來的中國人須是什麼樣子呢？富善先生想不出。他極喜歡祁老人，可是他攔不住天佑太太與瑞宣的改變，更攔不住小順子與妞子的繼續改變。他願意看見個一成不變的，特異而有趣的中國文化，可是中國像被狂風吹著的一隻船似的，順流而下。看到祁家的四輩人，他覺得他們是最奇異的一家子。雖然他們還都是中國人，可是又那麼複雜，那麼變化多端。最奇怪的是這些各有不同的人還居然住在一個院子裡，還都很和睦，倒彷彿是每個人都要變，而又有個什麼大的力量使他們在變化中還不至於分裂渙散。在這奇怪的一家子裡，似乎每個人都忠於他的時代，同時又不激烈的拒絕別人的時代，他們把不同的時代揉到了一塊，像用許多味藥揉成的一個藥丸似的。他們都順從著歷史，同時又似乎抗拒著歷史。他們各有各的文化，而又彼此寬容，彼此體諒。他們都往前走又像都往後退。

　　這樣的一家人，是否有光明的前途呢？富善先生想不清楚了。更迫切的，這樣的一家人是否受得住日本人的暴力的掃蕩，而屹然不動呢？他看著小妞子與小順兒，心中有一種說不出的難過。他自居為中國通，可是不

敢再隨便的下斷語了！他看見這一家子，像一隻船似的，已裹在颶風裡。他替他們著急，而又不便太著急；誰知道他們到底是一隻船還是一座山呢？為山著急是多麼傻氣呢！

大赤包與曉荷穿著頂漂亮的衣服走進來。為是給英國人一個好印像，大赤包穿了一件薄呢子的洋衣，露著半截胖胳臂，沒有領子。她的唇抹得極大極紅，頭髮捲成大小二三十個雞蛋捲，像個漂亮的妖精。

他們一進來，瑞宣就愣住了。可是，極快的他打定了主意。他是下過監牢，看過死亡與地獄的人了，不必再為這種妖精與人怪動氣動怒。假若他並沒在死亡之前給日本人屈膝，那就何必一定不招呼兩個日本人的走狗呢？他決定不生氣，不拒絕他們。他想，他應當不費心思的逗弄著他們玩，把他們當作小貓小狗似的隨意耍弄。

富善先生嚇了一跳。他正在想，中國人都在變化，可是萬沒想到中國人會變成妖精。他有點手足失措。瑞宣給他們介紹：「富善先生。冠先生，冠太太，日本人的至友和親信！」

大赤包聽出瑞宣的諷刺，而處之泰然。她尖聲的咯咯的笑了。「哪裡喲！日本人還大得過去英國人？老先生，不要聽瑞宣亂說！」

曉荷根本沒聽出來諷刺，而只一心一意的要和富善先生握手。他以為握手是世界上最文明的，最進步的禮節，而與一位西洋人握手差不多便等於留了十秒鐘或半分鐘的洋。

可是，富善先生不高興握手，而把手拱起來。曉荷趕緊也拱手：「老先生，了不得的，會拱手的！」他拿出對日本人講話的腔調來，他以為把中國話說得半通不通的就差不多是說洋話了。

他們夫婦把給祁瑞宣壓驚這回事，完全忘掉，而把眼，話，注意，都放在富善先生身上。大赤包的話像暴雨似的往富善先生身上澆。富善先生

每回答一句就立刻得到曉荷的稱讚——「看！老先生還會說『豈敢』！」「看，老先生還知道炸醬麵！好的很！」

富善先生開始後悔自己的東方化。假若他還是個不折不扣的英國人，那就好辦了，他會板起面孔給妖精一個冷肩膀吃。可是，他是中國化的英國人，學會了過度的客氣與努力的敷衍。他不願拒人於千里之外。這樣，大赤包和冠曉荷可就得了意，像淘氣無知的孩子似的，得到個好臉色便加倍的討厭了。

最後，曉荷又拱起手來：「老先生，英國府方面還用人不用！我倒願意，是，願意……你曉得？哈哈！拜託，拜託！」

以一個英國人說，富善先生不應當扯謊，以一箇中國人說，他又不該當面使人難堪。他為了難。他決定犧牲了餃子，而趕快逃走。他立起來，結結巴巴的說：「瑞宣，我剛剛想，啊，想起來，我還有點，有點事！改天，改天再來，一定，再來……」

還沒等瑞宣說出話來，冠家夫婦急忙上前擋住老先生。大赤包十二分誠懇的說：「老先生，我們不能放你走，不管你有什麼事！我們已經預備了一點酒菜，你一定要賞我們個面子！」「是的，老先生，你要是不賞臉，我的太太必定哭一大場！」曉荷在一旁幫腔。

富善先生沒了辦法——一個英國人沒辦法是「真的」沒有了辦法。

「冠先生，」瑞宣沒著急，也沒生氣，很和平而堅決的說：「富善先生不會去！我們就要吃飯，也不留你們二位！」富善先生嗁了一口氣。

「好啦！好啦！」大赤包感嘆著說。「我們巴結不上，就別再在這裡討厭啦！這麼辦，老先生，我不勉強你上我們那兒去，我給你送過來酒和菜好啦！一面生，兩面熟，以後我們就可以成為朋友了，是不是？」

「我的事，請你老人家還多分心！」曉荷高高的拱手。「好啦！瑞宣！

再見！我喜歡你這麼乾脆嘹亮，西洋派兒！」大赤包說完，一轉眼珠，作為向大家告辭。曉荷跟在後面，一邊走一邊轉身拱手。

瑞宣只在屋門內向他們微微一點頭。

等他們走出去，富善先生伸了好幾下脖子才說出話來：「這，這也是中國人？」

「不幸得很！」瑞宣笑了笑。「我們應當殺日本人，也該消滅這種中國人！日本人是狼，這些人是狐狸！」

第 49 幕　小崔太太

　　忽然的山崩地裂，把小崔太太活埋在黑暗中。小崔沒給過她任何的享受，但是他使她沒至於餓死，而且的確相當的愛她。不管小崔怎樣好，怎樣夕吧，他是她的丈夫，教她即使在挨著餓的時候也還有盼望，有依靠。可是，小崔被砍了頭。即使說小崔不是有出息的人吧，他可也沒犯過任何的罪，他不偷不摸，不劫不搶。只有在發酒瘋的時候，他才敢罵人打老婆，而撒酒瘋並沒有殺頭的罪過。況且，就是在喝醉胡鬧的時節，他還是愛聽幾句好話，只要有人給他幾句好聽的，他便乖乖的去睡覺啊。

　　她連怎麼哭都不會了。她傻了。她忽然的走到絕境，而一點不知道為了什麼。冤屈，憤怒，傷心，使她背過氣去。馬老太太，長順，孫七和李四媽把她救活。醒過來，她只會直著眼長嚎，嚎了一陣，她的嗓子就啞了。

　　她愣著。愣了好久，她忽然的立起來，往外跑。她的時常被飢餓困迫的瘦身子忽然來了一股邪力氣，幾乎把李四媽撞倒。

　　「孫七，攔住她！」四大媽喊。

　　孫七和長順費盡了力量，把她扯了回來。她的散開的頭髮一部分被淚黏在臉上，破鞋只剩了一隻，咬著牙，啞著嗓子，她說：「放開我！放開！我找日本人去，一頭跟他們碰死！」

　　孫七的近視眼早已哭紅，這時候已不再流淚，而只和長順用力揪著她的兩臂。孫七動了真情。平日，他愛和小崔拌嘴瞎吵，可是在心裡他的確喜愛小崔，小崔是他的朋友。

　　長順的鼻子一勁兒抽縱，大的淚珠一串串的往下流。他不十分敬重小崔，但是小崔的屈死與小崔太太的可憐，使他再也阻截不住自己的淚。

　　李四大媽，已經哭了好幾場，又重新哭起來。小崔不止是她的鄰居，而也好像是她自己的兒子。在平日，小崔對她並沒有孝敬過一個桃子，兩個棗兒，而她永遠幫助他，就是有時候她罵他，也是出於真心的愛他。她的擴大的母性之愛，對她所愛的人不索要任何酬報。她只有一個心眼，在那個心眼裡她願意看年輕的人都蹦蹦跳跳的真像個年輕的人。她萬想不到一個像歡龍似的孩子會忽然死去，而把年輕輕的女人剩下作寡婦。她不曉得，也就不關心，國事；她只知道人，特別是年輕的人，應當平平安安的活著。死的本身就該詛咒，何況死的是小崔，而小崔又是被砍了頭的呀！她重新哭起來。

　　馬老太太自己就是年輕守了寡的。看到小崔太太，她想當年的自己。真的，她不像李四媽那麼熱烈，平日對小崔夫婦不過當作偶然住在一個院子裡的鄰居，說不上友誼與親愛。可是，寡婦與寡婦，即使是偶然的相遇，也有一種不足為外人道的同情。她不肯大聲的哭，而老淚不住的往外流。

　　不過，比較的，馬老太太到底比別人都更清醒，冷靜一些。她的嘴還能說話：「想法子辦事呀，光哭有什麼用呢！人已經死啦！」她說出實話 —— 人已經死啦！人死是哭不活的，她知道。她的丈夫就是年輕輕的離開了她的。她知道一個寡婦應當怎樣用狠心代替愛心。她若不狠心的接受命運，她早已就入了墓。

　　她的勸告沒有任何的效果。小崔太太彷彿是發了瘋，兩眼直勾勾的向前看著，好像看著沒有頭的小崔。她依舊掙扎，要奪出臂來：「他死得屈！屈！屈！放開我！」她啞著嗓子喊，嘴唇咬出血來。

　　「別放開她，長順！」馬老太太著急的說。「不能再惹亂子！

　　連祁大爺，那麼老實的人，不是也教他們抓了去嗎！」這一提醒，使大家 —— 除了小崔太太 —— 都冷靜了些。李四媽止住了哭聲。孫七也不

敢再高聲的叫罵。長順雖然因闖入英國府而覺得自己有點英雄氣概，可是也知道他沒法子去救活小崔，而且看出大家的人頭都不保險，說不定什麼時候就掉下去。

大家都不哭不喊的，呆呆的看著小崔太太，誰也想不出辦法來。小崔太太還是掙扎一會兒，歇一會兒，而後再掙扎。她越掙扎，大家的心越亂。日本人雖只殺了小崔，而把無形的刀刺在他們每個人的心上。最後，小崔太太已經筋疲力盡，一翻白眼，又閉過氣去。大家又忙成了一團。

李四爺走進來。

「哎喲！」四大媽用手拍著腿，說：「你個老東西喲，上哪兒去嘍，不早點來！她都死過兩回去嘍！」

孫七，馬老太太，和長順，馬上覺得有了主心骨──李四爺來到，什麼事就都好辦了。

小崔太太又睜開了眼。她已沒有立起來的力量。坐在地上，看到李四爺，她雙手捧著臉哭起來。

「你看著她！」李四爺命令著四大媽。老人的眼裡沒有一點淚，他好像下了決心不替別人難過而只給他們辦事。他的善心不允許他哭，而哭只是沒有辦法的表示。「馬老太太，孫七，長順，都上這裡來！」他把他們領到了馬老太太的屋中。「都坐下！」四爺看大家都坐下，自己才落座。「大家先別亂吵吵，得想主意辦事！頭一件，好歹的，我們得給她弄一件孝衣。第二件，怎麼去收屍，怎麼抬埋──這都得用錢！錢由哪兒來呢？」

孫七揉了揉眼。馬老太太和長順彼此對看著，不出一聲。李四爺，補充上：「收屍，抬埋，我一個人就能辦，可是得有錢！我自己沒錢，也沒地方去弄錢！」

　　孫七沒錢，馬老太太沒錢，長順沒錢。大家只好呆呆的發愣。

　　「我不想活下去了！」孫七哭喪著臉說，「日本人平白無故的殺了人，我們只會在這裡商量怎麼去收屍！真體面！收屍又沒有錢，我們這群人才算有出息！真他媽的！活著，活著幹嘛呢？」

　　「你不能那麼說！」長順抗辯。

　　「長順！」馬老太太阻止住外孫的發言。

　　李四爺不願和孫七辯論什麼。他的不久就會停止跳動的心裡沒有傷感與不必要的閒話，他只求就事論事，把事情辦妥。他問大家：「給她募化怎樣呢？」

　　「哼！全衚衕裡就屬冠家闊，我可是不能去手背朝下跟他們化緣，就是我的親爹死了，沒有棺材，我也不能求冠家去！什麼話呢，我不能上窯子裡化緣去！」

　　「我上冠家去！」長順自告奮勇。

　　馬老太太不願教長順到冠家去，可是又不便攔阻，她知道小崔的屍首不應當老扔在地上，說不定會被野狗咬爛。「不要想有錢的人就肯出錢！」李四爺冷靜的說。「這麼辦好不好？孫七，你到街上的鋪戶裡伸伸手，不勉強，能得幾個是幾個。我和長順在我們的衚衕裡走一圈兒。然後，長順去找一趟祁瑞豐，小崔不是給他拉包月嗎？他大概不至於不肯出幾個錢。我呢，去找找祁天佑，看能不能要塊粗白布來，好給小崔太太做件孝袍子。馬老太太，我要來布，你分心給縫一縫。」

　　「那好辦，我的眼睛還看得見！」馬老太太很願意幫這點忙。

　　孫七不大高興去化緣。他真願幫忙，假若他自己有錢，他會毫不吝嗇的都拿出來；去化緣，他有點頭疼。但是，他不敢拒絕；揉著眼，他走出去。

「我們也走吧，」李四爺向長順說。「馬老太太，幫著四媽看著她，」他向小崔屋裡指了指，「別教她跑出去！」出了門，四爺告訴長順：「你從三號起，一號用不著去。我從衚衕那一頭兒起，兩頭兒一包，快當點兒！不准動氣，人家給多少是多少，不要爭競。人家不給，也別抱怨。」說完，一老一少分了手。

長順還沒叫門，高亦陀就從院裡出來了。好像偶然相遇似的，亦陀說：「喲！你來幹什麼？」

長順裝出成年人的樣子，沉著氣，很客氣的說：「小崔不是死了嗎，家中很窘，我來跟老鄰居們告個幫！」他的嗚噦的聲音雖然不能完全去掉，可是言語的恰當與態度的和藹使他自己感到滿意。他覺得自從到過英國府，他忽然的長了好幾歲。他已不是孩子了，他以為自己滿有結婚的資格；假若真結了婚，他至少會和丁約翰一樣體面的。

高亦陀鄭重其事的聽著，臉上逐漸增多嚴肅與同情。聽完，他居然用手帕擦擦眼，拭去一兩點想像的淚。然後，他慢慢的從衣袋裡摸出十塊錢來。拿著錢，他低聲的，懇切的說：「冠家不喜歡小崔，你不用去碰釘子。我這裡有點特別費，你拿去好啦。這筆特別費是專為救濟貧苦人用的，一次十塊，可以領五六次。這，你可別對旁人說，因為款子不多，一說出去，大家都來要，我可就不好辦了。我準知道小崔太太苦得很，所以願意給她一份兒。你不用告訴她這筆錢是怎樣來的，以後你就替她來領好啦；這筆款都是慈善家捐給的，人家不願露出姓名來。你拿去吧！」他把錢票遞給了長順。

長順的臉紅起來。他興奮。頭一個他便碰到了財神爺！「噢，還有點小手續！」亦陀彷彿忽然的想起來。「人家託我辦事，我總得有個交代！」他掏出一個小本，和一支鋼筆來。「你來籤個字吧！一點手續，沒多大關係！」

　　長順看了看小本，上面只有些姓名，錢數，和簽字。他看不出什麼不對的地方來。為急於再到別家去，他用鋼筆簽上字。字寫得不很端正，他想改一改。

　　「行啦！根本沒多大關係！小手續！」亦陀微笑著把小本子與筆收回去。「好啦，替我告訴小崔太太，別太傷心！朋友們都願幫她的忙！」說完，他向衚衕外走了去。長順很高興的向五號走。在門外立了會兒，他改了主意。他手中既已有了十塊錢，而祁家又遭了事，他不想去跟他們要錢。他進了六號。他知道劉師傅和丁約翰都不在家，所以一直去看小文；他不願多和太太們囉嗦。小文正在練習橫笛，大概是準備給若霞託崑腔。見長順進來，他放下笛子，把笛膽像條小蛇似的塞進去。「來，我拉，你唱段黑頭吧？」他笑著問。

　　「今天沒工夫！」長順對唱戲是有癮的，可是他控制住了自己；他已自居為成人了。他很簡單的說明來意。小文向裡間問：「若霞！我們還有多少錢？」他是永遠不曉得家中有多少錢和有沒有錢的。

　　「還有三塊多錢。」

　　「都拿來。」

　　若霞把三塊四毛錢託在手掌上，由屋裡走出來。「小崔是真……」她問長順。

　　「不要問那個！」小文皺上點眉。「人都得死！誰準知道自己的腦袋什麼時候掉下去呢！」他慢慢的把錢取下來，放在長順的手中。「對不起，只有這麼一點點！」

　　長順受了感動。「你不是一共就有……我要是都拿走，你們……」

　　「那還不是常有的事！」小文笑了一下。「好在我的頭還連著脖子，沒錢就想法子弄去呀！小崔……」他的喉中噎了一下，不往下說了。

「小崔太太怎麼辦呢？」若霞很關切的問。

長順回答不出來。把錢慢慢的收在衣袋裡，他看了若霞一眼，心裡說：「小文要是被日本人殺了，你怎麼辦呢？」心中這樣嘀咕著，他開始往外走。他並無意詛咒小文夫婦，而是覺得死亡太容易了，誰敢說小文一定不挨刀呢。小文沒往外相送。

長順快走到大門，又聽到了小文的笛音。那不是笛聲，而是一種什麼最辛酸的悲啼。他加快了腳步，那笛聲要引出他的淚來。

他到了七號的門外，正遇上李四爺由裡邊出來。他問了聲：「怎麼樣，四爺爺？」

「牛宅給了十塊，這裡 ——」李四爺指了指七號，而後數手中的錢，「這裡大家都怪熱心的，可是手裡都不富裕，一毛，四毛……統共才湊了兩塊一毛錢。我一共弄了十二塊一，你呢？」

「比四爺爺多一點，十三塊四！」

「好！把錢給我，你找祁瑞豐去吧？」

「這還不夠？」

「要單是買一口狗碰頭，僱四個人抬抬，這點就夠了。可是這是收屍的事呀，不遞給地面上三頭兩塊的，誰準我們挪動屍首呀？再說，小崔沒有墳地，不也得……」

長順一邊聽一邊點頭。雖然他覺得忽然的長了幾歲，可是他到底是個孩子，他的知識和經驗，比起李四爺來，還差得很遠很遠。他看出來，歲數是歲數，光「覺得」怎樣是不中用的。「好啦，四爺爺，我找祁二爺去！」他以為自己最拿手的還是跑跑路，用腦子的事只好讓給李四爺了。

教育局的客廳裡坐滿人。長順找了個不礙事的角落坐下。看看那些出來進去的人，再看看自己鞋上的灰土，與身上的破大褂，他怪不得勁

兒。這幾天來他所表現的勇敢，心路，熱誠，與他所得到的歲數，經驗，與自尊，好像一下子都離開了他，而只不折不扣的剩下個破鞋爛褂子的，平凡的，程長順。他不敢挺直了脖子，而半低著頭，用眼偷偷的瞭著那些人。那些人不是科長科員便是校長教員，哪一個都比他文雅，都有些派頭。只有他怯頭怯腦的像個鄉下佬兒。他是個十八九歲的孩子，他的感情也正好像十八九歲的孩子那樣容易受刺激，而變化萬端。他，現在，摸不清自己到底是幹什麼的了。他有聰明，有熱情，有青春，假若他能按部就班的讀些書，他也會變成個體面的，甚至或者是很有學問的人。可是，他沒好好的讀過書。假若他沒有外婆的牽累，而逃出北平，他也許成為個英勇的抗戰青年，無名或有名的英雄。可是，他沒能逃出去。一切的「可能」都在他的心力上，身體上，他可是呆呆的坐在教育局的客廳裡，像個傻瓜。他覺到羞慚，又覺得自己應當驕傲；他看不起綢緞的衣服，與文雅的態度，可又有點自慚形穢。他只盼瑞豐快快出來，而瑞豐使他等了半個多鐘頭。

屋裡的人多數走開了，瑞豐才叼著假像牙的菸嘴兒，高揚著臉走進來。他先向別人點頭打招呼，而後才輕描淡寫的，順手兒的，看見了長順。

長順心中非常的不快，可是身不由己的立了起來。「坐下吧！」瑞豐從假像牙菸嘴的旁邊放出這三個字來。長順傻子似的又坐下。

「有事嗎？」瑞豐板著面孔問。「嘔，先告訴你，不要沒事往這裡跑，這是衙門！」

長順想給瑞豐一個極有力的嘴巴。可是，他受人之託，不能因憤怒而忘了責任。他的臉紅起來，低聲忍氣的嗚囔：「小崔不是……」

「哪個小崔？我跟小崔有什麼關係？小孩子，怎麼亂拉關係呢？把砍了頭的死鬼，安在我身上，好看，體面？簡直是胡來嗎！真！快走吧！我

不知道什麼小崔小孫，也不管他們的事！請吧，我忙得很！」說罷，他把菸嘴兒取下來，彈了兩下，揚著臉走出去。

長順氣得發抖，臉變成個紫茄子。平日，他和別的鄰居一樣，雖然有點看不起瑞豐，可是看他究竟是祁家的人，所以不好意思嚴格的批評，就彷彿十條王瓜中有一條苦的也就可以馬虎過去了。他萬沒想到瑞豐今天會這樣無情無義。是的，瑞豐是無情無義！若僅是教長順兒去臉卜不來臺，長順倒也不十分計較；人家是科長，長順自己不過是揹著留聲機，沿街賣唱的呀。長順惱的是瑞豐不該拒絕幫小崔的忙，小崔是長順的，也是瑞豐的，鄰居，而且給瑞豐拉過車，而且是被砍了頭，而且……長順越想越氣。慢慢的他從客廳走出來。走到大門外，他不肯再走，想在門外等著瑞豐。等瑞豐出來，他要當著大家的面，扭住瑞豐的脖領，辱罵他一場。他想好了幾句話：「祁科長，怨不得你作漢奸呢！你敢情只管日本人叫爸爸，而忘了親戚朋友！你是他媽的什麼玩藝兒！」說過這幾句，長順想像著，緊跟著就是幾個又脆又響的大嘴巴，把瑞豐的假像牙的菸嘴打飛。他也想像到怎樣順手兒教訓教訓那些人模狗樣的科長科員們：「別看我的衣裳破，一肚子窩窩頭，我不給日本人磕頭請安！他媽的，你們一個個的皮鞋呢帽嘟噹的，孫子，你們是孫子！聽明白沒有？你們是孫子，孫泥！」

這樣想好，他的頭抬起來，眼中發出亮光。他不自慚形穢了。他才是真正有骨頭，有血性的人。那些科長科員們還不配給他撣撣破鞋上的灰土的呢！

可是，沒有多大一會兒，他的心氣又平靜了。他到底是外婆養大的，知道怎樣忍氣。他須趕緊跑回家去，好教外婆放心。慘笑了 —— 下，他嘟嘟曩曩的往回走。他氣憤，又不得不忍氣；他自傲，又不能不嚥下去恥辱；他既是孩子，又是大人；既是英雄，又是亡國奴。

回到家中，他一直奔了小崔屋中去。孫七和四大媽都在那裡。小崔太

太在炕上躺著呢。聽長順進來，她猛孤丁的坐起來，直著眼看他。她似乎認識他，又似乎拿他作一切人的代表似的：「他死得冤！死得冤！死得冤！」四大媽像對付一個小娃娃似的，把她放倒：「乖啊！先好好的睡會兒啊！乖！」她又躺下去，像死去了似的一動也不動。

長順的鼻子又不通了，用手揉了揉。

孫七的眼還紅腫著，沒話找話的問：「怎樣？瑞豐拿了多少？」

長順的怒火重新燃起。「那小子一個銅板沒拿！甭忙。放著他的，擱著我的，多嗆走單了，我會給他個厲害！我要不用沙子迷瞎他的眼，才怪！」

「該打的不止他一個人喲！」孫七慨嘆著說：「我走了十幾家鋪子，才弄來五塊錢！不信，要是日本人教他們上捐，要十個他們絕不敢拿九個半！為小崔啊，他們的錢彷彿都穿在肋條骨上了！真他媽的！」

「就別罵街了吧，你們倆！」馬老太太輕輕的走進來。「人家給呢是人情，不給是本分！」

孫七和長順都不同意馬老太太的話，可是都不願意和她辯論。

李四爺夾著塊粗白布走進來。「馬老太太，給縫縫吧！人家祁天佑掌櫃的真夠朋友，看見沒有，這麼一大塊白布，還另外給了兩塊錢！人家想的開：三個兒子，一個走出去，毫無音信，一個無緣無故的下了獄；錢算什麼呢！」「真奇怪，瑞豐那小子怎麼不跟他爸爸和哥哥學一學！」孫七說，然後把瑞豐不肯幫忙的情形，替長順學說了一遍。

馬老太太抱著白布走出去，她不喜歡聽孫七與長順的亂批評人。在她想，瑞豐和祁掌櫃是一家人，祁掌櫃既給了布和錢，瑞豐雖然什麼都沒給，也就可以說得過去了；十個腳趾頭哪能一邊兒長呢。她的這種道地中國式的「辯證法」使她永遠能特別的原諒人，也能使她自己受了委屈還不

動怒。她開始細心的給小崔太太剪裁孝袍子。

　　李四爺也沒給瑞豐下什麼斷語，而開始憂慮收屍的麻煩。小崔太太是哭主，當然得去認屍。看她的半死半活的樣子，他想起錢默吟太太來。假若小崔太太看到沒有腦袋的丈夫，而萬一也尋了短見，可怎麼辦呢？還有，小崔的人頭是在五牌樓上號令著的，怎麼往下取呢？誰知道日本人要號令三天，還是永遠掛在那裡，一直到把皮肉爛淨了呢？若是不管人頭而只把腔子收在棺材裡，又像什麼話呢？在老人的一生裡，投河覓井的，上吊抹脖子的，他都看見過，也都抬埋過。他不怕死亡的醜陋，而總設法把醜惡裝入了棺材，埋在黃土裡，好使地面上顯著乾淨好看。他沒遇見過這麼難辦的事，小崔是按照著日本人的辦法被砍頭的，誰知道日本人的辦法是怎一回事呢？他不單為了難，而且覺得失去了自信——連替人世收拾流淨了血的屍身也不大好辦了，日本人真他媽的混帳！孫七隻會發脾氣，而不會想主意。他告訴四爺：「不用問我，我的腦袋裡邊直嗡嗡的響！」

　　長順很願告奮勇，同四爺爺一道去收屍。可是他又真有點害怕，萬一小崔冤魂不敢找日本人去，而跟了他來呢？那還了得！他的心中積存著不少外婆給他說的鬼故事。四大媽的心中很簡單：「你這個老東西，你坐在這裡發愁，就辦得了事啦？你走啊，看看屍首，定了棺材，不就行了嗎？」

　　李四爺無可如何的立起來。他的老伴兒的話裡沒有一點學問與聰明，可是頗有點智慧——是呀，坐著發愁有什麼用呢。人世間的事都是「作」出來的，不是「愁」出來的。「四大爺！」孫七也立起來。「我跟你去！我抱著小崔的屍身哭一場去！」

　　「等你們回來，我再陪著小崔太太去收殮！有我，你們放心，她出不了岔子！」四大媽擠咕著大近視眼說。

　　前門外五牌樓的正中懸著兩個人頭，一個朝南，一個朝北。孫七的眼

睛雖然有點近視，可是一出前門他就留著心，要看看朋友的人頭。到了大橋橋頭，他扯了李四爺一把：「四大爺，那兩個黑球就是吧？」

李四爺沒言語。

孫七加快了腳步，跑到牌樓底下，用力瞇著眼，他看清了，朝北的那個是小崔。小崔的扁倭瓜臉上沒有任何表情，閉著雙目，張著點嘴，兩腮深陷，像是作著夢似的，在半空中懸著；脖子下，只有縮緊了的一些黑皮。再往下看，孫七只看到了自己的影子，與硃紅的牌樓柱子。他抱住了牌樓最外邊的那根柱子，已經立不住了。

李四爺趕了過來，「走！孫七！」

孫七已不能動。他的臉上煞白，一對大的淚珠堵在眼角上，眼珠定住。

「走！」李四爺一把抓住孫七的肩膀。

孫七像醉鬼似的，兩腳拌著蒜，跟著李四爺走。李四爺抓著他的一條胳臂。走了一會兒，孫七打了個長嗝兒，眼角上的一對淚珠落下來。「四大爺，你一個人去吧！我走不動了！」他坐在了一家鋪戶的門外。

李四爺只愣了一小會兒，沒說什麼，就獨自向南走去。

走到天橋，四爺和茶館裡打聽了一下，才知道小崔的屍身已被拉到西邊去。他到西邊去找，在先農壇的「牆」外，一個破磚堆上，找到了小崔的沒有頭的身腔。小崔赤著背，光著腳，兩三個腳趾已被野狗咬了去。四爺的淚流了下來。離小崔有兩三丈遠，立著個巡警。四爺勉強的收住淚，走了過去。

「我打聽打聽，」老人很客氣的對巡警說，「這個屍首能收殮不能？」

巡警也很客氣。「來收屍？可以！再不收，就怕教野狗吃了！那一位汽車伕的，已經抬走了！」

「不用到派出所裡說一聲？」

「當然得去！」

「人頭呢？」

「那，我可就說不上來了！屍身由天橋拖到這裡來，上邊並沒命令教我們看著。我們的巡官可是派我們在這裡站崗，怕屍首教野狗叼了走。我們都是中國人哪！好嗎，人教他們給砍了，再不留個屍身，成什麼話呢？說到人頭，就另是一回事了。頭在五牌樓上掛著，誰敢去動呢？日本人的心意大概是隻要我們的頭，而不要身子。我看哪，老大爺，你先收了屍身吧；人頭……真他媽的，這是什麼世界！」

老人謝了謝警察，又走回磚堆那裡去。看一眼小崔，看一眼先農壇，他茫然不知怎樣才好了。他記得在他年輕的時候，這裡是一片荒涼，除了紅牆綠柏，沒有什麼人煙。趕到民國成立，有了國會，這裡成了最繁華的地帶。城南遊藝園就在壇園裡，新世界正對著遊藝園，每天都像過新年似的，鑼鼓，車馬，晝夜不絕。這裡有最華麗的飯館與綢緞莊，有最妖豔的婦女，有五彩的電燈。後來，新世界與遊藝園全都關了門，那些議員與妓女們也都離開北平，這最繁鬧的地帶忽然的連車馬都沒有了。壇園的大牆拆去，磚瓦與土地賣給了民間。天橋的舊貨攤子開始擴充套件到這裡來，用喧譁叫鬧與亂七八糟代替了昔日的華麗莊嚴。小崔占據的那堆破磚，便是拆毀了的壇園的大牆所遺棄下的。變動，老人的一生中看見了多少變動啊！可是，什麼變動有這個再大呢 —— 小崔躺在這裡，沒有頭！壇裡的青松依然是那麼綠，而小崔的血染紅了兩塊破磚。這不是個惡夢麼？變動，誰能攔得住變動呢？可是，變動依然是存在；尊嚴的壇園可以變為稀髒烏亂的小市；而市場，不管怎麼汙濁紛亂，總是生命的集合所在呀！今天，小崔卻躺在這裡，沒了命。北平不單是變了，而也要不復存在，因為日本人已經把小崔的和許多別人的腦袋殺掉。

　　越看，老人的心裡越亂。這是小崔嗎？假若他不準知道小崔被殺了頭，他一定不認識這個屍身。看到屍身，他不由的還以為小崔是有頭的，小崔的頭由老人心中跳到那醜惡黑紫的脖腔上去。及至仔細一看，那裡確是沒有頭，老人又忽然的不認識了小崔。小崔的頭忽有忽無，忽然有眉有眼，忽然是一圈白光，忽然有說有笑，忽然什麼也沒有。那位崗警慢慢的湊過來。「老大爺，你……」

　　老人嚇了一跳似的揉了揉眼。小崔的屍首更顯明瞭一些，一點不錯這是小崔，掉了頭的小崔。老人嘆了口氣，低聲的叫：「小崔！我先埋了你的身子吧！」說完，他到派出所去見巡長，辦了收屍的手續。而後在附近的一家壽材鋪定了一口比狗碰頭稍好一點的柳木棺材，託咐鋪中的人給馬上去找槓夫與五個和尚，並且在壇西的亂死崗子給打一個坑。把這些都很快的辦妥，他在天橋上了電車。電車開了以後，老人被搖動的有點發暈，他閉上眼養神。偶一睜眼，他看見車中人都沒有頭；坐著的立著的都是一些腔子，像躺在破磚堆上的小崔。他急忙的眨一眨眼，大家都又有了頭。他嘟囔著：「有日本人在這裡，誰的腦袋也保不住！」

　　到了家，他和馬老太太與孫七商議，決定了：孫七還得同他回到天橋，去裝殮和抬埋小崔。孫七不願再去，可是老人以為兩個人一同去，才能心明眼亮，一切都有個對證。孫七無可如何的答應了。他們也決定了，不教小崔太太去，因為連孫七等見了人頭就癱軟在街上，小崔太太若見到丈夫的屍身，恐怕會一下子哭死的。至於人頭的問題，只好暫時不談。他們既不能等待人頭摘下來再入殮，也不敢去責問日本人為什麼使小崔身首分家，而且不准在死後合到一處。

　　把這些都很快的商量好，他們想到給小崔找兩件裝殮的衣服，小崔不能既沒有頭，又光著脊背入棺材。馬老太太拿出長順的一件白小褂，孫七找了一雙襪子和一條藍布褲子。拿著這點東西，李四爺和孫七又打回頭，

坐電車到天橋去。

到了天橋，太陽已經平西了。李四爺一下電車便告訴孫七，「時候可不早了，我們得麻利著點！」可是，孫七的腿又軟了。李老人發了急：「你是怎回子事？」

「我？」孫七擠咕著近視眼。「我並不怕看死屍！我有點膽子！可是，小崔，小崔是我們的朋友哇，我動心！」「誰又不動心呢？光動心，腿軟，可辦不了事呀！」李老人一邊走一邊說。「硬正點，我知道你是有骨頭的人！」

經老人這麼一鼓勵，孫七加快了腳步，趕了上來。

老人在一個小鋪裡，買了點紙錢，燒紙，和香燭。

到了先農壇外，棺材，槓夫，和尚，已都來到。棺材鋪的掌櫃和李四爺有交情，也跟了來。

老人教孫七點上香燭，焚化燒紙，他自己給小崔穿上衣褲。孫七找了些破磚頭擠住了香燭，而後把燒紙燃著。他始終不敢抬頭看小崔。小崔入了棺材，他想把紙錢撒在空中，可是他的手已抬不起來。蹲在地上，他哭得放了聲。李老人指揮著釘好棺材蓋，和尚們響起法器，棺材被抬起來，和尚們在前面潦草的，敷衍了事的，擊打著法器，小跑著往前走。棺材很輕，四個槓夫邁齊了腳步，也走得很快。李老人把孫七拉起來，趕上去。

「坑打好啦？」李四爺含著淚問那位掌櫃的。

「打好了！槓夫們認識地方！」

「那麼，掌櫃的請回吧！我們鋪子裡見，歸了包堆該給你多少錢，回頭我們清帳！」

「就是了，四大爺！我沏好了茶等著你！」掌櫃的轉身回去。

太陽已快落山。帶著微紅的金光，射在那簡單的，沒有油漆的，像個

大匣子似的，白棺材上。棺材走得很快，前邊是那五個面黃肌瘦的和尚，後邊是李四爺與孫七。沒有執事，沒有孝子，沒有一個穿孝衣的，而只有那麼一口白木匣子裝著沒有頭的小崔，對著只有一些陽光的，荒冷的，野地走去。幾個歸鴉，背上帶著點陽光，倦怠的，緩緩的，向東飛。看見了棺材，它們懶懶的悲叫了幾聲。

　　法器停住，和尚們不再往前送。李四爺向他們道了辛苦。棺材走得更快了。

　　一邊荒地，到處是破磚爛瓦與枯草，在瓦礫之間，有許多許多小的墳頭。在四五個小墳頭之中，有個淺淺的土坑，在等待著小崔。很快的，棺材入了坑。李四爺抓了把黃土，撒在棺材上：「小崔，好好的睡吧！」

　　太陽落下去。一片靜寂。只有孫七還大聲的哭。

第 50 幕　談談獄中

天氣驟寒。

瑞宣，在出獄的第四天，遇見了錢默吟先生。他看出來，錢先生是有意的在他每日下電車的地方等著他呢。他猜的不錯，因為錢先生的第一句話就是：「你有資格和我談一談了，瑞宣！」

瑞宣慘笑了一下。他曉得老先生所謂的「資格」，必定是指入過獄而言。

錢先生的臉很黑很瘦，可是也很硬。從這個臉上，已經找不到以前的胖忽忽的，溫和敦厚的，書生氣。他完全變了，變成個癟太陽，嘬腮梆，而稜角分明的臉。一些雜亂無章的鬍子遮住了嘴。一對眼極亮，亮得有力；它們已不像從前那樣淡淡的看人，而是像有些光亮的尖針，要釘住所看的東西。這已經不像個詩人的臉，而頗像練過武功的人的面孔，瘦而硬棒。

老先生的上身穿著件短藍布襖，下身可只是件很舊很薄的夾褲。腳上穿著一對舊布鞋，襪子是一樣一隻，一隻的確是黑的，另一隻似乎是藍的，又似乎是紫的，沒有一定的顏色。

瑞宣失去了平素的鎮定，簡直不知道怎樣才好了。錢先生是他的老鄰居與良師益友，又是愛國的志士。他一眼便看到好幾個不同的錢先生：鄰居，詩人，朋友，囚犯，和敢反抗敵人的英雄。從這許多方面，他都可以開口慰問，道出他心中的關切，想念，欽佩，與欣喜。可是，他一句話也說不出。錢先生的眼把他瞪呆了，就好像一條蛇會把青蛙吸住，不敢再動一動，那樣。

錢先生的鬍子下面發出一點笑意，笑得大方，美好，而且真誠。在這點笑意裡，沒有一點虛偽或驕傲，而很像一個健康的嬰兒在夢中發笑那麼

天真。這點笑充分的表示出他的無憂無慮，和他的健康與勇敢。它像老樹開花那麼美麗，充實。瑞宣也笑了笑，可是他自己也覺出笑得很勉強，無力，而且帶著怯懦與羞愧。

「走吧，談談去！」錢先生低聲的說。

瑞宣從好久好久就渴盼和老人談一談。在他的世界裡，他只有三個可以談得來的人：瑞全，富善先生，和錢詩人。三個人之中，瑞全有時候很幼稚，富善先生有時候太強詞奪理，只有錢先生的態度與言語使人永遠感到舒服。

他們進了個小茶館。錢先生要了碗白開水。

「喝碗茶吧？」瑞宣很恭敬的問，搶先付了茶資。「士大夫的習氣須一律除去，我久已不喝茶了！」錢先生吸了一小口滾燙的開水。「把那些習氣剝淨，我們才能還原兒，成為老百姓。你看，爬在戰壕裡打仗的全是不喫茶的百姓，而不是穿大衫，喝香片計程車大夫。我們是經過思索的玉，百姓們是璞。一個小玉戒指只是個裝飾，而一塊帶著石根子的璞，會把人的頭打碎！」

瑞宣看了看自己的長袍。

「老三沒信？」老人很關切的問。

「沒有。」

「劉師傅呢？」

「也沒信。」

「好！逃出去的有兩條路，不是死就是活。不肯逃出去的只有一條路——死！我勸過小崔，我也看見了他的頭！」老人的聲音始終是很低，而用眼光幫助他的聲音，在凡是該加重語氣的地方，他的眼就更亮一些。

瑞宣用手鼓逗著蓋碗的蓋兒。

「你沒受委屈？在 ── 」老人的眼極快的往四外一掃。瑞宣已明白了問題，「沒有！我的肉大概值不得一打！」「打了也好，沒打也好！反正進去過的人必然的會記住，永遠記住，誰是仇人，和仇人的真面目！所以我剛才說：你有了和我談一談的資格。我時時刻刻想念你，可是我故意的躲著你，我怕你勸慰我，教我放棄了我的小小的工作。你入過獄了，見過了死亡，即使你不能幫助我，可也不會勸阻我了！勸阻使我發怒。我不敢見你，正如跟我不敢去見金三爺和兒媳婦！」

「我和野求找過你，在金……」

老人把話搶過去：「別提野求！他有腦子，而沒有一根骨頭！他已經給自己挖了墳坑！是的，我知道他的困難，可是不能原諒他！給日本人作過一天事的，都永遠得不到我的原諒！我的話不是法律，但是被我詛咒的人大概不會得到上帝的赦免！」

這鋼鐵一般硬的幾句話使瑞宣微顫了一下。他趕快的發問：

「錢伯伯，你怎麼活著呢？」

老人微笑了一下。「我？很簡單！我按照著我自己的方法活著，而一點也不再管士大夫那一套生活的方式，所以很簡單！得到什麼，我就吃什麼；得到什麼，我就穿什麼；走到哪裡，我便睡在哪裡。整個的北平城全是我的家！簡單，使人快樂。我現在才明白了佛為什麼要出家，耶穌為什麼打赤腳。文化就是衣冠文物。有時候，衣冠文物可變成了人的累贅。現在，我擺脫開那些累贅，我感到了暢快與自由。剝去了衣裳，我才能多看見點自己！」

「你都幹些什麼呢？」瑞宣問。

老人喝了一大口水。「那，說起來可很長。」他又向前後左右掃了一

眼。這正是吃晚飯的時節，小茶館裡已經很清靜，只在隔著三張桌子的地方還有兩個洋車伕高聲的談論著他們自己的事。「最初，」老人把聲音更放低一些，「我想藉著已有的組織，從新組織起來，作成個抗敵的團體。戰鬥，你知道，不是一個人能搞成功的。我不是關公，不想唱《單刀會》；況且，關公若生在今天，也準保不敢單刀赴會。你知道，我是被一個在幫的人救出獄來的？好，我一想，就想到了他們。他們有組織，有歷史，而且講義氣。我開始調查，訪問。結果，我發現了兩個最有勢力的，黑門和白門。白門是白蓮教的支流，黑門的祖師是黑虎玄壇。我見到了他們的重要人物，說明瞭來意。他們，他們，」老人扯了扯脖領，好像呼吸不甚舒暢似的。

「他們怎樣？」

「他們跟我講『道』！」

「道？」

「道！」

「什麼道呢？」

「就是嗎，什麼道呢？白蓮教和黑虎玄壇都是道！你信了他們的道，你就得到他們的承認，你入了門。入了門的就『享受』義氣。這就是說，你在道之外，還得到一種便利與保障。所謂便利，就是別人買不到糧食，你能買得到，和諸如此類的事。所謂保障，就是在有危難的時節，有人替你設法使你安全。我問他們抗日不呢？他們搖頭！他們說日本人很講義氣，沒有侵犯他們，所以他們也得講義氣，不去招惹日本人，他們的義氣是最實際的一種君子協定，在這個協定之外，他們無所關心 —— 連國家民族都算在內。他們把日本人的侵略看成一種危難，只要日本人的刀不放在他們的脖子上，他們便認為日本人很講義氣，而且覺得自己果然得到了保障。日本人也很精明，看清楚了這個，所以暫時不單不拿他們開刀，而

且給他們種種便利，這樣，他們的道與義氣恰好成了抗日的阻礙！我問他們是否可以聯合起來，黑門與白門聯合起來，即使暫時不公開的抗日，也還可以集中了力量作些有關社會福利的事情。他們絕對不能聯合，因為他們各自有各自的道。道不同便是仇敵。不過，這黑白兩門雖然互相敵視，可是也自然的互相尊敬，因為人總是一方面忌恨敵手，一方面又敬畏敵手的。反之他們對於沒有門戶的人，根本就不當作人待。當我初一跟他們來往的時候，以我的樣子和談吐，他們以為我也必定是門內的人。及至他們發現了，我只是赤裸裸的一個人，他們極不客氣的把我趕了出來。我可是並不因此而停止了活動，我還找他們去，我去跟他們談道，我告訴他們，我曉得一些孔孟莊老和佛與耶穌的道，我喜歡跟他們談一談。他們拒絕了我。他們的道才是道，世界上並沒有孔孟莊老與佛耶，彷彿是。他們又把我趕出來，而且警告我，假若我再去囉嗦，他們會結果我的性命！他們的道遮住了他們眼，不單不願看見真理，而且也拒絕了接受知識。對於我個人，他們沒有絲毫的敬意。我的年紀，我的學識，與我的愛國的熱誠，都沒有一點的用處，我不算人，因為我不信他們的道！」

　　老人不再說話，瑞宣也愣住。沉默了半天，老人又笑了一下。「不過，你放心，我可是並不因此而灰心。凡是有志救國的都不會灰心，因為他根本不考慮個人的生死得失，這個借用固有的組織的計劃既行不通，我就想結合一些朋友，來個新的組織。但是，我一共有幾個朋友呢？很少。我從前的半隱士的生活使我隔絕了社會，我的朋友是酒，詩，圖畫，與花草。再說，空組織起來，而沒有金錢與武器，又有什麼用呢？我很傷心的放棄了這個計劃。我不再想組織什麼，而赤手空拳的獨自去幹。這幾乎近於愚蠢，現代的事情沒有孤家寡人可以成功的。可是，以我過去的生活，以北平人的好苟安偷生，以日本特務網的嚴密，我只好獨自去幹。我知道這樣幹永遠不會成功，我可也知道幹總比不幹強。我抱定幹一點是一點的

心，儘管我的事業失敗，我自己可不會失敗：我決定為救國而死！儘管我
的工作是沙漠上的一滴雨，可是一滴雨到底是一滴雨；一滴雨的勇敢就是
它敢落在沙漠上！好啦，我開始作泥鰍。在魚市上，每一大盆鱔魚裡不是
總有一條泥鰍嗎？它好動，鱔魚們也就隨著動，於是不至於大家都靜靜的
壓在一處，把自己壓死，北平城是個大盆，北平人是鱔魚，我是泥鰍。」
老人的眼瞪著瑞宣，用手背擦了擦嘴角上的白沫子。而後接著說：「當我
手裡還有足夠買兩個餅子，一碗開水的錢的時候，我就不管明天，而先去
作今天一天的事。我走到哪兒，哪兒便是我的辦公室。走到圖畫展覽會，
我便把話說給畫家們聽。他們也許以為我是瘋子，但是我的話到底教他們
發一下愣。發愣就好，他們再拿起彩筆的時候，也許就要想一想我的話，
而感到羞愧。遇到青年男女在公園裡講愛情，我便極討厭的過去問他們，
是不是當了亡國奴，戀愛也照樣是神聖的呢？我不怕討厭，我是泥鰍！有
時候，我也捱打；可是，我一說：『打吧！替日本人多打死一個人吧！』他
們永遠就收回手去。在小茶館裡，我不只去喝水，而也抓住誰就勸誰，我
勸過小崔，勸過劉師傅，勸過多少多少年輕力壯的人。這，很有效。劉師
傅不是逃出去了麼？雖然不能在北平城裡組織什麼，我可是能教有血性的
人逃出去，加入我們全國的抗日的大組織裡去！大概的說：苦人比有錢的
人，下等人比穿長衫的人，更能多受感動，因為他們簡單真純。穿長衫的
人都自己以為有知識，不肯聽別人的指導。他們的顧慮又很多，假若他們
的腳上有個雞眼，他們便有充分的理由拒絕逃出北平！「當我實在找不到
買餅子的錢了，我才去作生意。我存了幾張紙，和一些畫具。沒了錢，我
便畫一兩張顏色最鮮明的畫去騙幾個錢。有時候，懶得作畫，我就用一件
衣服押幾個錢，然後買一些薄荷糖之類的東西，到學校門口去賣。一邊賣
糖，我一邊給學生們講歷史上忠義的故事，並且勸學生們到後方去上學。
年輕的學生們當然不容易自己作主逃出去，但是他們至少會愛聽我的故

事，而且受感動。我的嘴是我的機關槍，話是子彈。」

　　老人一口把水喝淨，叫茶房給他再倒滿了杯。「我還不只勸人們逃走，也勸大家去殺敵。見到拉車的，我會說：把車一歪，就摔他個半死；遇上喝醉了的日本人，把他摔下來，掐死他！遇見學生，我，我也狠心的教導：作手工的刀子照準了咽喉刺去，也能把日本教員弄死。你知道，以前我是個不肯傷害一個螞蟻的人；今天，我卻主張殺人，鼓勵殺人了。殺戮並不是我的嗜好與理想，不過是一種手段。只有殺，殺敗了敵人，我們才能得到和平。和日本人講理，等於對一條狗講唐詩；只有把刀子刺進他們的心窩，他們或者才明白別人並不都是狗與奴才。我也知道，殺一個日本人，須至少有三五個人去抵償。但是，我不能只算計人命的多少，而使鱔魚們都腐爛在盆子裡。越多殺，仇恨才越分明；會恨，會報仇的人才不作亡國奴。北平沒有抵抗的丟失了，我們須用血把它奪回來。恐怖必須造成。這恐怖可不是隻等著日本人屠殺我們，而是我們也殺他們。我們有一個敢舉起刀來的，日本人就得眨一眨眼，而且也教我們的老實北平人知道日本人並不是鐵打的。多咱恐怖由我們造成，我們就看見了光明；刀槍的亮光是解放與自由閃電。前幾天，我們刺殺了兩個特使，你等著看吧，日本人將必定有更厲害的方法來對付我們；同時，日本人也必定在表面上作出更多中日親善的把戲；日本人永遠是一邊殺人，一邊給死鬼唪經的。只有殺，只有多殺，你殺我，我殺你，彼此在血水裡亂滾，我們的鱔魚才能明白日本人的親善是假的，才能不再上他們的當。為那兩個特使，小崔和那個汽車伕白白的喪了命，幾千人無緣無故的入了獄，受了毒刑。這就正是我們所希望的。從一個意義來講，小崔並沒白死，他的頭到今天還給日本人的『親善』與『和平』作反宣傳呢！我們今天唯一的標語應吉是七殺碑，殺！殺！殺！……」

　　老人閉上眼，休息了一會兒。睜開眼，他的眼光不那麼厲害了。很溫

柔的，幾乎是像從前那麼溫柔的，他說：「將來，假若我能再見太平，我必會懺悔！人與人是根本不應當互相殘殺的！現在，我可絕不後悔。現在，我們必須放棄了那小小的人道主義，去消滅敵人，以便爭取那比婦人之仁更大的人道主義。我們須暫時都變成獵人，敢冒險，敢放槍，因為面對面的我們遇見了野獸。詩人與獵戶合併在一處，我們才會產生一種新的文化，它既愛好和平，而在必要的時候又會英勇剛毅，肯為和平與真理去犧牲。我們必須像一座山，既滿生著芳草香花，又有極堅硬的石頭。你看怎樣？瑞宣！」瑞宣點了點頭，沒有說什麼。他看錢伯伯就像一座山。在從前，這座山只表現了它的幽美，而今天它卻拿出它的寶藏來。他若泛泛的去誇獎兩句，便似乎是汙辱了這座山。他說不出什麼來。

　　過了半天，他才問了聲：「你的行動，錢伯伯，難道不招特務們的注意嗎？」

　　「當然！他們當然注意我！」老人很驕傲的一笑。「不過，我有我的辦法。我常常的和他們在一道！你知道，他們也是中國人。特務是最時髦的組織，也是最靠不住的組織。同時，他們知道我身上並沒有武器，不會給他們闖禍。他們大概拿我當個半瘋子，我也就假裝瘋魔的和他們亂扯。我告訴他們，我入過獄，挺過刑，好教他們知道我並不怕監獄與苦刑。他們也知道我的確沒有錢，在我身上他們擠不出油水來。在必要的時候，我還嚇唬他們，說我是中央派來的。他們沒有多少國家觀念，可是也不真心信服日本人，他們渺渺茫茫的覺得日本人將來必失敗 —— 他們說不上理由來，大概只因為日本人太討厭，所以連他們也盼望日本人失敗。（這是日本人最大的悲哀！）既然盼望日本人失敗，他們當然不肯真刀真槍的和中央派來的人蠻幹，他們必須給自己留個退步。告訴你，瑞宣，死也並不容易，假若你一旦忘記了死的可怕。我不怕死，所以我在死亡的門前找到了許多的小活路兒。我一時沒有危險。不過，誰知道呢，將來我也許會在最

想不到的地方與時間，忽然的死掉。管它呢，反正今天我還活著，今天我就放膽的工作！」

這時候，天已經黑了。小茶館裡點起一些菜油燈。「錢伯伯，」瑞宣低聲的叫。「家去，吃點什麼，好不好？」老人毫不遲疑的拒絕了：「不去！見到你的祖父和小順子，我就想起我自己從前的生活來，那使我不好過。我今天正像人由爬行而改為立起來，用兩條腿走路的時候；我一鬆氣，就會爬下去，又成為四條腿的動物！人是脆弱的，須用全力支援自己！」

「那麼，我們在外邊吃一點東西？」

「也不！理由同上！」老人慢慢的往起立。剛立穩，他又坐下了。「還有兩句話。你認識你們衚衕裡的牛教授？」「不認識。幹嘛？」

「不認識就算了。你總該認識尤桐芳嘍？」

瑞宣點點頭。

「她是有心胸的，你應該照應她一點！我也教給了她那個字 —— 殺！」

「殺誰？」

「該殺的人很多！能消滅幾個日本人固然好，去殺掉幾個什麼冠曉荷，李空山，大赤包之類的東西也好。這次的抗戰應當是中華民族的大掃除，一方面須趕走敵人，一方面也該掃除清了自己的垃圾。我們的傳統的升官發財的觀念，封建的思想 —— 就是一方面想作高官，一方面又甘心作奴隸 —— 家庭制度，教育方法，和苟且偷安的習慣，都是民族的遺傳病。這些病，在國家太平的時候，會使歷史無聲無色的，平凡的，像一條老牛似的往前慢慢的蹭；我們的歷史上沒有多少照耀全世界的發明與貢獻。及至國家遇到危難，這些病就像三期梅毒似的，一下子潰爛到底。大赤包們不是人，而是民族的髒瘡惡疾，應當用刀消割了去！不要以為他們只是些不知好歹，無足介意的小蟲子，而置之不理。他們是蛆，蛆會變成

蒼蠅，傳播惡病。在今天，他們的罪過和日本人一樣的多，一樣的大。所以，他們也該殺！」

「我怎麼照應她呢？」瑞宣相當難堪的問。

「給她打氣，鼓勵她！一個婦人往往能有決心，而在執行的時候下不去手！」老人又慢慢的往起立。

瑞宣還不肯動。他要把想了半天的一句話——「對於我，你有什麼教訓呢？」——說出來。可是，他又不敢說。他知道自己的怯懦與無能。假若錢伯伯教他狠心的離開家庭，他敢不敢呢？他把那句話嚥了下去，也慢慢的立起來。

兩個人出了茶館，瑞宣捨不得和錢老人分手，他隨著老人走。走了幾步，老人立住，說：「瑞宣，送君千里終須別，你回家吧！」

瑞宣握住了老人的手。「伯父，我們是不是能常見面呢？你知道……」

「不便常見！我知道你想念我，我又何嘗不想念你們！不過，我們多見一面，便多耗費一些工夫；耗費在閒談上！這不上算。再說呢，中國人不懂得守祕密，話說多了，有損無益。我相信你是會守祕密的人，所以今天我毫無保留的把心中的話都傾倒出來。可是，就是你我也以少談心為是。甘心作奴隸的應當張開口，時時的喊主人。不甘心作奴隸的應當閉上嘴，只在最有用的時候張開——噴出仇恨與怒火。看機會吧，當我認為可以找你來的時候，我必找你來。你不要找我！你看，你和野求已經把我竊聽孫子的啼哭的一點享受也剝奪了！再見吧！問老人們好！」

瑞宣無可如何的鬆開手。手中像有一股熱氣流出去，他茫然的立在那裡，看著錢先生在燈影中慢慢的走去。一直到看不見老人了，他才打了轉身。

他一向渴盼見到錢先生。今天，他看到了老人，可是他一共沒有說了幾句話。羞愧截回去他的言語。論年歲，他比老人小著很多。論知識，他的新知識比錢詩人的豐富。論愛國心，他是新時代的人，理當至少也和錢伯伯有一樣多。可是，他眼看著錢伯伯由隱士變為戰士，而他還是他，他沒有絲毫的長進。他只好聽著老人侃侃而談，他自己張不開口。沒有行動，多開口便是無聊。這個時代本應當屬於他，可是竟自被錢老人搶了去。他沒法不覺得慚愧。

到了家，大家已吃過了晚飯。韻梅重新給他熱菜熱飯。她問他為什麼回來晚了，他沒有回答。隨便的扒摟了一碗飯，他便躺在床上胡思亂想。「到底錢伯伯怎樣看我呢？」他翻來覆去的想這個問題。一會兒，他覺得錢老人必定還很看得起他；要不然，老人為什麼還找他來，和他談心呢？一會兒，他又以為這純粹是自慰，他幹了什麼足以教老人看得起他的事呢？沒有，他沒作過任何有益於抗敵救國的事！那麼，老人為什麼還看得起他呢？不，不！老人不是因為看得起他，而只是因為想念他，才找他來談一談。

他想不清楚，他感到疲倦。很早的，他便睡了覺。

隨著第二天的朝陽，他可是看見了新的光明。他把自己放下，而專去想錢先生。他覺得錢先生雖然受盡苦處，可是還很健康，或者也很快活。為什麼？因為老人有了信仰，有了決心；信仰使他絕對相信日本人是可以打倒的，決心使他無顧慮的，毫不遲疑的去作打倒日本人的工作。信仰與決心使一個老詩人得到重生與永生。

看清楚這一點，瑞宣以為不管他的行動是否恰好配備著抗戰，他也應當在意志的堅定上學一學錢老人。他雖然沒拚著命去殺敵，可是他也決定不向敵人屈膝。這，在以前，他總以為是消極的，是不抵杭，是逃避，是可恥的事。因為可恥，所以他總是一天到晚的低著頭，不敢正眼看別人，

也不敢對鏡子看自己。現在，他決定要學錢先生，儘管在行動上與錢先生不同，可是他也要像錢先生那樣的堅定，快樂。他的不肯向敵人屈膝不只是逃避，而是一種操守。堅持著這操守，他便得到一點兒錢先生的剛毅之氣。為操守而受苦，受刑，以至於被殺，都頂好任憑於它。他須為操守與苦難而打起精神活著，不應當再像個避宿的蝸牛似的，老把頭藏起去。是的，他須活著；為自己，為家庭，為操守，他須活著，而且是堂堂正正的，有說有笑的，活著。他應當放寬了心。不是像老二瑞豐那樣的沒皮沒臉的寬心，而是用信仰與堅決充實了自己，使自己像一座不可搖動的小山。他不應當再躲避，而反倒應該去看，去接觸，一切。他應當到冠家去，看他們到底腐爛到了什麼程度。他應當去看小崔怎樣被砍頭。他應當去看日本人的一切暴行與把戲。看過了，他才能更清楚，更堅定，說不定也許不期而然的狠一下心，去參加了抗戰的工作。人是歷史的，而不是夢的，材料。他無須為錢先生憂慮什麼，而應當傚法錢先生的堅強與無憂無慮。

　　早飯依然是昨晚剩下的飯熬的粥，和烤窩窩頭與老醃蘿蔔。可是，他吃得很香，很多。他不再因窩窩頭而替老人們與孩子們難過，而以為男女老幼都理應受苦；只有受苦才能使大家更恨敵人，更愛國家。這是懲罰，也是鞭策。

　　吃過飯，他忙著去上班。一出門，他遇上了一號的兩個日本人。他沒低下頭去，而昂首看著他們。他們，今天在他的眼中，已經不是勝利者，而是炮灰。他知道他們早晚會被徵調了去，死在中國的。

　　他擠上電車去。平日，擠電車是一種苦刑；今天他卻以為這是一種鍛鍊。想起獄中那群永遠站立的囚犯，和錢先生的瘸著腿奔走，他覺得他再不應為擠車而苦惱；為小事苦惱，會使人過度的悲觀。

　　這是星期六。下午兩點他就可以離開公事房。他決定去看看下午三時

在太廟大殿裡舉行的華北文藝作家協會的大會。他要看，他不再躲避。

太廟自從闢為公園，始終沒有像中山公園那麼熱鬧過。它只有原來的古柏大殿，而缺乏著別的花木亭榭。北平人多數是喜歡熱鬧的，而這裡太幽靜。現在，已是冬天，這裡的遊人就更少了。瑞宣來到，大門外雖然已經掛起五色旗與日本旗，並且貼上了許多標語，可是裡外都清鍋冷竈的，幾乎看不到一個人。他慢慢的往園內走，把帽子拉到眉邊，省得教熟人認出他來。

他看見了老柏上的有名的灰鶴。兩隻，都在樹頂上立著呢。他立定，呆呆的看著它們。從前，他記得，他曾帶著小順兒，特意來看它們，可是沒有看到。今天，無意中的看到，他彷彿是被它們吸住了，不能再動。據說，這裡的灰鶴是皇帝飼養著的，在這裡已有許多年代。瑞宣不曉得一隻鶴能活多少年，是否這兩隻曾經見過皇帝。他只覺得它們，在日本人占領了北平之後，還在這裡活著，有些不大對。它們的羽毛是那麼光潔，姿態是那麼俊逸，再配上那紅的牆，綠的柏，與金瓦的宮殿，真是仙境中的仙鳥。可是，這仙境中的主人已換上了殺人不眨眼的倭寇；那仙姿逸態又有什麼用呢？說不定，日本人會用籠子把它們裝起，運到島國當作戰利品去展覽呢！

不過，鳥兒到底是無知的。人呢？他自己為什麼只呆呆的看著一對灰鶴，而不去趕走那些殺人的魔鬼呢？他不想去看文藝界的大會了。灰鶴與他都是高傲的，愛惜羽毛的，而他與它們的高傲只是一種姿態而已，沒有用，沒有任何的用！他想低著頭走回家去。

可是，極快的，他矯正了自己。不，他不該又這樣容易傷感，而把頭又低下去。傷感不是真正的，健康的，感情。由傷感而落的淚是露水，沒有甘霖的功用。他走向會場去。他要聽聽日本人說什麼，要看看給日本人作裝飾的文藝家的面目。他不是來看灰鶴。

　　會場裡坐著立著已有不少的人，可是還沒有開會。他在簽到簿上畫了個假名字。守著簽到簿的，和殿裡的各處，他看清，都有特務。自從被捕後，他已會由服裝神氣上認出他們來。他心中暗笑了一下。特務是最時髦的組織，可也是最靠不住的組織，他想起錢先生的話來。以特務支援政權，等於把房子建築在沙灘上。日本人很會建築房子，可惜沒看地基是不是沙子。

　　他在後邊找了個人少的地方坐下。慢慢的，他認出好幾個人來：那個戴瓜皮小帽，頭像一塊寶塔糖的，是東安市場專偷印淫書的藝光齋的老闆；那個一臉浮油，像火車一樣吐氣的胖子，是琉璃廠賣墨盒子的周四寶；那個圓眼胖臉的年輕人是後門外德文齋紙店跑外的小山東兒；那個滿臉菸灰，腮上有一撮毛的是說相聲的黑毛兒方六。除了黑毛兒方六（住在小羊圈七號）一定認識他，那三位可是也許認識他，也許不認識，因為他平日愛逛書鋪與琉璃廠，而且常在德文齋買東西，所以慢慢的知道了他們，而他們不見得注意過他。此外，他還看到一位六十多歲而滿臉搽著香粉的老妖精；想了半天，他才想起來，那是常常寫戲評的票友劉禹清；他在戲劇雜誌上看見過他的像片。在老妖精的四圍，立著的，坐著的，有好幾個臉上滿是笑容的人，看著都眼熟，他可是想不起他們都是誰。由他們的神氣與衣服，他猜想他們不是給小報報屁股寫文章的，便是小報的記者。由這個大致不錯的猜測，他想到小報上新出現的一些筆名 —— 二傻子，大白薯，清風道士，反迅齋主，熱傷風……。把這些筆名放在面前那些發笑的人們身上，他覺得非常的合適，合適得使他要作嘔。

　　大赤包，招弟，冠曉荷，走了進來。大赤包穿著一件紫大緞的長袍，上面罩著件大紅繡花的斗篷，頭上戴著一頂大紅的呢洋帽，帽沿很窄，上面斜插二尺多長的一根野雞毛。她走得極穩極慢，一進殿門，她雙手握緊了斗篷，頭上的野雞毛從左至右畫了個半圓，眼睛隨著野雞毛的轉動，檢

閃了全殿的人。這樣亮完了像兒，她的兩手鬆開，肩膀兒一拱，斗篷離了身，輕而快的落在曉荷的手中。而後，她扶著招弟，極穩的往前面走，身上紋絲不動，只有野雞毛微顫。全殿裡的人都停止了說笑，眼睛全被微顫的野雞毛吸住。走到最前排，她隨便的用手一推，像驅逐一個蟲子似的把中間坐著的人推開，她自己坐在那裡 —— 正對著講臺桌上的那瓶鮮花。招弟坐在媽媽旁邊。

曉荷把太太的斗篷搭在左臂上，一邊往前走，一邊向所有的人點頭打招呼。他的眼瞇著，嘴半張著，嘴唇微動，而並沒說什麼；他不費力的使大家猜想他必是和他們說話呢。這樣走了幾步，覺得已經對大家招呼夠了，他閉上了嘴，用小碎步似跳非跳的趕上太太，像個小哈巴狗似的同太太坐在一處。

瑞宣看到冠家夫婦的這一場，實在坐不住了；他又想回家。可是，這時候，門外響了鈴。冠曉荷半立著，雙手伸在頭上鼓掌。別人也跟著鼓掌。瑞宣只好再坐穩。

在掌聲中，第一個走進來的是藍東陽。今天，他穿著西服。沒人看得見他的領帶，因為他的頭與背都維持著鞠躬的姿式。他橫著走，雙手緊緊的貼在身旁，頭與背越來越低，像在地上找東西似的。他的後面是，瑞宣認得，曾經一度以宣傳反戰得名的日本作家井田。十年前，瑞宣曾聽過井田的講演。井田是個小個子，而肚子很大，看起來很像會走的一個泡菜罈子。他的肚子，今天，特別往外凸出；高揚著臉。他的頭髮已有許多白的。東陽橫著走，為是一方面盡引路之責，一方面又表示出不敢搶先的謙遜。他的頭老在井田先生的肚子旁邊，招得井田有點不高興，所以走了幾步以後，井田把肚子旁邊的頭推開，昂然走上了講臺。他沒等別人上臺，便坐在正中間。他的眼沒有往臺下看，而高傲的看著彩畫的天花板。第二，第三，第四，也都是日本人。他們的身量都不高，可是每個人都覺得

自己是一座寶塔似的。日本人後面是兩個高麗人，高麗人後面是兩個東北青年。藍東陽被井田那麼一推，爽性不動了，就那麼屁股頂著牆，靜候代表們全走過去。都走完了，他依然保持著鞠躬的姿態，往臺上走。走到臺上，他直了直腰，重新向井田鞠躬。然後，他轉身，和臺下的人打了對臉。他的眼珠猛的往上一吊，臉上的肌肉用力的一扯，五官全挪了地方，好像要把臺下的人都吃了似的。這樣示威過了，他挺著身子坐下。可是，屁股剛一挨椅子，他又立起來，又向井田鞠躬。井田還欣賞著天花板。這時候，冠曉荷也立起來，向殿門一招手。一個漂亮整齊的男僕提進來一對鮮花籃。曉荷把花籃接過來，恭敬的交給太太與女兒一人一隻。大赤包與招弟都立起來，先轉臉向後看了看，為是教大家好看清了她們，而後慢慢的走上臺去。大赤包的花籃獻給東陽，招弟的獻給井田。井田把眼從天花板上收回，看著招弟；坐著，他和招弟握了握手。然後，母女立在一處，又教臺下看她們一下。臺下的掌聲如雷。她們下來，曉荷慢慢的走上了臺，向每個人都深深的鞠了躬，口中輕輕的介紹自己：「冠曉荷！冠曉荷！」臺下也給他鼓了掌。藍東陽宣佈開會：

「井田先生！」一鞠躬。「菊池先生！」一鞠躬。他把臺上的人都叫到，給每個人都鞠了躬，這才向臺下一扯他的綠臉，很傲慢的叫了聲：「諸位文藝作家！」沒有鞠躬。叫完這一聲，他愣起來，彷彿因為得意而忘了他的開會詞。他的眼珠一勁兒往上吊。臺下的人以為他是表演什麼功夫呢，一齊鼓掌。他的手顫著往衣袋裡摸，半天，才摸出一張小紙條來。他半身向左轉，臉斜對著井田，開始宣讀：「我們今天開會，

因為必須開會！」他把「必須」唸得很響，而且把一隻手向上用力的一伸。臺下又鼓了掌。他張著嘴等候掌聲慢慢的停止。而後再念：

「我們是文藝家，

天然的和大日本的文豪們是一家！」臺下的掌聲，這次，響了兩分

鐘。在這兩分鐘裡，東陽的嘴不住的動，唸叨著：「好詩！好詩！」掌聲停了，他把紙條收起去。「我的話完了，因為詩是語言的結晶，無須多說。現在，請大文豪井田先生訓話！井田先生！」又是極深的一躬。

井田挺著身，立在桌子的旁邊，肚子支出老遠。看一眼天花板，看一眼招弟，他不耐煩的一擺手，阻住了臺下的鼓掌，而後用中國話說：「日本的是先進國，它的科學，文藝，都是大東亞的領導，模範。我的是反戰的，大日本的人民都是反戰的，愛和平的。日本和高麗的，滿洲國的，中國的，都是同文同種同文化的。你們，都應當隨著大日本的領導，以大日本的為模範，共同建設起大東亞的和平的新秩序的！今天的，就是這一企圖的開始，大家的努力的！」他又看了招弟一眼，轉身坐下了。

東陽鞠躬請菊池致詞。瑞宣在大家正鼓掌中間，溜了出來。

出來，他幾乎不認識了東西南北。找了棵古柏，他倚著樹身坐下去。他連想像也沒想像到過，世界上會能有這樣的無恥，欺騙，無聊，與戲弄。最使他難過的倒還不是藍東陽與大赤包，而是井田。他不單聽過井田從前的講演，而且讀過井田的文章。井田，在十幾年前，的確是值得欽敬的一位作家。他萬沒想到，井田居然也會作了日本軍閥的走狗，來戲弄中國人，戲弄文藝，並且戲弄真理。由井田身上，他看到日本的整部的文化；那文化只是毒藥丸子上面的一層糖衣。他們的藝術，科學，與衣冠文物，都是假的，騙人的；他們的本質是毒藥。他從前信任過井田，佩服過井田，也就無可避免的認為日本自有它的特殊的文化。今天，看清井田不過是個低賤的小魔術家，他也便看見日本的一切都是自欺欺人的小把戲。

想到這裡，他沒法不恨自己，假若他有膽子，一個手榴彈便可以在大殿裡消滅了臺上那一群無恥的東西，而消滅那群東西還不只是為報仇雪恨，也是為掃除真理的戲弄者。日本軍閥只殺了中國人，井田卻勒死了真理與正義。這是全人類的損失。井田口中的反戰，和平，文藝，與科學，

不止是欺騙黑毛兒方六與周四寶，而也是要教全世界承認黑是白，鹿是馬。井田若成了功 —— 也就是全體日本人成了功 —— 世界上就須管地獄叫做天堂，把魔鬼叫做上帝，而井田是天使！

　　他恨自己。是的，他並沒給井田與東陽鼓掌。可是，他也沒伸出手去，打那些無恥的騙子。他不但不敢為同胞們報仇，他也不敢為真理與正義挺一挺身。他沒有血性，也沒有靈魂！

　　殿外放了一掛極長的爆竹。他無可如何的立起來，往園外走。兩隻灰鶴被爆竹驚起，向天上飛去。瑞宣又低下頭去。

第 51 幕　門環失竊

在日本人想：用武力劫奪了土地，而後用漢奸們施行文治，便可以穩穩的拿住土地與人民了。他們以為漢奸們的確是中國人的代表，所以漢奸一登臺，人民必定樂意服從，而大事定矣。同時，他們也以為中國的多少次革命都是幾個野心的政客們耍的把戲，而人民一點也沒受到影響。因此，利用不革命的，和反革命的，漢奸們，他們計算好，必定得到不革命的，和反革命的人民的擁護與愛戴，而上下打成一片。他們心目中的中國人還是五十年前的中國人。

以北平而言，他們萬沒想到他們所逮捕的成千論萬的人，不管是在黨的，還是與政黨毫無關係的，幾乎一致的恨惡日本人，一致的承認孫中山先生是國父。他們不能明白這是怎麼一回事，因為他們只以自己的狂傲推測中國人必定和五十年前一模一樣，而忽略了五十年來的真正的歷史。狂傲使他們變成色盲。

趕到兩個特使死在了北平，日本人開始有了點「覺悟」。他們看出來，漢奸們的號召力並不像他們所想像的那麼大。他們應當改弦更張，去掉幾個老漢奸，而起用幾個新漢奸。新漢奸最好是在黨的，以便使尊孫中山先生為國父的人們心平氣和，樂意與日本人合作。假若找不到在黨的，他們就須去找一兩位親日的學者或教授，替他們收服民心。同時，他們也須使新民會加緊的工作，把思想統制起來，用中日滿一體與大東亞共榮，代替國民革命。同時，他們也必不能放棄他們最拿手的好戲 —— 殺戮。他們必須恩威兼用，以殺戮配備「王道」。同時，戰爭已拖了一年多，而一點看不出速戰速決的希望，所以他們必須盡力的蒐括，把華北所有的東西都拿了去，以便以戰養戰。這與「王道」有根本的衝突，可是日本人的

心裡只會把事情分開，分成甲乙丙丁苦幹專案，每一項都須費盡心機去計劃，去實行，而不會高視遠矚的通盤計算一下。他們是一齣戲的演員，每個演員都極賣力氣的表演，而忘了整部戲劇的主題與效果。他們有很好的小動作，可是他們的戲失敗了。

　　已是深冬。祁老人與天佑太太又受上了罪。今年的煤炭比去冬還更缺乏。去年，各煤廠還有點存貨。今年，存貨既已賣完，而各礦的新煤被日本人運走，只給北平留下十分之一二。祁老人夜間睡不暖，早晨也懶得起來。日本人破壞了他的雞鳴即起的家風。他不便老早的起來，教瑞宣夫婦為難。在往年，只要他一在屋中咳嗽，韻梅便趕快起床去升火，而他每日的第一件事便是看到一個火苗兒很旺的小白爐子放在床前。火光使老人的心裡得到安慰與喜悅。現在，他明知道家中沒有多少煤，他必須蜷臥在炕上，給家中省下一爐兒火。

　　天佑太太一向體貼兒媳，也自然的不敢喊冷。可是，她止不住咳嗽，而且也曉得她的咳嗽會教兒子兒媳心中難過。她只好用被子堵住口，減輕了咳嗽的聲音。

　　瑞宣自從看過文藝界協會開會以後，心中就沒得過片刻的安靜。他本想要學錢先生的堅定與快活，可是他既沒作出錢先生所作的事，他怎麼能堅定與快樂呢。行動是信仰的肢體。沒有肢體，信仰只是個遊魂！同時，他又不能視而不見，聽而不聞的，放棄行動，而仍自居清高。那是犬儒。

　　假若他甘心作犬儒，他不但可以對戰爭與國家大事都嗤之以鼻，他還可以把祖父，媽媽的屋中有火沒有也假裝看不見。可是，他不能不關心國事，也不能任憑老人們挨冷受凍而不動心。他沒法不惶惑，苦悶，甚至於有時候想自殺。

　　颳了一夜的狂風。那幾乎不是風，而是要一下子便把地面的一切掃淨了的災患。天在日落的時候已變成很厚很低很黃，一陣陣深黃色的「沙

雲」在上面流動，發出使人顫抖的冷氣。日落了，昏黃的天空變成黑的，很黑，黑得可怕。高處的路燈像矮了好些，燈光在顫抖。上面的沙雲由流動變為飛馳，天空發出了響聲，像一群疾行的鬼打著胡哨。樹枝兒開始擺動。遠處的車聲與叫賣聲忽然的來到，又忽然的走開。星露出一兩個來，又忽然的藏起去。一切靜寂。忽然的，門，窗，樹木，一齊響起來，風由上面，由側面，由卜面，帶著將被殺的豬的狂叫，帶著黃沙黑土與雞毛破紙，掃襲著空中與地上。燈滅了，窗戶開啟，牆在顫，一切都混亂，動搖，天要落下來，地要翻上去。人的心都縮緊，盆水立刻浮了一層冰。北平彷彿失去了堅厚的城牆，而與荒沙大漠打成了一片。世界上只有飛沙與寒氣的狂舞，人失去控制自然的力量，連猛犬也不敢叫一聲。

　　一陣刮過去，一切都安靜下來。燈明了，樹枝由瘋狂的鞠躬改為緩和的擺動。天上露出幾顆白亮的星來。可是，人們剛要喘一口氣，天地又被風連線起，像一座沒有水的，沒有邊沿的，風海。

　　電車很早的停開，洋車伏餓著肚子空著手收了車，鋪戶上了板子，路上沒了行人。北平像風海裡的一個黑暗無聲的孤島。

　　祁老人早早的便躺下了。他已不像是躺在屋裡，而像飄在空中。每一陣狂風都使他感到渺茫，忘了方向，忘了自己是在哪裡，而只覺得有千萬個細小的針尖刺著他的全身。他辨不清是睡著，還是醒著，是作夢，還是真實。他剛要想起一件事來，一陣風便把他的心思颳走；風小了一下，他又找到自己，好像由天邊上剛落下來那樣。風把他的身與心都吹出去好遠，好遠，而他始終又老躺在冰涼的炕上，身子蜷成了一團。

　　好容易，風殺住了腳步。老人聽見了一聲雞叫。雞聲像由天上落下來的一個訊號，他知道風已住了，天快明。伸手摸一摸腦門，他好似觸到一塊冰。他大膽的伸了伸痠疼的兩條老腿，趕快又蜷回來；被窩下面是個小的冰窖。屋中更冷了，清冷，他好像睡在河邊上或沙漠中的一個薄薄的帳

棚裡，他與冰霜之間只隔了一層布。慢慢的，窗紙發了青。他忍了一個小盹。再睜開眼，窗紙已白；窗稜的角上一堆堆的細黃沙，使白紙上映出黑的小三角兒來。他老淚橫流的打了幾個痠懶的哈欠。他不願再忍下去，而狠心的坐起來。坐了一會兒，他的腿還是僵硬的難過，他開始穿衣服，想到院中活動活動，把血脈活動開。往常，他總是按照老年間的辦法，披上破皮袍，不繫鈕釦，而只用搭包鬆鬆的一攏；等掃完了院子，洗過臉，才繫好鈕釦，等著喝茶吃早點。今天，他可是一下子便把衣服都穿好，不敢再鬆攏著。

　　一開屋門，老人覺得彷彿是落在冰洞裡了。一點很尖很小很有力的小風像刀刃似的削著他的臉，使他的鼻子流出清水來。他的嘴前老有些很白的白氣。往院中一撒眼，他覺得院子彷彿寬大了一些。地上極乾淨，連一個樹葉也沒有。地是灰白的，有的地方裂開幾條小縫。空中什麼也沒有，只是那麼清涼的一片，像透明的一大片冰。天很高，沒有一點雲，藍色很淺，像洗過多少次的藍布，已經露出白色來。天，地，連空中，都發白，好似雪光，而哪裡也沒有雪。這雪光有力的聯接到一處，發射著冷氣，使人的全身都浸在寒冷裡，彷彿沒有穿著衣服似的。屋子，樹木，院牆，都靜靜的立著，都縮緊了一些，形成一個凝凍了的世界。老人不敢咳嗽；一點聲響似乎就能震落下一些冰來。

　　待了一會兒，天上，那凝凍了的天上，有了紅光。老人想去找掃帚，可是懶得由袖口裡伸出手來；再看一看地上，已經被狂風掃得非常的乾淨，無須他去費力，揣著手，他往外走。開開街門，衚衕裡沒有一個人，沒有任何動靜。老槐落下許多可以當柴用的枯枝。老人忘了冷，伸出手來，去拾那些樹枝。抱著一堆乾枝，他往家中走。上了臺階，他愣住了，在門神臉底下的兩個銅門環沒有了。「嗯？」老人出了聲。

　　這是他自己置買的房，他曉得院中每一件東西的變化與歷史。當初，

他記得，門環是一對鐵的，鼓膨膨的像一對小乳房，上面生了鏽。後來，為慶祝瑞宣的婚事，才換了一副黃銅的——門上有一對發光的門環就好像婦女戴上了一件新首飾。他喜愛這對門環，永遠不許它們生鏽。每逢他由外邊回來，看到門上的黃亮光兒，他便感到痛快。

今天，門上發光的東西好像被狂風颳走，忽然的不見了，只剩下兩個圓圓的印子，與釘子眼兒。門環不會被風颳走，他曉得；可是他低頭在階上找，希望能找到它們。臺階上連一顆沙也沒有。把柴棍兒放在門檻裡，他到階下去找，還是找不到。他跑到六號的門外去看，那裡的門環也失了蹤。他忘了冷。很快的他在衚衕裡兜了一圈，所有的門環都不見了。「這鬧的什麼鬼呢？」老人用凍紅了的手，摸了摸鬍鬚，摸到了一兩個小冰珠。他很快的走回來，叫瑞宣。這是星期天，瑞宣因為天既冷，又不去辦公，所以還沒起床。老人本不想驚動孫子，可是控制不住自己。全衚衕裡的門環在一夜的工夫一齊丟掉，畢竟是空前的奇事。

瑞宣一邊穿衣服，一邊聽祖父的話。他似乎沒把話都聽明白，愣眼巴睜的走出來，又愣眼巴睜的隨著老人往院外走。看到了門環的遺蹟，他才弄清楚老人說的是什麼。他笑了，抬頭看了看天。天上的紅光已散，白亮亮的天很高很冷。「怎回事呢？」老人問。

「夜裡風大，就是把街門搬了走，我們也不會知道！進來吧，爺爺！這裡冷！」瑞宣替祖父把門內的一堆柴棍兒抱了進來。

「誰幹的呢？好大膽子！一對門環能值幾個錢呢？」老人一邊往院中走，一邊叨嘮。

「銅鐵都頂值錢，現在不是打仗哪嗎？」瑞宣搭訕著把柴火送到廚房去。

老人和韻梅開始討論這件事。瑞宣藏到自己的屋中去。屋中的暖而不大好聞的氣兒使他想再躺下睡一會兒，可是他不能再放心的睡覺，那對丟

失了的門環教他覺到寒冷，比今天的天氣還冷。不便對祖父明說，他可是已從富善先生那裡得到可靠的情報，日本軍部已委派許多日本的經濟學家研究戰時的經濟 —— 往真切裡說，便是研究怎樣搶劫華北的資源。日本攻陷了華北許多城市與地方，而並沒有賺著錢；現代的戰爭是誰肯多往外扔擲金錢，誰才能打勝的。不錯，日本人可以在攻陷的地帶多賣日本貨。可是，戰事影響到國內的生產，而運到中國來的貨物又恰好只能換回去他們自己發行的，一個銅板不值的偽鈔。況且，戰爭還沒有結束的希望，越打就越賠錢。所以他們必須馬上搶劫。他們須搶糧，搶煤，搶銅鐵，以及一切可以伸手就拿到的東西。儘管這樣，他們還不見得就能達到以戰養戰的目的，因為華北沒有什麼大的工業，也沒有夠用的技術人員與工人。他們打勝了仗，而賠了本兒。因此，軍人們想起來經濟學家們，教他們給想點石成金的方法。

　　乘著一夜的狂風，偷去銅的和鐵的門環，瑞宣想，恐怕就是日本經濟學家的搶劫計劃的第一炮。這個想法若擱在平日，瑞宣必定以為自己是淺薄無聊。今天，他可是鄭重其事的在那兒思索，而絲毫不覺得這個結論有什麼可笑。他知道，日本的確有不少的經濟學家，但是，戰爭是消滅學術的，炮火的放射是把金錢打入大海裡的愚蠢的把戲。誰也不能把錢扔在海裡，而同時還儲存著它。日本人口口聲聲的說，日本是「沒有」的國家，而中國是「有」的國家。這是最大的錯誤。不錯，中國的確是很大很大；可是它的人也特別多呀。它以農立國，而沒有夠用的糧食。中國「沒有」，日本「有」。不過，日本把它的「有」都玩了炮火，它便變成了「沒有」。於是，它只好搶劫「沒有」的中國。搶什麼呢？門環 —— 門環也是好的，至少它們教日本的經濟學者交一交差。再說，學者們既在軍閥手下討飯吃，他們便也須在學術之外，去學一學那誇大喜功的軍人們 —— 軍人們，那本來渺小而願裝出偉大的樣子的軍人們，每逢作一件事，無論是

多麼小的事，都要有點戲劇性，好把屁大的事情弄得有聲有色。學者們也學會這招數，所以在一夜狂風裡，使北平的人們都失去了門環，而使祁老人驚訝稱奇。

這可並不只是可笑的事，瑞宣告訴自己。日本人既因玩弄炮火與戰爭，把自己由「有」而變為「沒有」，他們必會用極精密的計劃與方法，無微不至的去搶劫。他們的心狠，會颳去華北的一層地皮，會把成千論萬的人活活餓死。再加上漢奸們的甘心為虎作倀，日本人要五百萬石糧，漢奸們也許要蒐括出一千萬石，好博得日本人的歡心。這樣，華北的人民會在不久就死去一大半！假若這成為事實，他自己怎麼辦呢？他不肯離開家，就是為養活著一家大小。可是，等到日本人的搶劫計劃施展開，他有什麼方法教他們都不至於餓死呢？

是的，人到了捱餓的時候就會拚命的。日本人去搶糧食，也許會引起人民的堅決的抵抗。那樣，淪陷了的地方便可以因儲存糧食而武裝起來。這是好事。可是，北平並不產糧，北平人又寧可捱餓也不去拚命。北平只會陪著別人死，而絕不掙扎。瑞宣自己便是這樣的人！

這時候，孩子們都醒了，大聲的催促媽媽給熬粥。天佑太太與祁老人和孩子們有一搭無一搭的說話兒。瑞宣聽著老少的聲音，就好像是一些毒刺似的刺著他的心。他們現在還都無可如何的活著，不久他們會無可如何的都死去 —— 沒有掙扎，沒有爭鬥，甚至於沒有怒罵，就那麼悄悄的餓死！太陽的光並不強，可是在一夜狂風之後，看著點陽光，大家彷彿都感到暖和。到八九點鐘，天上又微微的發黃，樹枝又間斷的擺動。

「風還沒完！」祁老人嘆了口氣。

老人剛說完，外面砰，砰，響了兩聲槍。很響，很近，大家都一愣。

「又怎麼啦？」老人只輕描淡寫的問了這麼一句，幾乎沒有任何的表情。「各掃門前雪，休管他人瓦上霜」是他的處世的哲學，只要槍聲不在

他的院中，他便犯不上動心。「聽著像是後大院裡！」韻梅的大眼睜得特別的大，而嘴角上有一點笑 —— 一點含有歉意的笑，她永遠怕別人嫌她多嘴，或說錯了話。她的「後大院」是指著衚衕的胡蘆肚兒說的。

瑞宣往外跑。擱在平日，他也會像祖父那樣沉著，不管閒事。今天，在他正憂慮大家的死亡的時節，他似乎忘了謹慎，而想出去看看。

「爸！我也去！」小順兒的腳凍了一塊，一瘸一點的追趕爸爸。

「你幹嘛去？回來！」韻梅像老鷹抓小雞似的把小順兒抓住。

瑞宣跑到大門外，三號的門口沒有人，一號的門口站著那個日本老婆婆。她向瑞宣鞠躬，瑞宣本來沒有招呼過一號裡的任何人，可是今天在匆忙之間，他還了一禮。程長順在四號門外，想動而不敢動的聽著外婆的喊叫：「回來，你個王大膽！頂著槍子，上哪兒去！」見到瑞宣，長順急切的問：「怎麼啦？」

「不知道！」瑞宣往北走。

小文揣著手，嘴唇上搭拉著半根菸卷，若無其事的在六號門口立著。「好像響了兩槍？或者也許是爆竹！」他對瑞宣說，並沒拿下菸捲來。

瑞宣點了點頭，沒說什麼，還往北走。他既羨慕，又厭惡，小文的不動聲色。

七號門外站了許多人，有的說話，有的往北看。白巡長臉煞白的，由北邊跑來：「都快進去！待一會兒準挨家兒檢查！不要慌，也別大意！快進去！」說完，他打了轉身。

「怎麼回事？」大家幾乎是一致的問。

白巡長回過頭來：「我倒楣，牛宅出了事！」

「什麼事？」大家問。

白巡長沒再回答，很快的跑去。

　　瑞宣慢慢的往回走，口中無聲的嚼著：「牛宅！牛宅！」他猜想不到牛宅出了什麼事，可是想起錢先生前兩天的話來。錢先生不是問過他，認識不認識牛教授嗎？幹什麼這樣問呢？瑞宣想不明白。莫非牛教授要作漢奸？不能！不能！瑞宣雖然與牛教授沒有過來往，可是他很佩服教授的學問與為人。假若瑞宣也有點野心的話，便是作牛教授第二 —— 有被國內外學者所推崇的學識，有那麼一座院子大，花草多的住宅，有簡單而舒適的生活，有許多圖書。這樣的一位學者，是不會作漢奸的。

　　回到家中，大家都等著他報告訊息，可是他什麼也沒說。

　　過了不到一刻鐘，小羊圈已被軍警包圍住。兩株老槐樹下面，立著七八個憲兵，不准任何人出入。

　　祁老人把孩子們關在自己屋裡，連院中都不許他們去。無聊的，他對孩子們低聲的說：「當初啊，我喜歡我們這所房子的地點。它僻靜。可是，誰知道呢，現而今連這裡也不怎麼都變了樣兒。今天拿人，明兒個放槍，都是怎麼回事呢？」

　　小妞子回答不出，只用凍紅了的胖手指鑽著鼻孔。小順兒，正和這一代的小兒女們一樣，脫口而出的回答了出來：「都是日本小鬼兒鬧的！」

　　祁老人知道小順兒的話無可反駁，可是他不便鼓勵小孩子們這樣仇恨日本人：「別胡說！」他低聲的說。說完，他的深藏著的小眼藏得更深了一點，好像有點對不起重孫子似的。

　　正在這個時節，走進來一群人，有巡警，有憲兵，有便衣，還有武裝的，小順兒深恨的，日本人。地是凍硬了的，他們的腳又用力的跺，所以呱嗒呱嗒的分外的響。小人物喜歡自己的響動大。兩個立在院中觀風，其餘的人散開，到各屋去檢查。

　　他們是剛剛由冠家來的，冠家給了他們香菸，熱茶，點心，和白蘭地

酒，所以他們並沒搜檢，就被冠曉荷鞠著躬送了出來。祁家沒有任何東西供獻給他們，他們決定細細的檢查。

韻梅在廚房裡沒動。她的手有點顫，可是還相當的鎮定。她決定一聲不出，而只用她的大眼睛看著他們。她站在菜案子前面，假若他們敢動她一動，她伸手便可以抓到菜刀。

天佑太太在剛能記事的時候，就遇上八國聯軍攻陷了北平。在她的差不多像一張白紙的腦子上，侵略與暴力便給她劃上了最深的痕記。她知道怎樣鎮定。一百年的國恥使她知道怎樣忍辱，而忍辱會產生報復與雪恥。日本的侵華，發動得晚了一些。她呆呆的坐在炕沿上，看看進來的人。她沒有打出去他們的力量，可也不屑於招呼他們。

小妞子一見有人進來，便藏在了太爺爺的身後邊。小順兒看著進來的人，慢慢的把一個手指含在口中。祁老人和藹了一世，今天可是把已經來到唇邊上的客氣話截在了口中，他不能再客氣。他好像一座古老的，高大的，城樓似的，立在那裡；他阻擋不住攻城的人，但是也不怕挨受攻擊的炮火。

可是，瑞宣特別的招他們的注意。他的年紀，樣子，風度，在日本人眼中，都彷彿必然的是嫌疑犯。他們把他屋中所有的抽屜，箱子，盒子，都開啟，極細心的檢視裡邊的東西。他們沒找到什麼，於是就再翻弄一過兒，甚至於把箱子底朝上，倒出裡面的東西。瑞宣立在牆角，靜靜的看著他們。最後，那個日本人看見了牆上那張大清一統地圖。他向瑞宣點了點頭：「大清的，大大的好！」瑞宣仍舊立在那裡，沒有任何表示。日本人順手拿起韻梅自己也不大記得的一支鍍金的，鏨花的，短簪，放在袋中，然後又看了大清地圖一眼，依依不捨的走出去。

他們走後，大家都忙著收拾東西，誰都有一肚子氣，可是誰也沒說什麼。連小順兒也知道，這是受了侮辱，但是誰都沒法子去雪恥，所以只好

把怨氣存在肚子裡。

　　一直到下午四點鐘，黃風又怒吼起來的時候，小羊圈的人們才得到出入的自由，而牛宅的事也開始在大家口中談論著。

　　除了牛教授受了傷，已被抬到醫院去這點事實外，大家誰也不準知道那是怎麼一回事。牛教授向來與鄰居們沒有什麼來往，所以平日大家對他家中的事就多半出於猜測與想像；今天，猜測與想像便更加活動。大家因為不確知那是什麼事，才更要說出一點道理來，據孫七說：日本人要拉牛教授作漢奸，牛教授不肯，所以他們打了他兩槍 —— 一槍落了空，一槍打在教授的左肩上，不致有性命的危險。孫七相當的敬重牛教授，因為他曾給教授剃過一次頭。牛教授除了教課去，很少出門。他洗澡，剃頭，都在家裡。有一天，因為下雨，他的僕人因懶得到街上去叫理髮匠，所以找了孫七去。孫七的手藝雖不高，可是牛教授只剃光頭，所以孫七滿可以交差。牛教授是不肯和社會接觸，而又並不講究吃喝與別的享受的人。只要他坐在家中，就是有人來把他的頭髮都拔了去，似乎也無所不可。在孫七看呢，教授大概就等於高官，所以牛教授才不肯和鄰居們來往。可是，他竟自給教授剃過頭，而且還和教授談了幾句話。這是一種光榮。當鋪戶中的愛體面的青年夥計埋怨他的手藝不高明的時候，他會沉住了氣回答：「我不敢說自己的手藝好，可是牛教授的頭也由我剃！」因此，他敬重牛教授。

　　程長順的看法和孫七的大不相同。他說：牛教授要作漢奸，被「我們」的人打了兩槍。儘管沒有打死，可是牛教授大概也不敢再惹禍了。長順兒的話不知有何根據，但是在他的心理上，他覺得自己的判斷是正確的。小羊圈所有的院子，他都進去過，大家都聽過他的留聲機。只有牛宅從來沒照顧過他。他以為牛教授不單不像個鄰居，也不大像人。人，據長順想，必定要和和氣氣，有說有笑。牛教授不和大家來往，倒好像是廟殿中的一

個泥菩薩，永遠不出來玩一玩。他想，這樣的人可能的作漢奸。

　　這兩種不同的猜想都到了瑞宣的耳中。他沒法判斷哪個更近於事實。他只覺得很難過。假若孫七猜的對，他便看到自己的危險。真的，他的學識與名望都遠不及牛教授。可是，日本人也曾捉過他呀。誰敢保險日本人不也強迫他去下水呢？是的，假若他們用手槍來威脅他，他會為了氣節，挺起胸來吃一槍彈。不過，他閉上眼，一家老小怎麼辦呢？

　　反過來說，假若程長順猜對了，那就更難堪。以牛教授的學問名望而甘心附逆，這個民族可就真該滅亡了！風還相當的大，很冷。瑞宣可是在屋中坐不住。揣著手，低著頭，皺著眉，他在院中來回的走。細黃沙漸漸的積在他的頭髮與眉毛上，他懶得去擦。凍紅了的鼻子上垂著一滴清水，他任憑它自己落下來，懶得去抹一抹。從失去的門環，他想像到明日生活的困苦，他看見一條繩索套在他的，與一家老幼的，脖子上，越勒越緊。從牛教授的被刺，他想到日本人會一個一個的強姦清白的人；或本來是清白的人，一來二去便失去堅強與廉恥，而自動的去作妓女。

　　可是，這一切只是空想。除非他馬上逃出北平去，他就沒法解決問題。但是，他怎麼逃呢？隨著一陣狂風，他狂吼了一聲。沒辦法！

第 52 幕　老漢奸們

　　牛教授還沒有出醫院，市政府已發表了他的教育局長。瑞宣聽到這個訊息，心裡反倒安定了一些。他以為憑牛教授的資格與學識，還不至於為了個局長的地位就肯附逆；牛教授的被刺，他想，必是日本人幹的。教育局長的地位雖不甚高，可是實際上卻掌管著幾十所小學，和二十來所中學，日本人必須在小學生與中學生身上嚴格施行奴化教育，那麼，教育局長的責任就並不很小，所以他們要拉出一個有名望的人來負起這個重任。

　　這樣想清楚，他急切的等著牛教授出院的訊息。假若，他想，牛教授出了院而不肯就職，日本人便白費了心機，而牛教授的清白也就可以大昭於世。反之，牛教授若是肯就職，那就即使是出於不得已，也會被世人笑罵。為了牛教授自己，為了民族的氣節，瑞宣日夜的禱告牛教授不要輕於邁錯了腳步！

　　可是，牛教授還沒有出院，報紙上已發表了他的談話：「為了中日的親善與東亞的和平，他願意擔起北平的教育責任；病好了他一定就職。」在這條新聞旁邊，還有一幅像片——他坐在病床上，與來慰看他的日本人握手；他的臉上含著笑。

　　瑞宣呆呆的看著報紙上的那幅照相。牛教授的臉是圓圓的，不胖不瘦；眉眼都沒有什麼特點，所以圓臉上是那麼平平的，光潤的，連那點笑容都沒有什麼一定的表情。是的，這一點不錯，確是牛教授。牛教授的臉頗足以代表他的為人，他的生活也永遠是那麼平平的，與世無爭，也與世無忤。「你怎會也作漢奸呢？」瑞宣半瘋子似的問那張像片。無論怎麼想，他也想不透牛教授附逆的原因。在平日，儘管四鄰們因為牛教授的不隨和，而給他造一點小小的謠言，可是瑞宣從來沒有聽到過牛教授有什麼

重大的劣跡。在今天，憑牛教授的相貌與為人，又絕對不像個利慾薰心的人。他怎麼會肯附逆呢？

事情絕不很簡單，瑞宣想。同時，他切盼那張照相，正和牛教授被刺一樣，都是日本人耍的小把戲，而牛教授一定會在病好了之後，設法逃出北平的。

一方面這樣盼望，一方面他到處打聽到底牛教授是怎樣的一個人。在平日，他本是最不喜歡東打聽西問問的人；現在，他改變了態度。這倒並不是因他和牛教授有什麼交情，而是因為他看清楚牛教授的附逆必有很大的影響。牛教授的行動將會使日本人在國際上去宣傳，因為他有國際上的名望。他也會教那些以作漢奸為業的有詩為證的說：「看怎樣，什麼清高不清高的，老牛也下海了啊！清高？屁！」他更會教那些青年們把冒險的精神藏起，而「老成」起來：「連牛教授都肯這樣，何況我們呢？」牛教授的行動將不止毀壞了他自己的令名，而且會教別人壞了心術。瑞宣是為這個著急。

果然，他看見了冠曉荷夫婦和招弟，拿著果品與極貴的鮮花（這是冬天），去慰問牛教授。

「我們去看看牛教授！」曉荷摸著大衣上的水獺領子，向瑞宣說：「不錯呀，我們的衚衕簡直是寶地，又出了個局長！我說，瑞宣，老二在局裡作科長，你似乎也該去和局長打個招呼吧？」

瑞宣一聲沒出，心中像捱了一刺刀那麼疼了一陣。

慢慢的，他打聽明白了：牛教授的確是被「我們」的人打了兩槍，可惜沒有打死。牛教授，據說，並沒有意思作漢奸，可是，當日本人強迫他下水之際，他也沒堅決的拒絕。他是個科學家。他向來不關心政治，不關心別人的冷暖飢飽，也不願和社會接觸。他的腦子永遠思索著科學上的問題。極冷靜的去觀察與判斷，他不許世間庸俗的事情擾亂了他的心。他只有理智，沒有感情。他不吸菸，不吃酒，不聽戲，不看電影，而只在腦子

疲乏了的時候種些菜，或灌灌花草。種菜澆花只是一種運動，他並不欣賞花草的美麗與芬芳。他有妻，與兩個男孩；他可是從來不會為妻兒的福利想過什麼。妻就是妻，妻須天天給他三餐與一些開水。妻拿過飯來，他就吃；他不挑剔飯食的好壞，也不感謝妻的操心與勞力。對於孩子們，他彷彿只承認那是結婚的結果，就好像大狗應下小狗，老貓該下小貓那樣；他犯不上教訓他們，也不便撫愛他們。孩子，對於他，只是生物與生理上的一種事實。對科學，他的確有很大的成就；以一個人說，他只是那麼一張平平的臉，與那麼一條不很高的身子。他有學問，而沒有常識。他有腦子與身體，而沒有人格。

北平失陷了，他沒有動心。南京陷落了，他還照常工作。他天天必勻出幾分鐘的工夫看看新聞紙，但是他只承認報紙上的新聞是一些客觀的事實，與他絲毫沒有關係。當朋友們和他談論國事的時候，他只仰著那平平的臉聽著，好像聽著講古代歷史似的。他沒有表示過自己的意見。假若他也有一點憂慮的話，那就是：不論誰和誰打仗，他只求沒有人來麻煩他，也別來踐踏他的花草，弄亂了他的圖書與試驗室。這一點要求若是能滿足，他就可以把頭埋在書籍與儀器中，即使誰把誰滅盡殺絕，他也不去過問。

這個態度，假若擱在一個和平世界裡，也未為不可。不幸，他卻生在個亂世。在亂世裡，花草是長不牢固的，假若你不去保護自己的庭園；書籍儀器是不會按秩序擺得四平八穩的，假若你不會攔阻強盜們闖進來。在亂世，你不單要放棄了自己家中的澡盆與沙發，而且應當根本不要求洗澡與安坐。一個學者與一個書記，一位小姐與一個女僕，都須這樣。在亂世，每一個國民的頭一件任務是犧牲自己，抵抗敵人。

可是，牛教授只看見了自己，與他的圖書儀器，他沒看見歷史，也不想看。他好像是忽然由天上掉下來的一個沒有民族，沒有社會的獨身漢。

他以為只要自己有那點學問，別人就絕不會來麻煩他。同時，用他的冷靜的，客觀的眼光來看，他以為日本人之所以攻打中國，必定因為中國人有該捱打的因由；而他自己卻不會捱打，因為他不是平常的中國人；他是世界知名的學者，日本人也知道，所以日本人也必不會來欺侮他。

日本人，為了收買人心，和威脅老漢奸們，想造就一批新漢奸。新漢奸的資格是要在社會上或學術上有相當高的地位，同時還要頭腦簡單。牛教授恰好有這兩種資格。他們三番五次的派了日本的學者來「勸駕」，牛教授沒有答應，也沒有拒絕。他沒有作官的野心，也不想發財。但是，日本學者的來訪，使他感到自己的重要。因而也就想到，假若一方面能保持住自己的圖書儀器，繼續作研究的工作，一方面作個清閒的官兒，也就未為不可。他願意作研究是個事實，日本人需要他出去作官也是個事實。那麼，把兩個事實能歸併到一處來解決，便是左右逢源。他絲毫沒想到什麼羞恥與氣節，民族與國家。他的科學的腦子，只管觀察事實，與解決問題。他這個無可無不可的態度，使日本人更進一步的以恐嚇來催促他點頭。他們警告他，假若他不肯「合作」，他們會馬上抄他的家。他害了怕，他幾乎不會想像：丟失了他的圖書，儀器，庭院，與花木，他還怎麼活下去。對於他，上街去買一雙鞋子，或剃一剃頭，都是可怕的事，何況把他的「大本營」都毀掉了呢？生活的方式使他忘了後方還有個自由的中國，忘了他自己還有兩條腿，忘了別處也還有書籍與儀器。生活方式使他成了生活的囚犯。他寧可失去靈魂，而不肯換個地方去剃頭。

許多的朋友都對他勸告，他不駁辯，甚至於一語不發。他感到厭煩。錢默吟以老鄰居的資格來看過他，他心中更加膩煩。他覺得只有趕快答應了日本人的要求，造成既成事實，或許能心靜一些。

手槍放在他面前，緊跟著槍彈打在他的肩上，他害了怕，因害怕而更需要有人保護他。他不曉得自己為什麼挨槍，和闖進來的小夥子為什麼要

打他。他的邏輯與科學方法都沒了用處，而同時他又不曉得什麼是感情，與由感情出發的舉動。日本人答應了保護他，在醫院病房的門口和他的住宅的外面都派了憲兵站崗。他開始感到自己與家宅的安全。他答應了作教育局長。

　　瑞宣由各方面打聽，得到上面所說的一些訊息。他不肯相信那些話，而以為那只是大家的猜測。他不能相信一個學者會這樣的胡塗。可是，牛教授決定就職的訊息天天登在報紙上，使他又無法不信任自己的眼睛。他恨不能闖進醫院去，把牛教授用繩子勒死。對那些老漢奸們，他可以用輕蔑與冷笑把他們放逐到地獄裡去，他可是不能這麼輕易的放過牛教授。牛教授的附逆關係著整個北平教育界的風氣與節操。可是，他不能去勒死牛教授。他的困難與顧忌不許他作任何壯烈的事。因此，他一方面恨牛教授，一方面也恨自己。老二瑞豐回來了。自從瑞宣被捕，老二始終沒有來過。今天，他忽然的回來，因為他的地位已不穩，必須來求哥哥幫忙。他的小幹臉上不像往常那麼發亮，也沒有那點無聊的笑容。進了門，他繞著圈兒，大聲的叫爺爺，媽，哥哥，大嫂，好像很懂得規矩似的。叫完了大家，他輕輕的拍了拍小順兒與妞子的烏黑的頭髮，而後把大哥拉到一邊去，低聲的懇切的說：

　　「大哥！得幫幫我的忙！要換局長，我的事兒恐怕要吹！你認識，」

　　瑞宣把話搶過來：「我不認識牛教授！」

　　老二的眉頭兒擰上了一點：「間接的總……」

　　「我不能兜著圈子去向漢奸託情！」瑞宣沒有放高了聲音，可是每個字都帶著一小團怒火。

　　老二把假像牙的菸嘴掏出來，沒往上安菸捲，而只輕輕的用它敲打著手背。「大哥！那回事，我的確有點不對！可是，我有我的困難！你不會記恨我吧？」

「哪回事？」瑞宣問。

「那回，那回，」老二舐了舐嘴唇，「你遭了事的那回。」「我沒記恨你，過去的事還有什麼說頭呢？」

「噢！」老二沒有想到哥哥會這麼寬宏大量，小小的吃了一驚。同時，他的小乾臉上被一股笑意給弄活軟了一點。他以為老大既不記仇，那麼再多說上幾句好話，老大必會消了怒，而幫他的忙的。「大哥，無論如何，你也得幫我這點忙！這個年月，弄個位置不是容易的事！我告訴你，大哥，這兩天我愁得連飯都吃不下去！」

「老二，」瑞宣耐著性兒，很溫柔的說：「聽我說！假若你真把事情擱下，未必不是件好事。你只有個老婆，並無兒女，為什麼不跑出去，給我們真正的政府作點事呢？」老二乾笑了一下。「我，跑出去？」

「你怎麼不可以呢？看老三！」瑞宣把臉板起來。「老三？誰知道老三是活著，還是死了呢？好，這裡有舒舒服服的事不作，偏到外邊瞎碰去，我不那麼傻！」瑞宣閉上了口。

老二由央求改為恐嚇：「大哥，我說真話，萬一不幸我丟了差事，你可得養活著我！誰教你是大哥呢？」瑞宣微笑了一下，不打算再說什麼。

老二又去和媽媽與大嫂嘀咕了一大陣，他照樣的告訴她們：「大哥不是不認識人，而是故意看我的哈哈笑！好，他不管我的事，我要是掉下來，就死吃他一口！反正弟弟吃哥哥，到哪裡也講得出去！」說完，他理直氣壯的，叼著假像牙菸嘴，走了出去。

兩位婦人向瑞宣施了壓力。瑞宣把事情從頭至尾細細的說了一遍，她們把話聽明白，都覺得瑞宣應當恨牛教授，和不該去為老二託情。可是，她們到底還不能放心：「萬一老二真回來死吃一口呢？」

「那，」瑞宣無可如何的一笑，「那就等著看吧，到時候再說！」

　　他知道，老二若真來死吃他一口，倒還真是個嚴重的問題。但是，他不便因為也許來也許不來的困難而先洩了氣。他既沒法子去勒死牛教授，至少他也得撐起氣，不去向漢奸求情。即使不幸而老二果然失了業，他還有個消極的辦法——把自己的飯分給弟弟一半，而他自己多勒一勒腰帶。這不是最好的辦法，但是至少能教他自己不輸氣。他覺得，在一個亡城中，他至少須作到不輸氣，假使他作不出爭氣的事情來。沒到一個星期，瑞豐果然回來了。牛教授還在醫院裡，由新的副局長接收了教育局。瑞豐晝夜的忙了四五天。辦清了交代，並且被免了職。

　　牛教授平日的朋友差不多都是學者，此外他並不認識多少人。學者們既不肯來幫他的忙，而他認識的人又少，所以他只推薦了他的一個學生作副局長，替他操持一切；局裡其餘的人，他本想都不動。瑞豐，即使不能照舊作科長，也總可以降為科員，不致失業。但是，平日他的人緣太壞了，所以全域性裡的人都乘著換局長之際，一致的攻擊他。新副局長，於是，就拉了自己的一個人來，而開掉了瑞豐。

　　瑞豐忽然作了科長，忘了天多高，地多厚。官架子也正像談吐與風度似的，需要長時間的培養。瑞豐沒有作過官，而想在一旦之間就十足的擺出官架子來，所以他的架子都不夠板眼。對於上司，他過分的巴結，而巴結得不是地方。這，使別人看不起他，也使被恭維的五脊子六獸的難過。可是，當他喝了兩杯貓尿之後，他忘了上下高低，他敢和上司們挑戰划拳，而毫不客氣的把他們戰敗。對於比他地位低的，他的臉永遠是一塊硬的磚，他的眼是一對小槍彈，他的眉毛老像要擰出水來。可是，當他們跟他硬頂的時候，他又忽然的軟起來，甚至於給一個工友道歉。在無事可幹的時候，他會在公事房裡叼著假像牙的菸嘴，用手指敲著板，哼唧著京戲；或是自己對自己發笑，彷彿是告訴大家：「你看，我作了科長，真沒想到！」

　　對於買辦東西，他永遠親自出馬，不給科裡任何人以賺倆回扣的機會。大家都恨他。可是，他自己也並不敢公然的拿回扣，而只去敲掌櫃們一頓酒飯，或一兩張戲票。這樣，他時常的被鋪戶中請去吃酒看戲，而且在事後要對同事們大肆宣傳：「昨天的戲好得很！和劉掌櫃一塊去的，那傢夥胖胖的怪有個意思！」或是：「敢情山西館子作菜也不壞呢！樊老西兒約我，我這是頭一回吃山西菜！」他非常得意自己的能白吃白喝，一點也沒注意同事們怎樣的瞪他。

　　是的，他老白吃白喝。他永遠不請客。他的錢須全數交給胖菊子，而胖菊子每當他暗示須請請客的時候總是說：「你和局長的關係，保你穩作一輩子科長，請客幹什麼？」老二於是就不敢再多說什麼，而只好向同事們發空頭支票。他對每一個同事都說過：「過兩天我也請客！」可是，永遠沒兌過現。「祁科長請客，永沒指望！」是同事們給他製造的一句歇後語。

　　對女同事們，瑞豐特別的要獻殷勤。他以為自己的小幹臉與刷了大量油的分頭，和齊整得使人怪難過的衣服鞋帽必定有很大的誘惑力，只要他稍微表示一點親密，任何女人都得拿他當個愛人。他時常送給她們一點他由鋪戶中白拿來的小物件，而且表示他要請她們看電影或去吃飯。他甚至於大膽的和她們定好了時間地點。到時候，她們去了，可找不著他的影兒。第二天見面，他會再三再四的道歉，說他母親忽然的病了，或是局長派他去辦一件要緊的公事，所以失了約。慢慢的，大家都知道了他的母親與局長必會在他有約會的時候生病和有要事，也就不再搭理他，而他扯著臉對男同事們說：「家裡有太太，頂好別多看花瓶兒們！弄出事來就夠麻煩的！」他覺得自己越來越老成了。

　　一來二去，全域性的人都摸到了他的作風，大家就一致的不客氣，說話就跟他瞪眼。儘管他沒心沒肺，可是釘子碰得太多了，不論怎樣也會落一兩個疤的。他開始思索對付的方法。他結識了不少的歪毛淘氣兒。這些

傢夥之中有的真是特務，有的自居為特務。有了這班朋友，瑞豐在釘子碰得太疼的時候，便風言風語的示威：「別惹急了我喲！我會教你們三不知的去見閻王爺！」

論真的，他並沒賺到錢，而且對於公事辦得都相當的妥當。可是，他的浮淺，無聊，與擺錯了的官架子，結束了他的官運。

胖菊子留在孃家，而把瑞豐趕了出來。她的最後的訓令是：「你找到了官兒再回來；找不到，別再見我！就是科長太太，不是光桿兒祁瑞豐的老婆！」錢，東西，她全都留下，瑞豐空著手，只拿著那個假像牙菸嘴回到家來。

瑞宣見弟弟回來，決定不說什麼。無論如何，弟弟總是弟弟，他不便攔頭一槓子把弟弟打個悶弓。他理當勸告弟弟，但是勸告也不爭這一半天，日子還長著呢。

祁老人相當的喜歡。要擱在往年，他必會因算計過日子的困難而不大高興二孫子的失業回來。現在，他老了；所以只計算自己還能活上幾年，而忘了油鹽醬醋的價錢。在他死去之前，他願意兒孫們都在他的眼前。

天佑太太也沒說什麼，她的沉默是和瑞宣的差不多同一性質。

韻梅天然的不會多嘴多舌。她知道增加一口閒人，在這年月，是什麼意思。可是，她須把委屈為難藏在自己心裡，而不教別人難堪。

小順兒和妞子特別的歡迎二叔，出來進去的拉著他的手。他們不懂得別的，只知道二叔回來，多有一個人和他們玩耍。

見全家對他這番光景，瑞豐的心安下去。第二天，老早他就起來，拿了把掃帚，東一下子西一下子的掃院子。他永遠沒作過這種事；今天，為博得家人的稱讚，他咬上了牙。他並沒能把院子掃得很乾淨，可是祁老人看見孫子的努力，也就沒肯多加批評。

　　掃完了院子，他輕快的，含笑的，給媽媽打了洗臉水去，而且張羅著給小順兒穿衣服。

　　吃過早飯，他到哥哥屋裡去拿筆墨紙硯，宣告他「要練練字。你看，大哥，我作了一任科長，什麼都辦得不錯，就是字寫得難看點！得練練！練好了，給鋪戶寫寫招牌，也能吃飯！」然後，他警告孩子們：「我寫字的時候，可要躲開，不許來胡鬧！」

　　祁老人是自幼失學，所以特別尊敬文字，也幫著囑咐孩子們：「對了，你二叔寫字，不准去裹亂！」

　　這樣「戒嚴」之後，他坐在自己屋裡，開始聚精會神的研墨。研了幾下子，他想起一件事來：「大嫂！大嫂！上街的時候，別忘了帶包煙回來喲！不要太好的，也不要太壞的，中中兒的就行。」

　　「什麼牌子是中中兒的呀？」大嫂不吸菸，不懂得煙的好壞。

　　「算了，待一會兒，我自己去買。」他繼續的研墨，已經不像方才那麼起勁了。聽到大嫂的腳步聲，他又想起一樁事來：「大嫂，你上街吧？帶點酒來喲！作了一任科長沒落下別的，只落下點酒癮！好在喝不多，而且有幾個花生米就行！」大嫂的話 —— 白吃飯，還得預備菸酒哇？ —— 已到唇邊，又嚥了下去。她不單給他打來四兩酒，還買來一包她以為是「中中兒」的香菸。

　　一直到大嫂買東西回來，老二一共寫了不到十個字。他安不下心去，坐不住。他的心裡像有一窩小老鼠，這個出來，那個進去，沒有一會兒的安靜。最後，他放下了筆，決定不再受罪。他沒有忍耐力，而且覺得死心塌地的用死工夫是愚蠢。人生，他以為，就是瞎混，而瞎混必須得出去活動，不能老悶在屋子裡寫字。只要出去亂碰，他想，就是瞎貓也會碰著死老鼠。他用雙手托住後腦勺兒，細細的想：假若他去託一託老張呢，他也許能打入那麼一個機關？若是和老李說一說呢，他或者就能得到這麼個地

位……。他想起好多好多人來，而哪一個人彷彿都必定能給他個事情。他覺得自己必定是個有人緣，怪可愛的人，所以朋友們必不至於因為他失業而冷淡了他。他恨不能馬上去找他們，坐在屋裡是沒有一點用處的。可是，他手裡沒有錢呀！託朋友給找事，他以為，必須得投一點資：先給人家送點禮物啊，或是請吃吃飯啊，而後才好開口。友人呢，接收了禮物，或吃了酒飯，也就必然的肯賣力氣；禮物與酒食是比資格履歷更重要的。

今天，他剛剛回來，似乎不好意思馬上跟大哥要「資本」。是的，今天他不能出去。等一等，等兩天，他再把理論和大哥詳細的說出，而後求大哥給他一筆錢。他以為大哥必定有錢，要不怎麼他赤手空拳的回來，大哥會一聲不哼，而大嫂也說一不二的供給他菸酒呢？

他很想念胖菊子。但是，他必須撐著點勁兒，不便馬上去看她，教她看不起。只要大哥肯給他一筆錢，為請客之用，他就會很快的找到事作，而後夫婦就會言歸於好。胖菊子對他的冷酷無情，本來教他感到一點傷心。可是，經過幾番思索之後，他開始覺得她的冷酷正是對他的很好的鼓勵。為和她爭一口氣，他須不惜力的去奔走活動。

把這些都想停妥了之後，他放棄了寫字，把筆墨什麼的都送了回去。他看見了光明，很滿意自己的通曉人情世故。吃午飯的時候，他把四兩酒喝乾淨。酒後，他紅著臉，暈暈忽忽的，把他在科長任中的得意的事一一說給大嫂聽，好像講解著一篇最美麗的詩似的。

晚間，瑞宣回來之後，老二再也忍不住，把要錢的話馬上說了出來。瑞宣的回答很簡單：「我手裡並不寬綽。你一定用錢呢，我可以設法去借，可是我須知道你要謀什麼事！你要是還找那不三不四的事，我不能給你弄錢去！」

瑞豐不明白哥哥所謂的不三不四的事是什麼事，而橫打鼻樑的說：「大哥你放心，我起碼也得弄個科員！什麼話呢，作過了一任科長，我不能隨

便找個小事，丟了我們的臉面！」「我說的不三不四的事正是科長科員之類的事。在日本人或漢奸手底下作小官還不如擺個香菸攤子好！」

瑞豐簡直一點也不能明白大哥的意思。他心中暗暗的著急，莫非大哥已經有了神經病，分不出好歹來了麼？他可也不願急扯白臉的和大哥辯論，而傷了弟兄的和睦。他只提出一點，懇求大哥再詳加考慮：「大哥，你看我要是光棍兒一個人，擺香菸攤子也無所不可。我可是還有個老婆呢！她不准我擺香菸攤子！除非我弄到個相當體面的差事，她不再見我！」說到這裡，老二居然動了感情，眼裡溼了一些，很有落下一兩顆淚珠的可能。

瑞宣沒再說什麼。他是道地的中國讀書人，永遠不肯趕盡殺絕的逼迫人，即使他知道逼迫有時候是必要的，而且是有益無損的。

老二看大哥不再說話，跑去和祖父談心，為是教老人向老大用一點壓力。祁老人明白瑞宣的心意，可是為了四世同堂的發展與繁榮，他又不能不同情二孫子。真要是為了孫子不肯給日本人作事，而把孫媳婦丟了，那才丟人丟得更厲害。是的，他的確不大喜歡胖菊子。可是，她既是祁家的人，死了也得是祁家的鬼，不能半途拆了夥。老人答應了給老二幫忙。

老二一得意，又去找媽媽說這件事。媽媽臉上沒有一點笑容，告訴他：「老二，你要替你哥哥想一想，別太為難了他！多咱你要是能明白了他，你就也能跟他一樣的有出息了！作媽媽的對兒女都一樣的疼愛，也盼望著你們都一樣的有出息！你哥哥，無論作什麼事，都四面八方的想到了；你呢，你只顧自己！我這樣的說你，你別以為我是怪你丟了事，來家白吃飯。說真的，你有事的時候，一家老小誰也沒沾過你一個銅板兒的好處！我是說，你現在要找事，就應當聽你哥哥的話，別教他又皺上眉頭；這一家子都仗著他，你知道！」

老二不大同意媽媽的話，可是也不敢再說什麼。他搭訕著走出來，對

自己說：「媽媽偏向著老大，我有什麼辦法呢？」第二天，他忘了練字，而偷偷的和大嫂借了一點零錢，要出去看親戚朋友。「自從一作科長，忙得連親友都沒工夫去看。乘這兩天閒著看他們一眼去！」他含著笑說。

一出門，他極自然的奔了三號去。一進三號的門，他的心就像春暖河開時的魚似的，輕快的浮了起來。冠家的人都在家，可是每個人的臉上都像掛著一層冰。曉荷極平淡的招呼了他一聲，大赤包和招弟連看也沒看他一眼。他以為冠家又在吵架拌嘴，所以搭訕著坐下了。坐了兩三分鐘，沒有人開腔。他們並沒有吵架拌嘴，而是不肯答理他。他的臉發了燒，手心上出了涼汗。他忽然的立起來，一聲沒出，極快的走出去。他動了真怒。北平的陷落，小崔的被殺，大哥的被捕，他都沒動過心。今天，他感到最大的恥辱，比失去北平，屠殺百姓，都更難堪。因為這是傷了他自己的尊嚴。他自己比中華民國還更重要。出了三號的門，看看四下沒人，他咬著牙向街門說：「你們等著，二太爺非再弄上個科長教你們看看不可！再作上科長，我會照樣回敬你們一杯冰淇淋！」他下了決心，非再作科長不可。他挺起胸來，用力的跺著腳踵，怒氣衝衝的走去。

他氣昏了頭，不知往哪裡去好，於是就信馬由韁的亂碰。走了一二里地，他的氣幾乎完全消了，馬上想到附近的一家親戚，就奔了那裡去。到門口，他輕輕的用手帕撣去鞋上的灰土，定了定神，才慢條斯禮的往裡走。他不能教人家由鞋上的灰土而看出他沒有坐著車來。見到三姑姑六姨，他首先宣告：「忙啊，忙得不得了，所以老沒能看你們來！今天，請了一天的假，特意來請安！」這樣，他把人們騙住，免得再受一次羞辱。大家相信了他的話，於是就讓煙讓茶的招待他，並且留他吃飯。他也沒太客氣，有說有笑的，把飯吃了。

這樣，他轉了三四家。到處他都先宣告他是請了假來看他們，也就到處都得到茶水與尊重。他的嘴十分的活躍，到處他總是拉不斷扯不斷的說

笑，以至把小幹嘴唇都用得有些麻木。在從前，他的話多數是以家長裡短為中心；現在，他卻總談作官與作事的經驗與瑣事，使大家感到驚異，而佩服他見過世面。只有大家提到中日的問題，他才減少了一點熱烈，話來得不十分痛快。在他的那個小心眼裡，他實在不願意日本人離開北平，因為只有北平在日本人手裡，他才有再作科長的希望。但是，這點心意又不便明說出來，他知道大家都恨日本人。在這種時節，他總是含糊其詞的敷衍兩句，而後三轉兩轉不知怎麼的又把話引到別處去，而大家也就又隨著他轉移了方向。他很滿意自己這點小本事，而歸功於「到底是作了幾天官兒，學會了怎樣調動言語！」

天已經很黑了，他才回到家來。他感覺得有點疲乏與空虛。打了幾個無聊的哈欠以後，他找了大嫂去，向她詳細的報告親友們的狀況。為了一家人的吃喝洗作，她很難得勻出點工夫去尋親問友，所以對老二的報告她感到興趣。祁老人上了年紀，心中不會想什麼新的事情，而總是關切著老親舊友；只要親友們還都平安，他的世界便依然是率由舊章，並沒有發生激劇的變動。因此，他也來聽取瑞豐的報告，使瑞豐忘了疲乏與空虛，而感到自己的重要。

把親戚都訪看得差不多了，大家已然曉得他是失了業而到處花言巧語的騙飯吃，於是就不再客氣的招待他。假若大家依舊的招待他，他滿可以就這麼天天和大嫂要一點零錢，去遊訪九城。他覺得這倒也怪無拘無束的悠閒自在。可是大家不再尊重他，不再熱茶熱飯的招待他，他才又想起找事情來。是的，他須馬上去找事，好從速的「收復」胖菊子，好替 —— 替誰呢？ —— 作點事情。管他呢，反正給誰作事都是一樣，只要自己肯去作事便是有心胸。他覺得自己很偉大。「大嫂！」他很響亮的叫。「大嫂！從明天起，我不再去散逛了，我得去找事！你能不能多給我點錢呢？找事，不同串門子看親戚；我得多帶著幾個錢，好應酬應酬哇！」

　　大嫂為了難。她知道錢是好的，也知道老二是個會拿別人的錢不當作錢的人。假若她隨便給他，她就有點對不起丈夫與老人們。看吧，連爺爺還不肯吃一口喝一口好的，而老二天天要煙要酒。這已經有點不大對，何況在菸酒而外，再要交際費呢。再說，她手裡實在並不寬裕呀。可是，不給他吧，他一鬧氣，又會招得全家不安。雖然祁家的人對她都很好，可是他們到底都是親骨肉，而她是外來的。那麼，大家都平平靜靜的也倒沒有什麼，趕到鬧起氣來，他們恐怕就會拿她當作禍首了。

　　她當然不能把這點難處說出來。她只假裝的發笑，好拖延一點時間，想個好主意。她的主意來得相當的快——一箇中國大家庭的主婦，儘管不大識字，是世界上最偉大的政治家。「老二，我偷偷的給你當一票當去吧？」去當東西，顯然的表示出她手裡沒錢。從祁老人的治家的規條來看呢，出入典當鋪是不體面的事；老二假若也還有人心的話，他必會攔阻大嫂進當鋪。假若老二沒心沒肺的贊同此意呢，她也會只去此一遭，下不為例。

　　老二向來不替別人想什麼，他馬上點了頭：「也好！」

　　大嫂的怒氣像山洪似的忽然衝下來。但是，她的控制自己的力量比山洪還更厲害。把怒氣壓回去，她反倒笑了一笑。「不過，現在什麼東西也當不出多少錢來！大傢夥兒都去當，沒多少人往外贖啊！」

　　「大嫂你多拿點東西！你看，沒有應酬，我很難找到事！得，大嫂，我給你行個洋禮吧！」老二沒皮沒臉的把右手放在眉旁，給大嫂敬禮。

　　湊了一點東西，她才當回兩塊二毛錢來。老二心裡不甚滿意，可是沒表示出來。他接過錢去，又磨著大嫂給添了八毛，湊足三塊。

　　拿起錢，他就出去了。他找到了那群歪毛兒淘氣兒，鬼混了一整天。晚間回來，他向大嫂報告事情大有希望，為是好再騙她的錢。他留著心，沒對大嫂說他都和誰鬼混了一天，因為他知道大嫂的嘴雖然很嚴密，向來

不愛拉舌頭扯簸箕，可是假若她曉得他去交結歪毛淘氣兒，她也會告訴大哥，而大哥會又教訓他的。

就是這樣，他天天出去，天天說事情有希望。而大嫂須天天給他買酒買菸，和預備交際費。她的手越來越緊，老二也就越來越會將就，三毛五毛，甚至幾個銅板，他也接著。在十分困難的時候，他不惜偷盜家中一件小東西，拿出去變賣。有時候，大嫂太忙，他便獻殷勤，張羅著上街去買東西。他買來的油鹽醬醋等等，不是短著份量，便是忽然的又漲了價錢。

在外邊呢，他雖然因為口袋裡寒傖，沒能和那些歪毛淘氣兒成為莫逆之交，可是他也有他的一些本領，教他們無法不和他交往。第一，他會沒皮沒臉的死膩，對他們的譏誚與難聽的話，他都作為沒聽見。第二，他的教育程度比他們的高，字也認識得多，對他們也不無用處。這樣，不管他們待他怎樣。他可是認定了他是他們的真朋友和「參謀」。於是，他們聽戲 —— 自然是永遠不打票 —— 他必定跟著。他們敲詐來了酒肉，他便跟著吃。他甚至於隨著那真作特務的去捕人。這些，都使他感到興奮與滿意。他是走進了一個新的世界，看見了新的東西，學來了新的辦法。他們永遠不講理，而只講力；他們永遠不考慮別人怎樣，而只管自己合適不合適；他們永遠不說瑞宣口中的話，而只說那誇大得使自己都嚇一跳的言語。瑞豐喜歡這些辦法。跟他們混了些日子，他也把帽子歪戴起來，並且把一條大毛巾塞在屁股上，假裝藏著手槍。他的五官似乎都離了原位：嘴角老想越過耳朵去；鼻孔要朝天，像一雙高射炮炮口；眼珠兒一刻不停的在轉動，好像要飛出來，看看自己的後腦勺兒。在說話與舉動上，他也學會了張嘴就橫著來，說話就瞪眼，可是等到對方比他更強硬，他會忽然變成羊羔一般的溫柔。在起初，他只在隨著他們的時候，才敢狐假虎威的這樣作。慢慢的，他獨自也敢對人示威，而北平人又恰好是最愛和平，寧看拉屎，不看打架的，所以他的蠻橫居然成功了幾次。這越發使他得意，增

加了自信。他以為不久他就會成為跺跺腳便山搖地動的大瓢把子的。

不過,每逢看見了家門,他便趕緊把帽子拉正,把五官都復原。他的家教比他那點拿文憑混畢業的學校教育更有效一點,更保持得長遠一點:他還不敢向家裡的人瞪眼撇嘴。家,在中國,是禮教的堡壘。

有一天,可是,他喝多了酒,忘了這座堡壘。兩眼離離光光的,身子東倒西歪的,嘴中唱唱咧咧的,他闖入了家門。一進門,他就罵了幾聲,因為門堆子碰了他的帽子。他的帽子不僅是歪戴著,而是在頭上亂轉呢。拐過了影壁,他又像哭又像笑的喊大嫂:

「大嫂!哈哈!給我沏茶喲!」

大嫂沒應聲。

他扶著牆罵開了:「怎麼,沒人理我?行!我 × 你媽!」「什麼?」大嫂的聲音都變了。她什麼苦都能吃,只是不能受人家的侮辱。

天佑正在家裡,他頭一個跑了出來。「你說什麼?」他問了一句。這個黑鬍子老頭兒不會打人,連自己的兒子也不會去打。

祁老人和瑞宣也出來看。

老二又罵了一句。

瑞宣的臉白了,但是當著祖父與父親,他不便先表示什麼。

祁老人過去細看了看孫子。老人是最講規矩的,看明白瑞豐的樣子,他的白鬍子抖起來。老人是最愛和平的,可是他自幼是寒苦出身,到必要時,他並不怕打架。他現在已經老了,可還有一把子力氣。他一把抓住了瑞豐的肩頭,瑞豐的一隻腳已離了地。

「你怎樣?」瑞豐撇著嘴問祖父。

老人一聲沒出,左右開弓的給瑞豐兩個嘴巴。瑞豐的嘴裡出了血。

天佑和瑞宣都跑過來,拉住了老人。

「罵人，撒野，就憑你！」老人的手顫著，而話說得很有力。是的，假若瑞豐單單是吃醉了，老人大概是不會動氣的。瑞豐罵了人，而且罵的是大嫂，老人不能再寬容。不錯，老人的確喜歡瑞豐在家裡，儘管他是白吃飯不幹活。可是，這麼些日子了，老人的眼睛也並不完全視而不見的睜著，他看出來瑞豐的行動是怎樣的越來越下賤。他愛孫子，他可是也必須管教孫子。對於一個沒出息的後輩，他也知道恨惡。「拿棍子來！」老人的小眼睛盯著瑞豐，而向天佑下命令：「你給我打他！打死了，有我抵償！」

天佑很沉靜，用沉靜壓制著為難。他並不心疼兒子，可是非常的怕家中吵鬧。同時，他又怕氣壞了老父親。他只緊緊的扶著父親，說不出話來。

「瑞宣！拿棍子去！」老人把命令移交給長孫。

瑞宣真厭惡老二，可是對於責打弟弟不會太熱心。他和父親一樣的不會打人。

「算了吧！」瑞宣低聲的說：「何必跟他動真氣呢，爺爺！把自己氣壞了，還了得！」

「不行！我不能饒了他！他敢罵嫂子，瞪祖父，好嗎！難道他是日本人？日本人欺侮到我頭上來，我照樣會拚命！」老人現在渾身都哆嗦著。

韻梅輕輕的走到南屋去，對婆婆說：「你老人家去勸勸吧！」雖然挨老二的罵的是她，她可是更關心祖父。祖父，今天在她眼中，並不只是個老人，而是維持這一家子規矩與秩序的權威。祖父向來不大愛發脾氣，可是一發起脾氣來就會教全家的人，與一切邪魔外道，都感到警戒與恐懼。天佑太太正摟著兩個孩子，怕他們嚇著。聽到兒媳的話，她把孩子交過去，輕輕的走出來。走到瑞豐的跟前，她極堅決的說：「給爺爺跪下！跪下！」

　　瑞豐捱了兩個嘴巴，酒已醒了一大半，好像無可奈何，又像莫名其妙的，倚著牆呆呆的立著，倒彷彿是看什麼熱鬧呢。聽到母親的話，他翻了翻眼珠，身子晃了兩晃，而後跪在了地上。

　　「爺爺，這裡冷，進屋裡去吧！」天佑太太的手顫著，而臉上賠著笑說。

　　老人又數嘮了一大陣，才勉強的回到屋中去。

　　瑞豐還在那裡跪著。大家都不再給他講情，都以為他是罪有應得。

　　在南屋裡，婆媳相對無言。天佑太太覺得自己養出這樣的兒子，實在沒臉再說什麼。韻梅曉得發牢騷和勸慰婆母是同樣的使婆母難過，所以閉上了嘴。兩個孩子不知道為了什麼，而只知道出了亂子，全眨巴著小眼不敢出聲，每逢眼光遇到了大人的，他們搭訕著無聲的笑一下。

　　北屋裡，爺兒三個談得很好。祁老人責打過了孫子，心中覺得痛快，所以對兒子與長孫特別的親熱。天佑呢，為博得老父親的歡心，只挑選老人愛聽的話說。瑞宣看兩位老人都已有說有笑，也把笑容掛在自己的臉上。說了一會兒話，他向兩位老人指出來：「假若日本人老在這裡，好人會變壞，壞人會變得更壞！」這個話使老人們沉思了一會兒，而後都嘆了口氣。乘著這個機會，他給瑞豐說情：「爺爺，饒了老二吧！天冷，把他凍壞了也麻煩！」

　　老人無可如何的點了頭。

第 53 幕　招弟悔婚

　　尤桐芳的計劃完全失敗。她打算在招弟結婚的時候動手，好把冠家的人與道賀來的漢奸，和被邀來的日本人，一網打盡。茫茫人海，她沒有一個知己的人；她只掛唸著東北，她的故鄉，可是東北已丟給了日本，而千千萬萬的東北人都在暴政與毒刑下過著日子。為了這個，她應當報仇。或者，假若高第肯逃出北平呢，她必會跟了走。可是，高第沒有膽子。桐芳不肯獨自逃走，她識字不多，沒有作事的資格與知識。她的唯一的出路好像只有跑出冠家，另嫁個人。嫁人，她已看穿：憑她的年紀，出身，與逐漸衰老的姿貌，她已不是那純潔的青年人所願意追逐的女郎。要嫁人，還不如在冠家呢。冠曉荷雖然沒什麼好處，可是還沒虐待過她。不過，冠家已不能久住，因為大赤包口口聲聲要把她送進窯子去。她沒有別的辦法，只好用死結束了一切。她可是不能白白的死，她須教大赤包與成群的小漢奸，最好再加上幾個日本人，與她同歸於盡。在結束她自己的時候，她也結束了壓迫她的人。

　　她時常碰到錢先生。每逢遇見他一次，她便更堅決了一些，而且慢慢的改變了她的看法。錢先生的話教她的心中寬闊了許多，不再只想為結束自己而附帶的結束別人。錢先生告訴她：這不是為結束自己，而是每一個有心胸有靈魂的中國人應當去作的事。鋤奸懲暴是我們的責任，而不是無可奈何的「同歸於盡」。錢先生使她的眼睛開，看到了她 —— 儘管是個唱鼓書的，作姨太太的，和候補妓女 —— 與國家的關係。她不只是個小婦人，而也是個國民，她必定能夠作出點有關於國家的事。

　　桐芳有聰明。很快的，她把錢先生的話，咂摸出味道來。她不再和高第談心了，怕是走了嘴，洩露了機關。她也不再和大赤包衝突，她快樂的

忍受大赤包的逼迫與辱罵。她須拖延時間，等著下手的好機會。她知道了自己的重要，尊敬了自己，不能逞氣一時而壞了大事。她決定在招弟結婚的時候動手。

可是，李空山被免了職。刺殺日本特使與向牛教授開槍的兇犯，都漏了網。日本人為減輕自己的過錯，一方面亂殺了小崔與其他的好多嫌疑犯，一方面免了李空山的職。他是特高科的科長，兇手的能以逃走是他的失職。他不單被免職，他的財產也被沒收了去。日本人鼓勵他貪汙，在他作科長的時候；日本人拿去他的財產，當他被免職的時候。這樣，日本人賺了錢，而且懲辦了貪汙。

聽到這訊息，冠曉荷皺上了眉。不論他怎麼無聊，他到底是中國人，不好拿兒女的婚姻隨便開玩笑。他不想毀掉了婚約，同時又不願女兒嫁個無職無錢的窮光蛋。

大赤包比曉荷厲害的多，她馬上決定了悔婚。以前，她因為怕李空山的勢力，所以才不敢和他大吵大鬧。現在，他既然丟掉了勢力與手槍，她不便再和他敷衍。她根本不贊成招弟只嫁個小小的科長，現在，她以為招弟得到了解放的機會，而且不應放過這個機會去。

招弟同意媽媽的主張。她與李空山的關係，原來就不怎麼穩定。她是要玩一玩，冒一冒險。把這個目的達到，她並不怎樣十分熱心的和李空山結婚。不過，李空山若是一定要她呢，她就作幾天科長太太也未為不可。儘管她不喜歡李空山的本人，可是科長太太與金錢，勢力，到底還是未便拒絕的。她的年紀還輕，她的身體與面貌比從前更健全更美麗，她的前途還不可限量，不管和李空山結婚與否，她總會認定了自己的路子，走進那美妙的浪漫的園地的。現在，李空山既已不再作科長，她可就不必多此一舉的嫁給他；她本只要嫁給一個「科長」的。李空山加上科長，等於科長；李空山減去科長，便什麼也不是了。她不能嫁給一個「零」。

在從前，她的心思與對一切的看法往往和媽媽的不大相同。近來，她越來越覺得媽媽的所作所為都很聰明妥當。媽媽的辦法都切於實際。在她破身以前，她總渺茫的覺得自己很尊貴，所以她的眼往往看到帶有理想的地方去。她彷彿是作著一個春夢，夢境雖然空虛渺茫，可是也有極可喜愛的美麗與詩意，現在，她已經變成個婦人，她不再作夢。她看到金錢，肉慾，享受的美麗 —— 這美麗是真的，可以摸到的；假若摸不到，便應當設法把它牽過來，像牽過一條狗那樣。媽媽呢，從老早就是個婦人，從老早就天天設計把狗牽在身邊。

她認識了媽媽，佩服了媽媽。她也告訴了媽媽：「李空山現在真成了空山，我才不會跟他去呢！」「乖！乖寶貝！你懂事，要不怎麼媽媽偏疼你呢！」大赤包極高興的說。

大赤包和招弟既都想放棄了李空山，曉荷自然不便再持異議，而且覺得自己過於講信義，缺乏時代精神了。

李空山可也不是好惹的。雖然丟了官，丟了財產，他可是照舊穿的很講究，氣派還很大。他赤手空拳的打下「天下」，所以在作著官的時候，他便是肆意橫行的小皇帝；丟了「天下」呢，他至多不過仍舊赤手空拳，並沒有損失了自己的什麼，所以準備捲土重來。他永遠不灰心，不悔過。他的勇敢與大膽是受了歷史的鼓勵。他是赤手空拳的抓住了時代。人民 —— 那馴順如羔羊，沒有參政權，沒有舌頭，不會反抗的人民 —— 在他的腳前跪倒，像墊道的黃土似的，允許他把腳踩在他們的脖子上。歷代，在政府失去統制的力量，而人民又不會團結起來的時候，都有許多李空山出來興妖作怪。只要他們肯肆意橫行，他們便能赤手空拳打出一份兒天下。他們是中國人民的文化的鞭撻者。他們知道人民老實，所以他們連睡覺都瞪著眼。他們曉得人民不會團結，所以他們七出七入的敢殺個痛快。中國的人民創造了自己的文化，也培養出消滅這文化的魔鬼。

　　李空山在軍閥的時代已嘗過了「英雄」的酒食，在日本人來到的時候，他又看見了「時代」，而一手抓住不放。他和日本人恰好是英雄所見略同：日本人要來殺老實的外國人，李空山要殺老實的同胞。

　　現在，他丟了官與錢財，但是還沒丟失了自信與希望。他很胡塗，愚蠢，但是在胡塗愚蠢之中，他卻看見了聰明人所沒看到的。正因為他胡塗，他才有胡塗的眼光，正因為他愚蠢，所以他才有愚蠢的辦法。人民若沒法子保護莊稼，蝗蟲還會客氣麼？李空山認準了這是他的時代。只要他不失去自信，他總會諸事遂心的。丟了官有什麼關係呢，再弄一份兒就是了。在他的胡塗的腦子裡，老存著一個最有用處的字 —— 混。只要打起精神鬼混，他便不會失敗，小小的一些挫折是沒大關係的。

　　戴著貂皮帽子，穿著有水獺領子的大衣，他到冠家來看「親戚」。他帶著一個隨從，隨從手裡拿著七八包禮物 —— 盒子與紙包上印著的字號都是北平最大的商店的。

　　曉荷看看空山的衣帽，看看禮物上的字號，再看看那個隨從，（身上有槍！）他不知怎辦好了。怪不得到如今他還沒弄上一官半職呢；他的文化太高！日本人是來消滅文化的，李空山是幫兇。曉荷的膽子小，愛文雅，怕打架。從空山一進門，他便感到「大事不好了」，而想能讓步就讓步。他不敢叫「姑爺」，可也不敢不顯出親熱來，他怕那支手槍。

　　脫去大衣，李空山一下子把自己扔在沙發上，好像是疲乏的不得了的樣子。隨從打過熱手巾把來，李空山用它緊捂著臉，好大半天才拿下來；順手在毛巾上淨了一下鼻子。擦了這把臉，他活潑了一些，半笑的說：「把個官兒也丟咧，×！也好，該結婚吧！老丈人，定個日子吧！」

　　曉荷回不出話來，只咧了一下嘴。

　　「跟誰結婚？」大赤包極沉著的問。

曉荷的心差點兒從口中跳了出來！

「跟誰？」空山的脊背挺了起來，身子好像忽然長出來一尺多。「跟招弟呀！還有錯兒嗎？」

「是有點錯兒！」大赤包的臉帶出點挑戰的笑來。「告訴你，空山，挑選乾脆的說，你引誘了招弟，我還沒懲治你呢！結婚，休想！兩個山字落在一塊兒，你請出！」

曉荷的臉白了，搭訕著往屋門那溜兒湊，準備著到必要時好往外跑。

可是，空山並沒發怒；流氓也有流氓的涵養。他向隨從一擠眼。隨從湊過去，立在李空山的身旁。

大赤包冷笑了一下：「空山，別的我都怕，就是不怕手槍！手槍辦不了事！你已經不是特高科的科長了，橫是不敢再拿人！」

「不過，弄十幾個盒子來還不費事，死馬也比狗大點！」空山慢慢的說。

「論打手，我也會調十幾二十個來；打起來，不定誰頭朝下呢！你要是想和平了結呢，自然我也沒有打架的癮。」

「是，和平了結好！」曉荷給太太的話加上個尾巴。大赤包瞪了曉荷一眼，而後把眼中的餘威送給空山：「我雖是個老孃們，辦事可喜歡麻利，脆！婚事不許再提，禮物你拿走，我再送你二百塊錢，從此我們一刀兩斷，誰也別麻煩誰。你願意上這裡來呢，我們是朋友，熱茶香菸少不了你的。你不願意再來呢，我也不下帖子請你去。怎樣？說乾脆的！」

「二百塊？一個老婆就值那麼點錢？」李空山笑了一下，又縮了縮脖子。他現在需要錢。在他的算盤上，他這樣的算計：白玩了一位小姐，而還拿點錢，這是不錯的買賣。即使他沒把招弟弄到手，可是在他的一部玩弄女人的歷史裡，到底是因此而增多了光榮的一頁呀。況且，結婚是麻煩

的事，誰有工夫伺候著太太呢。再說，他在社會上向來是橫行無阻，只要他的手向口袋裡一伸，人們便跪下，哪怕口袋裡裝著一個小木橛子呢。今天，他碰上了不怕他的人。他必須避免硬碰，而只想不卑不亢的多撈幾個錢。他不懂什麼是屈辱，他只知道「混」。

「再添一百，」大赤包拍出三百塊錢來。「行呢，拿走！不行，拉倒！」

李空山哈哈的笑起來，「你真有兩下子，老丈母孃！」這樣占了大赤包一個便宜，他覺得應當趕緊下臺；等到再作了官的時候，再和冠家重新算帳。披上大衣，他把桌上的錢抓起來，隨便的塞在口袋裡。隨從拿起來那些禮物。主僕二人吊兒郎噹的走了出去。

「所長！」曉荷親熱的叫。「你真行，佩服！佩服！」「哼！要交給你辦，你還不白白的把女兒給了他？他一高興，要不把女兒賣了才怪！」

曉荷聽了，輕顫了一下；真的，女兒若真被人家給賣了，他還怎麼見人呢！

招弟，只穿著件細毛線的紅背心，外披一件大衣，跑了過來。進了屋門，嘴唇連串的響著：「不嚕……！」而後跳了兩三步，「喝，好冷！」

「你這孩子，等凍著呢！」大赤包假裝生氣的說。「快伸上袖子！」

招弟把大衣穿好，手插在口袋中，挨近了媽媽，問：「他走啦？」

「不走，還死在這裡？」

「那件事他不提啦？」

「他敢再提，教他吃不了兜著走！」

「得！這才真好玩呢！」招弟撒著嬌說。

「好玩？告訴你，我的小姐！」大赤包故意沉著臉說：「你也該找點正經事作，別老招貓遞狗兒的給我添麻煩！」「是的！是的！」曉荷板著臉，作出老父親教訓兒女的樣子。「你也老大不小的啦，應當，應當，」他想

不起女兒應當去作些什麼。

「媽！」招弟的臉上也嚴肅起來。「現在我有兩件事可以作。一件是暫時的，一件是長久的。暫時的是去練習滑冰。」「那——」曉荷怕溜冰有危險。

「別插嘴，聽她說！」大赤包把他的話截回去。「聽說在過新年的時候，要舉行滑冰大會，在北海。媽，我告訴你，你可別再告訴別人哪！我，勾瑪麗，還有朱櫻，我們三個打算表演箇中日滿合作，看吧，準得叫好！」「這想得好！」大赤包笑了一下。她以為這不單使女兒有點「正經」事作，而且還可以大出風頭，使招弟成為報紙上的數據與雜誌上的封面女郎。能這樣，招弟是不愁不惹起闊人與日本人的注意的。「我一定送個頂大頂大的銀盃去。我的銀盃，再由你得回來，自家便宜了自家，這才俏皮！」「這想得更好！」曉荷誇獎了一聲。

「那個長久的，是這樣，等溜冰大會過去，我打算正正經經的學幾齣戲。」招弟鄭重的陳說：「媽，你看，人家小姐們都會唱，我有嗓子，閒著也是閒著，何不好好的學學呢？學會了幾齣，拍，一登臺，多抖啊！要是唱紅了，我也上天津，上海，大連，青島，和東京！對不對？」

「我贊成這個計劃！」曉荷搶著說。「我看出來，現在幹什麼也不能大紅大紫，除了作官和唱戲！你看，坤角兒有幾個不一出來就紅的，只要行頭好，有人捧，三下兩下子就掛頭牌。講捧角，我們內行！只要你肯下工夫，我保險你成功！」「是呀！」招弟興高采烈的說：「就是說！我真要成了功，爸爸你拴個團隊，不比老這麼閒著強？」

「的確！的確！」曉荷連連的點頭。

「跟誰去學呢？」大赤包問。

「小文夫婦不是很現成嗎？」招弟很有韜略似的說：「小文的胡琴是人

所共知，小文太太又是名票，我去學又方便！媽，你聽著！」招弟臉朝了牆，揚著點頭，輕咳了一下，開始唱倒板：「兒夫一去不回還」她的嗓子有點悶，可是很有中氣。「還真不壞！真不壞！應當學程硯秋，準成！」曉荷熱烈的誇獎。

「媽，怎樣？」招弟彷彿以為爸爸的意見完全不算數兒，所以轉過臉來問媽媽。

「還好！」大赤包自己不會唱，也不懂別人唱的好壞，可是她的氣派表示出自己非常的懂行。「曉荷，我先囑咐好了你，招弟要是學戲去，你可不准往文家亂跑！」

曉荷本想藉機會，陪著女兒去多看看小文太太，所以極力的促成這件事。哪知道，大赤包，比他更精細。「我絕不去裏亂，我專等著給我們二小姐成團隊！是不是，招弟？」他扯著臉把心中的難過遮掩過去。

桐芳大失所望，頗想用毒藥把大赤包毒死，而後她自己也自盡。可是，錢先生的話還時常在她心中打轉，她不肯把自己的命就那麼輕輕的送掉。她須忍耐，再等機會。在等待機會的時節，她須向大赤包屈膝，好躲開被送進窯子去的危險。她不便直接的向大赤包遞降表，而決定親近招弟。她知道招弟現在有左右大赤包的能力。她陪著招弟去練習滑冰，在一些小小的過節上都把招弟伺候得舒舒服服。慢慢的，這個策略發生了預期的效果。招弟並沒有為她對媽媽求情，可是在媽媽要發脾氣的時候，總設法教怒氣不一直的衝到桐芳的頭上去。這樣，桐芳把自己安頓下，靜待時機。

高亦陀見李空山敗下陣去，趕緊打了個觔鬥，拚命的巴結大赤包。倒好像與李空山是世仇似的，只要一說起話來，他便狠毒的咒詛李空山。

連曉荷都看出點來，亦陀是兩面漢奸，見風使舵。可是大赤包依然信任他，喜愛他。她的心術不正，手段毒辣，對誰都肯下毒手。但是，她到

底是個人，是個婦人。在她的有毒汁的心裡，多少還有點「人」的感情，所以她也要表示一點慈愛與母性。她愛招弟和亦陀，她閉上眼愛他們，因為一睜眼她就也想陰狠的收拾他們了。因此，無論亦陀是怎樣的虛情假意，她總不肯放棄了他；無論別人怎樣說亦陀的壞話，她還是照舊的信任他。她這點拗勁兒恐怕也就是多少男女英雄失敗了的原因。她覺得自己非常的偉大，可是會被一條哈巴狗或一隻小花貓把她領到地獄裡去。

亦陀不單只是消極的咒罵李空山，也積極的給大赤包出主意。他很委婉的指出來：李空山和祁瑞豐都丟了官，這雖然是他們自己的過錯，可是多少也有點「伴君如伴虎」的意味在內。日本人小氣，不容易伺候。所以，他以為大赤包應當趕快的，加緊的，弄錢，以防萬一。大赤包覺得這確是忠告，馬上決定增加妓女們給她獻金的數目。高亦陀還看出來：現在北平已經成了死地，作生意沒有貨物，也賺不到錢，而且要納很多的稅。要在這塊死地上摳幾個錢，只有買房子，因為日本人來要住房，四郊的難民來也要住房。房租的收入要比將本圖利的作生意有更大的來頭。大赤包也接受了這個意見，而且決定馬上買過一號的房來 —— 假若房主不肯出脫，她便用日本人的名義強買。

把這些純粹為了大赤包的利益的計劃都供獻出，亦陀才又提出有關他自己的一個建議。他打算開一家體面的旅館，由大赤包出資本，他去經營。旅館要裝置得完美，專接貴客。在這個旅館裡，住客可以打牌聚賭，可以找女人 —— 大赤包既是統制著明娼和暗娼，而高亦陀又是大赤包與娼妓們的中間人，他們倆必會很科學的給客人們找到最合適的「伴侶」。在這裡，住客還可以吸菸。煙，賭，娼，三樣俱備，而房間又雅緻舒服，高亦陀以為必定能生意興隆，財源茂盛。他負經營之責，只要個經理的名義與一份兒薪水，並不和大赤包按成數分帳。他只有一個小要求，就是允許他給住客們治花柳病和賣他的草藥 —— 這項收入，大赤包也不得「抽稅」。

　　聽到這個計劃，大赤包感到更大的興趣，因為這比其他的事業更顯得有聲有色。她喜歡熱鬧。冠曉荷的口中直冒饞水，他心裡說：假若他能作這樣的旅館的經理，就是死在那裡，也自甘情願。但是，他並不敢和亦陀競爭經理的職位，因為一來這計劃不是他出的，當然不好把亦陀一腳踢開；二來，作經理究竟不是作官，他是官場中人，不便輕於降低了身分。他只建議旅館裡還須添個舞廳，以便教高貴的女子也可以進來。

　　在生意經裡，「隔行利」是貪不得的。亦陀對開旅舍毫無經驗，他並沒有必能成功的把握與自信。他只是為利用這個旅館來宣傳他的醫道與草藥。假若旅館的營業失敗，那不過只丟了大赤包的錢。而他的專治花柳與草藥仍然會聲名廣播的。

　　大赤包是眼裡不揉沙子的人，向來不肯把金錢打了「水漂兒」玩。但是，現在她手裡有錢，她覺得只要有錢便萬事亨通，幹什麼都能成功。錢使她增多了野心，錢的力氣直從她的心裡往外頂，像蒸氣頂著壺蓋似的。她必須大鑼大鼓的幹一下。哼，煙，賭，娼，舞，集中到一處，不就是個「新世界」麼？國家已經改朝換代，她是開國的功臣，理應給人們一點新的東西看看，而且這新東西也正是日本人和中國人都喜歡要的。她覺得自己是應運而生的女豪傑，不單會賺錢，也會創造新的風氣，新的世界。她決定創辦這個旅館。

　　對於籌辦旅館的一切，冠曉荷都幫不上忙，可是也不甘心袖手旁觀。沒事他便找張紙亂畫，有時候是畫房間裡應當怎樣擺設桌椅床鋪，有時候是擬定旅舍的名字。「你們會跑腿，要用腦子可是還得找我來，」他微笑著對大家說。「從字號到每間屋裡的一桌一椅，都得要『雅』，萬不能大紅大綠的俗不可耐！名字，我已想了不少，你們挑選吧，哪一個都不俗。看，綠芳園，琴館，迷香雅室，天外樓……都好，都雅！」這些字號，其實，都是他去過的妓院的招牌。正和開妓院的人一樣，他要雅，儘管雅的

後面是男盜女娼。「雅」是中國藝術的生命泉源，也是中國文化上最賤劣的油漆。曉荷是道地的中國人，他在摸不到藝術的泉源的時候會拿起一小罐兒臭漆。

在設計這些雅事而外，他還給招弟們想出化裝滑冰用的服裝。他告訴她們到那天必須和演話劇似的給臉上抹上油，眼圈塗藍，臉蛋擦得特別的紅。「你們在湖心，人們立在岸上看，非把眉眼畫重了不可！」她們同意這個建議，而把他叫做老狐狸精，他非常的高興。他又給她們思索出衣服來：招弟代表中國，應當穿鵝黃的綢衫，上邊繡綠梅；勾瑪麗代表滿洲，穿滿清時貴婦人的氅衣，前後的補子都繡東北的地圖；朱櫻代表日本，穿繡櫻花的日本衫子。三位小姐都不戴帽，而用髮辮，大拉翅，與東洋蓬頭，分別中日滿。三位小姐，因為自己沒有腦子，就照計而行。

一晃兒過了新年，正月初五下午一點，在北海舉行化裝滑冰比賽。

過度愛和平的人沒有多少臉皮，而薄薄的臉皮一旦被剝了去，他們便把屈服叫做享受，忍辱苟安叫做明哲保身。北平人正在享受著屈辱。有錢的，沒錢的，都努力的吃過了餃子，穿上最好的衣裳；實在找不到齊整的衣服，他們會去借一件；而後到北海 —— 今天不收門票 —— 去看昇平的景像。他們忘了南苑的將士，會被炸彈炸飛了血肉，忘記了多少關在監獄裡受毒刑的親友，忘記了他們自己脖子上的鐵索，而要痛快的，有說有笑的，飽一飽眼福。他們似乎甘心吞吃日本人給他們預備下的包著糖衣的毒丸子。

有不少青年男女分外的興高采烈。他們已經習慣了給日本人排隊遊行，看熟了日本教師的面孔，學會了幾句東洋話，看慣了日本人辦的報紙。他們年歲雖輕，而學會了得過且過，他們還記得自己是中國人，可是不便為這個而不去快樂的參加滑冰。

到十二點，北海已裝滿了人。新春的太陽還不十分暖，可是一片晴光

增加了大家心中的與身上的熱力。「海」上的堅冰微微有些細碎的麻坑，把積下的黃土都弄溼，發出些亮的光來。背陰的地方還有些積雪，也被暖氣給弄出許多小坑，像些酒窩兒似的。除了松柏，樹上沒有一個葉子，而樹枝卻像柔軟了許多，輕輕的在湖邊上，山石旁，擺動著。天很高很亮，淺藍的一片，處處像落著小小的金星。這亮光使白玉石的橋欄更潔白了一些，黃的綠的琉璃瓦與建築物上的各種顏色都更深，更分明，像剛剛畫好的彩畫。小白塔上的金頂發著照眼的金光，把海中全部的美麗彷彿要都帶到天上去。

這全部的美麗卻都被日本人的血手握著，它是美妙絕倫的俘獲品，和軍械，旗幟，與帶血痕的軍衣一樣的擺列在這裡，記唸著暴力的勝利。湖邊，塔盤上，樹旁，道路中，走著沒有力量保護自己的人。他們已失去自己的歷史，可還在這美景中享受著恥辱的熱鬧。

參加比賽的人很多，十分之九是青年男女。他們是民族之花，現在變成了東洋人的玩具。只有幾個歲數大的，他們都是曾經在皇帝眼前溜過冰的人，現在要在日本人面前露一露身手，日本人是他們今天的主子。

五龍亭的兩個亭子作為化裝室，一個亭子作為司令臺。也不是怎麼一來，大赤包，便變成女化裝室的總指揮。她怒叱著這個，教訓著那個，又鼓勵著招弟，勾瑪麗，與朱櫻。亭子裡本來就很亂，有的女郎因看別人的化裝比自己出色，哭哭啼啼的要臨時撤退，有的女郎因忘帶了東西，高聲的責罵著跟來的人，有的女郎因穿少了衣服，凍得一勁兒打噴嚏，有的女郎自信必得錦標，高聲的唱歌⋯⋯再加上大赤包的發威怒吼，亭子裡就好像關著一群餓壞了的母豹子。冠曉荷知道這裡不許男人進來，就立在外邊，時時的開開門縫往裡看一眼，招得裡邊狼嚎鬼叫的咒罵，而他覺得怪有趣，怪舒服。日本人不管這些雜亂無章。當他們要整齊嚴肅的時候，他們會用鞭子與刺刀把人們排成整齊的隊伍；當他們要放鬆一步，教大家

「享受」的時候，他們會冷笑著像看一群小羊撒歡似的，不加以干涉。他們是貓，中國人是鼠，他們會在擒住鼠兒之後，還放開口，教它再跑兩步看看。

集合了。男左女右排成行列，先在冰上游行。女隊中，因為大赤包的調動，招弟這一組作了領隊。後邊的小姐們都撅著嘴亂罵。男隊裡，老一輩的看不起年輕的學生，而學生也看不起那些老頭子，於是彼此故意的亂撞，跌倒了好幾個。人到底還是未脫盡獸性，連這些以忍辱為和平的人也會你擠我，我碰你的比一比高低強弱，好教日本人看他們的笑話。他們給日本人證明瞭，凡是不敢殺敵的，必會自相踐踏。

冰上游行以後，分組表演。除了那幾個曾經在御前表演過的老人有些真的工夫，耍了些花樣，其餘的人都只會溜來溜去，沒有什麼出色的技藝。招弟這一組，三位小姐手拉著手，晃徘徊悠的好幾次幾乎跌下去，所以只溜了兩三分鐘，便退了出來。

可是，招弟這一組得了頭獎，三位小姐領了大赤包所贈的大銀盃。那些老手沒有一個得獎的。評判員們遵奉著日本人的意旨，只選取化裝的「正合孤意」，所以第一名是「中日滿合作」，第二名是「和平之神」——一個穿白衣的女郎，高舉著一面太陽旗，第三名是「偉大的皇軍」。至於溜冰的技術如何，評判員知道日本人不高興中國人會運動，身體強壯，所以根本不去理會。

領了銀盃，冠曉荷，大赤包，與三位小姐，高高興興的照了像，而後由招弟抱著銀盃在北海走了一圈。曉荷給她們提著冰鞋。

在漪瀾堂附近，他們看見了祁瑞豐，他們把頭扭過去，作為沒看見。

又走了幾步，他們遇見了藍東陽和胖菊子。東陽的胸前掛著評判的紅緞條，和菊子手拉著手。

　　冠曉荷和大赤包交換了眼神，馬上迎上前去。曉荷提著冰鞋，高高的拱手。「這還有什麼說的，喝你們的喜酒吧！」

　　東陽扯了扯臉上的肌肉，露了露黃門牙。胖菊子很安詳的笑了笑。他們倆是應運而生的亂世男女，所以不會紅臉與害羞。日本人所倡導的是孔孟的仁義道德，而真心去鼓勵的是汙濁與無恥。他們倆的行動是「奉天承運」。「你們可真夠朋友，」大赤包故意板著臉開玩笑，「連我告訴都不告訴一聲！該罰！說吧，罰你們慰勞這三位得獎的小姐，每人一杯紅茶，兩塊點心，行不行？」可是，沒等他們倆出聲，她就改了嘴，她知道東陽吝嗇。「算了吧，那是說著玩呢，我來請你們吧！就在這裡吧，三位小姐都累了，別再跑路。」

　　他們都進了漪瀾堂。

第 54 幕　丟了老婆

　　瑞豐在「大酒缸」上喝了二兩空心酒，紅著眼珠子走回家來。嘮裡嘮叨的，他把胖菊子變了心的事，告訴了大家每人一遍，並且宣告：他不能當王八，必定要拿切菜刀去找藍東陽拚個你死我活。他向大嫂索要香菸，好茶，和晚飯；他是受了委屈的人，所以，他以為，大嫂應當同情他，優待他。大嫂呢反倒放了心，因為老二還顧得要煙要茶，大概一時不至於和藍東陽拚命去。

　　天佑太太也沒把兒子的宣告放在心裡，可是她很不好過，因為兒媳婦若在外邊胡鬧，不止丟瑞豐一個人的臉，祁家的全家也都要陪著丟人。她看得很清楚，假若老二沒作過那一任科長，沒搬出家去，這種事或許不至於發生。但是，她不願意責備，教誨，老二，在老二正在背運的時候。同時，她也不願意安慰他，她曉得他是咎由自取。

　　瑞宣回來，馬上聽到這個壞訊息。和媽媽的心理一樣，他也不便表示什麼。他只知道老二並沒有敢去找藍東陽的膽子，所以一聲不出也不至於出什麼毛病。

　　祁老人可是真動了心。在他的心裡，孫子是愛的物件。對兒子，他知道嚴厲的管教勝於溺愛。但是，一想到孫子，他就覺得兒子應負管教他們的責任，而祖父只是愛護孫子的人。不錯，前些日子他曾責打過瑞豐；可是，事後他很後悔。雖然他不能向瑞豐道歉，他心裡可總有些不安。他覺得自己侵犯了天佑的權利，對孫子也過於嚴厲。他也想到，瑞全一去不回頭，是生是死全不知道；那麼，瑞豐雖然不大有出息，可究竟是留在家裡；難道他既丟失小三兒，還再把老二趕了出去麼？這麼想罷，他就時常的用小眼睛偷偷的看瑞豐。他看出瑞豐怪可憐。他不再追究瑞豐為什麼賦閒，

而只咂摸：「這麼大的小夥子，一天到晚遊遊蘑蘑的沒點事作，也難怪他去喝兩盅兒酒！」

現在，聽到胖菊子的事，他更同情瑞豐了。萬一胖菊子要真的不再回來，他想，瑞豐既丟了差，又丟了老婆，可怎麼好呢？再說：祁家是清白人家，真要有個胡裡胡塗就跟別人跑了的媳婦，這一家老小還怎麼再見人呢？老人沒去想瑞豐為什麼丟失了老婆，更想不到這是乘著日本人來到而要渾水摸魚的人所必得到的結果，而只覺這全是胖菊子的過錯 —— 她嫌貧愛富，不要臉；她揹著丈夫偷人；她要破壞祁家的好名譽，她要拆散四世同堂！

「不行！」老人用力的擦了兩把鬍子：「不行！她是我們明媒正娶的媳婦，活著是祁家的人，死了是祁家的鬼！她在外邊瞎胡鬧，不行！你去，找她去！你告訴她，別人也許好說話兒，爺爺可不吃這一套！告訴她，爺爺叫她馬上回來！她敢說個不字，我會敲斷了她的腿！你去！都有爺爺呢，不要害怕！」老人越說越掛氣。對外來的侵犯，假若他只會用破缸頂上大門，對家裡的變亂，他可是深信自己有控制的能力與把握。他管不了國家大事，他可是必須堅決的守住這四世同堂的堡壘。

瑞豐一夜沒睡好。他向來不會失眠，任憑世界快毀滅，國家快滅亡，只要他自己的肚子有食，他便睡得很香甜。今天，他可是真動了心。他本想忘掉憂愁，先休息一夜，明天好去找胖菊子辦交涉，可是，北海中的那一幕，比第一輪的電影片還更清晰，時時刻刻的映獻在他的眼前。菊子和東陽拉著手，在漪瀾堂外面走！這不是電影，而是他的老婆與仇人。他不能再忍，忍了這口氣，他就不是人了！他的心像要爆炸，心口一陣陣的刺著疼，他覺得他是要吐血。他不住的翻身，輕輕的哼哼，而且用手撫摸胸口。明天，明天，他必須作點什麼，刀山油鍋都不在乎，今天他可得先好好的睡一大覺；養足了精神，明天好去衝鋒陷陣！可是，他睡不著。一個

最軟柔的人也會嫉妒。他沒有後悔自己的行動，不去盤算明天他該悔過自新，作個使人敬重的人。他只覺得自己受了忍無可忍的侮辱，必須去報復。妒火使他全身的血液中了毒，他想起捉姦要成雙，一刀切下兩顆人頭的可怕的景像。嗞喳一刀，他便成了英雄，名滿九城！

這鮮血淋漓的景像，可是嚇了他一身冷汗。不，不，他下不去手。他是北平人，怕血。不，他先不能一上手就強硬，他須用眼淚與甜言蜜語感動菊子，教她悔過。他是寬宏大量的人，只要她放棄了東陽，以往的一切都能原諒。是的，他必須如此，不能像日本人似的不宣而戰。

假若她不接受這種諒解呢，那可就沒了法子，狗急了也會跳牆的！到必要時，他一定會拿起切菜刀的。他是個堂堂的男兒漢，不能甘心當烏龜！是的，他須堅強，可也要忍耐，萬不可太魯莽了。

這樣胡思亂想的到了雞鳴，他才昏昏的睡去，一直睡到八點多鐘。一睜眼，他馬上就又想起胖菊子來。不過，他可不再想什麼一刀切下兩個人頭來了。他覺得那只是出於一時的氣憤，而氣憤應當隨著幾句誇大的話或激烈的想頭而消逝。至於辦起真事兒來，氣憤是沒有什麼用處的。和平，好說好散，才能解決問題。據說，時間是最好的醫師，能慢慢治好了一切苦痛。對於瑞豐，這是有特效的，只需睡幾個鐘頭，他便把苦痛忘了一大半。他決定採取和平手段，而且要拉著大哥一同去看菊子，因為他獨自一個人去也許被菊子罵個狗血噴頭。平日，他就怕太太；今天，菊子既有了外遇，也許就更厲害一點。打虎親兄弟，上陣父子兵，他非求大哥幫幫忙不可。

可是，瑞宣已經出去了。瑞豐，求其次者，只好央求大嫂給他去助威。大嫂不肯去。大嫂是新時代的舊派女人，向來就看不上弟婦，現在更看不起她。瑞豐轉開了磨。他既不能強迫大嫂非同他去不可，又明知自己不是胖菊子的對手，於是隻好沒話找話說的，和大嫂討論辦法。他是這樣

的人──與他無關的事，不論怎麼重要，他也絲毫不關心；與他有關的事，他便拉不斷扯不斷的向別人討論，彷彿別人都應當把他的事，哪怕是像一個芝麻粒那麼大呢，當作第一版的新聞那樣重視。他向大嫂述說菊子的脾氣，和東陽的性格，倒好像大嫂一點也不知道似的。在述說的時候，他只提菊子的好處，而且把它們誇大了許多倍，彷彿她是世間最完美的婦人，好博得大嫂的同情。是的，胖菊子的好處簡直說不盡，所以他必須把她找回來；沒有她，他是活不下去的。他流了淚。大嫂的心雖軟，可是今天咬了咬牙，她不能隨著老二去向一個野娘們說好話，遞降表。

蘑菇了好久，見大嫂堅硬得像塊石頭，老二嘆了口氣，回到屋中去收拾打扮。他細細的分好了頭髮，穿上最好的衣服，一邊打扮一邊揣摸：憑我的相貌與服裝，必會戰勝了藍東陽的。

他找到了胖菊子。他假裝不知道她與東陽的關係，而只說來看一看她；假若她願意呢，請她回家一會兒，因為爺爺，媽媽，大嫂，都很想念她。他是想把她誆回家去，好人多勢眾的向她開火；說不定，爺爺會把大門關好，不再放她出來的。

菊子可是更直截了當，她拿出一份檔案來，教他簽字──離婚。

她近來更胖了。越胖，她越自信。摸到自己的肉，她彷彿就摸到自己的靈魂──那麼多，那麼肥！肉越多，她也越懶。她必須有個闊丈夫，好使她一動也不動的吃好的，穿好的，困了就睡，睜眼就打牌，連逛公園也能坐汽車來去，而只在公園裡面稍稍遛一遛她的胖腿。她幾乎可以不要個丈夫，她懶，她愛睡覺。假若她也要個丈夫的話，那就必須是個科長，處長或部長。她不是要嫁給他，而是要嫁給他的地位。最好她是嫁給一根木頭。假若那根木頭能給她好吃好穿與汽車。不幸，天下還沒有這麼一根木頭。所以，她只好求其次者，要瑞豐，或藍東陽。瑞豐呢，已經丟了科長，而東陽是現任的處長，她自然的選擇了東陽。論相貌，論為人，東陽

還不如瑞豐，可是東陽有官職，有錢。在過去，她曾為瑞豐而罵過東陽；現在，東陽找了她來，她決定放棄了瑞豐。她一點也不喜歡東陽，但是他的金錢與地位替他說了好話。他便是那根木頭。她知道他很吝嗇，骯髒，可是她曉得自己會有本事把他的錢吸收過來；至於骯髒與否，她並不多加考慮；她要的是一根木頭，髒一點有什麼關係呢。

瑞豐的小幹臉白得像了一張紙。離婚？好嗎，這可真到了拿切菜刀的時候了！他曉得自己不敢動刀。就憑菊子身上有那麼多肉，他也不敢動刀；她的脖子有多麼粗哇，切都不容易切斷！

只有最軟弱的人，才肯丟了老婆而一聲不哼。瑞豐以為自己一定不是最軟弱的人。丟了什麼也不要緊，只是不能丟了老婆。這關係著他的臉面！

動武，不敢。忍氣，不肯。他怎麼辦呢？怎麼辦呢？胖菊子又說了話：「快一點吧！反正是這麼一回事，何必多饒一面呢？離婚是為有個交代，大家臉上都好看。你要不願意呢，我還是跟了他去，你不是更……」

「難道，難道，」瑞豐的嘴唇顫動著，「難道你就不念其夫婦的恩情……」

「我要怎麼著，就絕不聽別人的勸告！我們在一塊兒的時候，不是我說往東，你不敢說往西嗎？」

「這件事可不能！」

「不能又怎麼樣呢？」

瑞豐答不出話來。想了半天，他想起來：「即使我答應了，家裡還有別人哪！」

「當初我們結婚，你並沒跟他們商議呀！他們管不著我們的事！」

「你容我兩天，教我細想想，怎樣？」

「你永遠不答應也沒關係，反正東陽有勢力，你不敢惹他！惹惱了他，他會教日本人懲治你！」

瑞豐的怒氣衝上來，可是不敢發作。他的確不敢惹東陽，更不敢惹日本人。日本人給了他作科長的機會，現在日本人使他丟了老婆。他不敢細想此中的來龍去脈，因為那麼一來，他就得恨惡日本人，而恨惡日本人是自取滅亡的事。一個不敢抗敵的人，只好白白的丟了老婆。他含著淚走出來。「你不簽字呀？」胖菊子追著問。

「永遠不！」瑞豐大著膽子回答。

「好！我跟他明天就結婚，看你怎樣！」

瑞豐箭頭似的跑回家來。進了門，他一頭撞進祖父屋中去，喘著氣說：「完啦！完啦！」然後用雙手捧住小乾臉，坐在炕沿上。

「怎麼啦？老二！」祁老人問。

「完啦！她要離婚！」

「什麼？」

「離婚！」

「離──」離婚這一名詞雖然已風行了好多年，可是在祁老人口中還很生硬，說不慣。「她提出來的？新新！自古以來，有休妻，沒有休丈夫的！這簡直是胡鬧！」老人，在日本人打進城來，也沒感覺到這麼驚異與難堪。「你對她說了什麼呢？」「我？」瑞豐把臉上的手拿下來。「我說什麼，她都不聽！好的歹的都說了，她不聽！」

「你就不會把她扯回來，讓我教訓教訓她嗎？你也是胡塗鬼！」老人越說，氣越大，聲音也越高。「當初，我就不喜歡你們的婚姻，既沒看看八字兒，批一批婚，又沒請老人們相看相看；這可好，鬧出毛病來沒有？不聽老人言，禍患在眼前！這簡直把祁家的臉丟透了！」

老人這一頓吵嚷，把天佑太太與韻梅都招了來。兩個婦人沒開口問，心中已經明白了個大概。天佑太太心中極難過：說話吧，沒的可說；不說吧，又解絕不了問題。責備老二吧，不忍；安慰他吧，又不甘心。教兒子去打架吧，不好；教他忍氣吞聲，答應離婚，又不大合理。看看這個，又看看那個，她心中愁成了一個疙疸。同時，在老公公面前，她還不敢愁眉苦眼的；她得設法用笑臉掩蓋起心中的難過。

韻梅呢，心中另有一番難過。她怕離婚這兩個字。祁老人也不喜歡聽這兩個字，可是在他心裡，這兩個字之所以可怕到底是渺茫的，抽像的，正如同他常常慨嘆「人心不古」那麼不著邊際。他的怕「離婚」，正像他怕火車一樣，雖然他永沒有被火車碰倒的危險。韻梅的怕「離婚」，卻更具體一些。自從她被娶到祁家來，她就憂慮著也許有那麼一天，瑞宣會跑出去，不再回來，而一來二去，她的命運便結束在「離婚」上。她不會太同情老二，而且討厭胖菊子。若單單的就事論事說，她會很爽快的告訴大家：「好說好散，教胖菊子幹她的去吧！」可是，她不敢這麼說。假若她贊成老二離婚，那麼，萬一瑞宣也來這麼一手呢？她想了半天，最好是一言不發。

兩位婦人既都不開口，祁老人自然樂得的順口開河的亂叨嘮。老人的叨嘮就等於年輕人歌唱，都是快意的事體。一會兒，他主張「教她滾！」一會兒，他又非把她找回來，好好圈她兩個月不可！他是獨力成家的人，見事向來不迷頭。現在，他可是老了，所遇到的事是他一輩子沒有處理過的，所以他沒了一定的主意。說來說去呢，他還是不肯輕易答應離婚，因為那樣一來，他的四世同堂的柱子就拆去一大根。

瑞豐的心中也很亂，打不定主意。他只用小眼向大家乞憐，他覺得自己是受了委屈的好人，所以大家理應同情他，憐愛他。他一會兒要落淚，一會兒又要笑出來，像個小三花臉。

　　晚間，瑞宣回來，一進門便被全家給包圍住。他，身子雖在家裡，心可是在重慶。在使館裡，他得到許多外面不曉得的情報。他知道戰事正在哪裡打得正激烈，知道敵機又在哪裡肆虐，知道敵軍在海南島登陸，和蘭州的空戰我們擊落了九架敵機，知道英國借給我們五百萬鎊，知道……知道的越多，他的心裡就越七上八下的不安。得到一個好訊息，他就自己發笑，同時厭惡那些以為中國已經亡了，而死心蹋地想在北平鬼混的人們。得到個壞訊息，他便由厭惡別人而改為厭惡自己，他自己為什麼不去為國效力呢。在他的心中，中國不僅沒有亡，而且還正拚命的掙扎奮鬥；中國不單是活著，而且是表現著活的力量與決心。這樣下去，中國必不會死亡，而世界各國也絕不會永遠袖手旁觀。像詩人會夢見柳暗花明又一村似的，因為他關心國家，也就看見了國家的光明。因此，對於家中那些小小的雞毛蒜皮的事，他都不大注意。他的耳朵並沒有聾，可是近來往往聽不見家人說的話。他好像正思索著一道算術上的難題那樣的心不在焉。即使他想到家中的事，那些事也不會單獨的解決了，而須等國事有了辦法，才能有合理的處置。比如說：小順兒已經到了入學的年齡，可是他能教孩子去受奴化的教育嗎？不入學吧，他自己又沒工夫教孩子讀書識字。這便是個無可解決的問題，除非北平能很快的光復了。在思索這些小問題的時候，他才更感到一個人與國家的關係是何等的息息相關。人是魚，國家是水；離開水，只有死亡。

　　對瑞豐的事，他實在沒有精神去管。在厭煩之中，他想好一句很俏皮的話：「我不能替你去戀愛，也管不著你離婚！」可是，他不肯說出來。他是個沒出息的國民，可得充作「全能」的大哥。他是中國人，每箇中國人都須負起一些無可奈何的責任，即使那些責任等於無聊。他細心的聽大家說，而後很和悅的發表了意見，雖然他準知道他的意見若被採納了，以後他便是「禍首」，誰都可以責備他。

「我看哪，老二，好不好冷靜一會兒，再慢慢的看有什麼發展呢？她也許是一時的衝動，而東陽也不見得真要她。暫時冷靜一點，說不定事情還有轉圈。」

「不！大哥！」老二把大哥叫得極親熱。「你不懂得她，她要幹什麼就一定往牛犄角裡鑽，絕不回頭！」

「要是那樣呢？」瑞宣還婆婆媽媽的說，「就不如乾脆一刀兩斷，省得將來再出麻煩。你今天允許她離異，是你的大仁大義；等將來她再和東陽散了夥呢，你也就可以不必再管了！

在混亂裡發生的事，結果必還是混亂，你看是不是？」「我不能這麼便宜了藍東陽！」

「那麼，你要怎辦呢？」

「我沒主意！」

「老大！」祁老人發了話：「你說的對，一刀兩斷，幹她的去！省得日後搗麻煩！」老人本來不贊成離婚，可是怕將來再搗亂，所以改變了心意。「可有一件，我們不能聽她怎麼說就怎麼辦，我們得給她休書；不是她要離婚，是我們休了她！」老人的小眼睛裡射出來智慧，覺得自己是個偉大的外交家似的。

「休她也罷，離婚也罷，總得老二拿主意！」瑞宣不敢太冒失，他知道老二丟了太太，會逼著哥哥替他再娶一房的。「休書，她未必肯接受。離婚呢，必須登報，我受不了！好嗎，我正在找事情作，人家要知道我是活王八，誰還肯幫我的忙？」老二頗費了些腦子，想出這些顧慮來。他的時代，他的教育，都使他在正經事上，不會思索，而在無聊的問題上，頗肯費一番心思。他的時代，一會兒尊孔，一會兒打倒孔聖人；一會兒提倡自由結婚，一會兒又恥笑離婚；一會兒提倡白話文，一會又說白話詩不算

詩；所以，他既沒有學識，也就沒有一定的意見，而只好東一杓子撈住孔孟，西一杓子又撈到戀愛自由，而最後這一杓子撈到了王八。他是個可憐的陀螺，被哪條時代的鞭子一抽，他都要轉幾轉；等到轉完了，他不過是一塊小木頭。

「那麼，我們再慢慢想十全十美的辦法吧！」瑞宣把討論暫時作個結束。

老二又和祖父去細細的究討，一直談到半夜，還是沒有結果。

第二天，瑞豐又去找胖菊子。她不見。瑞豐跑到城外去，順著護城河慢慢的遛。他想自殺。走幾步，他立住，呆呆的看著一塊墳地上的幾株松樹。四下無人，這是上吊的好地方。看著看著，他害了怕。松樹是那麼黑綠黑綠的，四下里是那麼靜寂，他覺得孤單單的吊死在這裡，實在太沒趣味。樹上一隻老鴉呱的叫了一聲，他嚇了一跳，匆匆的走開，頭髮根上冒了汗，怪癢癢的。

河上的冰差不多已快化開，在冰窟窿的四圍已陷下許多，冒出清涼的水來。他在河坡上找了塊乾鬆有乾草的地方，墊上手絹兒，坐下。他覺得往冰窟窿裡一鑽，也不失為好辦法。可是，頭上的太陽是那麼晴暖，河坡上的草地是那麼鬆軟，小草在乾草的下面已發出極嫩極綠的小針兒來，而且發著一點香氣。他捨不得這個冬盡春來的世界。他也想起遊藝場，飯館，公園，和七姥姥八姨兒，心中就越發難過。淚成串的流下來，落在他的胸襟上。他沒有結束自己性命的勇氣，也沒有和藍東陽決一死戰的骨頭，他怕死。想來想去，他得到了中國人的最好的辦法：好死不如癩活著。他的生命只有一條，不像小草似的，可以死而復生。他的生命極可寶貴。他是祖父的孫子，父母的兒子，大哥的弟弟，他不能拋棄了他們，使他們流淚哭嚎。是的，儘管他已不是胖菊子的丈夫，究竟還是祖父的孫子，和……他死不得！況且，他已經很勇敢的想到自殺，很冒險的來到墳

墓與河坡上，這也就夠了，何必跟自己太過不去呢！

　　淚流乾了，他還坐在那裡，怕萬一遇見人，看見他的紅眼圈。約摸著大概眼睛已復原了，他才立起來，還順著河邊走。在離他有一丈多遠的地方，平平正正的放著一頂帽子，他心中一動。既沒有自殺，而又拾一頂帽子，莫非否極泰來，要轉好運麼？他湊近了幾步，細看看，那還是一頂八成新的帽子，的確值得拾起來。往四外看了一看，沒有一個人。他極快的跑過去，把帽子抓到手中。下邊，是一顆人頭！被日本人活埋了的。他的心跳到口中來，趕緊鬆了手。帽子沒正扣在人頭上。他跑了幾步，回頭看了一眼，帽子只罩住人頭的一半。像有鬼追著似的，他一氣跑到城門。

　　擦了擦汗，他的心定下來。他不敢想日本人如何狠毒的問題，而只覺得能在這年月還活著，就算不錯。他絕不再想自殺。好嗎，沒被日本人活埋了，而自己自動的鑽了冰窟窿，成什麼話呢！他心中還看得見那個人頭，黑黑的頭髮，一張怪秀氣的臉，大概不過三十歲，因為嘴上無須。那張臉與那頂帽子，都像是讀書人的。歲數，受過教育，體面，都和他自己差不多呀，他輕顫了一下。算了，算了，他不能再惹藍東陽；惹翻了東陽，他也會被日本人活埋在城外的。

　　受了點寒，又受了點驚，到了家他就發起燒來，在床上躺了好幾天。

　　在他害病的時候，菊子已經和東陽結了婚。

第 55 幕　忠誠癩狗

　　這是藍東陽的時代。他醜，他髒，他無恥，他狠毒，他是人中的垃圾，而是日本人的寶貝。他已坐上了汽車。他忙著辦新民會的事，忙著寫作，忙著組織文藝協會及其他的會，忙著探聽訊息，忙著戀愛。他是北平最忙的人。

　　當他每天一進辦公廳的時候，他就先已把眉眼扯成像天王腳下踩著的小鬼，狠狠的向每一個職員示威。坐下，他假裝的看公文或報紙，而後忽然的跳起來，撲向一個職員去，看看職員正在幹什麼。假若那個職員是在寫著一封私信，或看著一本書，馬上不是記過，便是開除。他以前沒作過官，現在他要把官威施展得像走歡了的火車頭似的那麼兇猛。有時候，他來得特別的早，把職員們的抽屜上的鎖都擰開，看看他們私人的信件，或其他的東西。假若在私人信件裡發現了可疑的字句，不久，就會有人下獄。有時候，他來的特別的遲，大家快要散班，或已經散了班。他必定要交下去許多公事，教他們必須馬上辦理，好教他們餓得發慌。他喜歡看他們餓得頭上出涼汗。假若大家已經下了班，他會派工友找回他們來；他的時間才是時間，別人的時間不算數兒。特別是在星期天或休假的日子，他必定來辦公。他來到，職員也必須上班；他進了門先點名。點完名，他還要問大家：「今天是星期日，應當辦公不應當？」大家當然要答應：「應當！」而後，他還要補上幾句訓詞：「建設一個新的國家，必須有新的精神！什麼星期不星期，我不管！我只求對得起天皇！」在星期天，他這樣把人們折磨個半死，星期一他可整天的不來。他也許是在別處另有公幹，也許是在家中睡覺。他不來辦公，大家可是也並不敢鬆懈一點，他已經埋伏下偵探，代他偵察一切。假若大家都怕他，他們也就都怕那個工友；在

他不到班的時候，工友便是他的耳目。即使工友也溜了出去，大家彼此之間也還互相猜忌，誰也不曉得誰是朋友，誰是偵探。東陽幾乎每天要調出一兩個職員去，去開小組會議。今天他調去王與張，明天他調去丁與孫，後天……當開小組會議的時候，他並沒有什麼正經事和他們商議，而永遠提出下列的問題：「你看我為人如何？」

「某人對我怎樣？」

「某人對你不甚好吧？」

對於第一個問題，大家都知道怎樣回答 —— 捧他。他沒有真正的學識與才幹，而只捉住了時機，所以他心虛膽小，老怕人打倒他。同時，他又喜歡聽人家捧他，捧得越肉麻，他心裡越舒服。聽到捧，他開始覺得自己的確偉大；而可以放膽胡作非為了。即使有人誇獎到他的眉眼，他都相信，而去多照一照鏡子。

對於第二個問題可就不易回答。大家不肯出賣朋友，又不敢替別人擔保忠心耿耿，於是隻好含糊其詞。他們越想含糊閃躲，他越追究得厲害；到末了，他們只好說出同事的缺點與壞處。這可是還不能滿足他，因為他問的是：「某人對我怎樣？」被迫的沒了辦法，他們儘管是造謠，也得說：「某人對你不很好！」並且舉出事實。他滿意了，他們可是賣了友人。

第三個問題最厲害。他們是給日本人作事，本來就人人自危，一聽到某人對自己不好，他們馬上就想到監獄與失業。經過他這一問，朋友立刻變成了仇敵。

這樣，他的手下的人都多長出了一隻眼，一個耳，和好幾個新的心孔。他們已不是朋友與同事，而是一群強被圈在一塊兒的狼，誰都想冷不防咬別人一口。東陽喜歡這種情形：他們彼此猜忌，就不能再齊心的反抗他。他管這個叫做政治手腕。他一會兒把這三個捏成一組，反對那四個；一會兒又把那四個叫來，反對另外的兩個。他的臉一天到晚的扯動，心中

也老在鬧鬼。坐著坐著，因為有人咳嗽一聲，他就嚇一身冷汗，以為這是什麼暗號，要有什麼暴動。睡著睡著也時常驚醒，在夢裡他看見了炸彈與謀殺。他的世界變成了個互相排擠，暗殺，升官，享受，害怕，所組成的一面蛛網，他一天到晚老忙著佈置那些絲，好不叫一個鳥兒衝破他的網，而能捉住幾個蚊子與蒼蠅。

對於日本人，他又另有一套。他不是冠曉荷，沒有冠曉荷那麼高的文化。他不會送給日本人一張名畫，或一對古瓶；他自己就不懂圖畫與磁器，也沒有審美的能力。他又不肯請日本人吃飯，或玩玩女人，他捨不得錢。他的方法是老跟在日本人的後面，自居為一條忠誠的癩狗。上班與下班，他必去給日本人鞠躬；在辦公時間內還要故意的到各處各科走一兩遭，專為給日本人致敬。物無大小，連下雨天是否可以打傘，他都去請示日本人。他一天不定要寫多少簽呈，永遠親自拿過去；日本人要是正在忙碌，沒工夫理會他，他就規規矩矩的立在那裡，立一個鐘頭也不在乎，而且越立得久越舒服。在日本人眼前，他不是處長，而是工友。他給他們點菸，倒茶，找雨傘，開汽車門。只要給他們作了一件小事，他立刻心中一亮：「升官！」他寫好了文稿，也要請他們指正，而凡是給他刪改過一兩個字的人都是老師。

他給他們的禮物是情報。他並沒有什麼真實的，有價值的訊息去報告，而只求老在日本人耳旁唧唧咕咕，好表示自己有才幹。工友的與同事們給他的報告，不論怎麼不近情理，他都信以為真，並且望風捕影的把它們擴大，交給日本人。工友與同事們貪功買好，他自己也貪功買好，而日本人又寧可屈殺多少人，也不肯白白的放過一個謠言去。這樣，他的責任本是替日本人宣傳德政，可是變成了替日本人廣為介紹屈死鬼。在他的手下，不知屈死了多少人。日本人並不討厭他的囉嗦，反倒以為他有忠心，有才幹。日本人的心計，思想，與才力，都只在一顆顆的細數綠豆與芝麻

上顯露出來，所以他們喜愛東陽的無中生有的，瑣碎的，情報。他的情報，即使在他們細心的研究了以後，證明瞭毫無根據，他們也還樂意繼續接受他的數據，因為它們即使毫無用處，也到底足以使他們運用心計，像有回事兒似的研究一番。白天見鬼是日本人最好的心理遊戲。

藍東陽，這樣，成了個紅人。

他有了錢，坐上了汽車，並且在南長街買了一處宅子。可是，他還缺少個太太。

他也曾追逐過同事中的「花瓶」，但是他的臉與黃牙，使稍微有點人性的女子，都設法躲開他。他三天兩頭的鬧失戀。一失戀，他便作詩。詩發表了之後，得到稿費，他的苦痛便立刻減輕；錢是特效藥。這樣，他的失戀始終沒引起什麼嚴重的，像自殺一類的，念頭。久而久之，他倒覺得失戀可以換取稿費，也不無樂趣。

因為常常召集伶人們，給日本人唱戲，他也曾順手兒的追逐過坤伶。但是，假若他的面貌可憎，他的手就更不得人緣；他的手不肯往外掏錢。不錯，他會利用他的勢力與地位壓迫她們，可是她們也並不好欺負，她們所認識的人，有許多比他更有勢力，地位也更高；還有認識日本人的呢。他只好暗中詛咒她們，而無可如何。及至想到，雖然在愛情上失敗，可是保住了金錢，他的心也就平靜起來。

鬧來鬧去，他聽到瑞豐丟了官，也就想起胖菊子來。當初，他就很喜歡菊子，因為她胖，她像個肥豬似的可愛。他的斜眼分辨不出什麼是美，什麼是醜。他的貪得的心裡，只計算斤量；菊子那一身肉值得重視。

同時，他恨瑞豐。瑞豐打過他一拳。瑞豐沒能替他運動上中學的校長。而且，瑞豐居然能作上科長。作科長與否雖然與他不相干，可是他心中總覺得不舒泰。現在，瑞豐丟了官。好，東陽決定搶過他的老婆來。這是報復。報復是自己有能力的一個證明。菊子本身就可愛，再加上報仇的

興奮與快意，他覺得這個婚姻實在是天作之合，不可錯過。

他找了菊子去。坐下，他一聲不出，只扯動他的鼻子眼睛，好像是教她看看他像個處長不像。坐了一會兒，他走出去。上了汽車，他把頭伸出來，表示他是坐在汽車裡面的。第二天，他又去了，只告訴她：我是處長，我有房子，我有汽車，大概是教她揣摩揣摩他的價值。

第三天，他告訴她：我還沒有太太。

第四天，他沒有去，好容些工夫教她咂摸他的「詩」的語言，與戲劇的行動中的滋味。

第五天，一進門他就問：「你想出處長太太的滋味來了吧？」說完，他便拉住她的胖手，好像抓住一大塊紅燒蹄膀似的，他的心跳得很快，他報了仇！從她的胖臉上，他看見瑞豐的失敗與自己的勝利；他的臉上微微紅了一點。她始終沒有說什麼，而只把處長太太與汽車印在了心上。她曉得東陽比瑞豐更厲害，她可是毫無懼意。憑她的一身肉，說翻了的時候，一條胖腿便把他壓個半死！她怎樣不怕瑞豐，便還可以怎樣不怕東陽，他們倆都沒有大丈夫的力量與氣概。

她也預料到這個婚姻也許長遠不了。不過，誰管那些個呢。她現在是由科長太太升為處長太太，假若再散了夥，她還許再高升一級呢。一個婦人，在這個年月，須抓住地位。只要能往高處爬，你就會永遠掉不下來。看人家大赤包，那麼大的歲數，一臉的雀斑，人家可也挺紅呀。她曾經看見過一位極俊美的青年娶了一個五十多歲，面皮都皺皺了的，暗娼。這個老婆婆的綽號是「佛動心」。憑她的綽號，雖然已經滿臉皺紋，還一樣的嫁給最漂亮的人。以此為例，胖菊子決定要給自己造個像「佛動心」的名譽。有了名，和東陽散了夥才正好呢。

三下五除二的，她和東陽結了婚。

在結婚的以前，他們倆曾拉著手逛過幾次公園，也狠狠的吵過幾回架。吵架的原因是：菊子主張舉行隆重的結婚典禮，而東陽以為簡簡單單的約上三四位日本人，吃些茶點，請日本人在婚書上的介紹人，證婚人項下簽字蓋章就行了。菊子愛熱鬧，東陽愛錢。菊子翻了臉，給東陽一個下馬威。東陽也不便示弱，毫不退讓。吵著吵著，他們想起來祁瑞豐。菊子以為一定要先把離婚的手續辦清，因為離婚是件出風頭的事。東陽等不及，而且根本沒把瑞豐放在眼裡。他以為只要有日本人給他證婚，他便得到了法律上的保障，用不著再多顧慮別的。及至瑞豐拒絕了菊子的請求，東陽提議請瑞豐作介紹人，以便表示出趕盡殺絕。菊子不同意。在她心裡，她只求由科長太太升為處長太太，而並不希望把祁家的人得罪淨了。誰知道呢，她想，瑞豐萬一再走一步好運，而作了比處長更大的官呢？東陽可以得意忘形，趕盡殺絕。她可必須留個後手兒。好吧，她答應下馬上結婚，而拒絕了請瑞豐作介紹人。對於舉行結婚典禮，她可是仍然堅持己見。東陽下了哀的美敦書：限二十四小時，教她答覆，如若她必定要浪費金錢，婚事著勿庸議！

她沒有答覆。到了第二十五小時，東陽來找她：他宣告：他收回「著無庸議」的成命，她也要讓步一點，好趕快結了婚。婚姻 —— 他思索出一句詩來 —— 根本就是妥協。

她點了頭。她知道她會在婚後怎樣的收拾他。她已經收拾過瑞豐，她自信也必能教東陽腦袋朝下，作她的奴隸。

她們在一家小日本飲食店裡，定了六份兒茶點，慶祝他們的百年和好。四個日本人在他們的證書上蓋了仿宋體的圖章。

事情雖然辦得很簡單，東陽可是並沒忘了擴大宣傳。他自己擬好了新聞稿，交到各報館去，並且囑告登在顯明的地位。

在日本人來到以前，這種事是不會發生在北平的。假若發生了，那必

是一件奇聞，使所有的北平人都要拿它當作談話的數據。今天，大家看到了新聞，並沒感到怎麼奇怪，大家彷彿已經看明白：有日本人在這裡，什麼怪事都會發生，他們大可不必再用以前的道德觀念批判什麼。

關心這件事的只有瑞豐，冠家，和在東陽手下討飯吃的人。

瑞豐的病更重了。無論他怎樣沒心沒肺，他也受不住這麼大的恥辱與打擊。按照他的半流氓式的想法，他須挺起脊骨去報仇雪恥。可是，日本人給東陽證了婚，他只好低下頭去，連咒罵都不敢放高了聲音。他不敢恨日本人，雖然日本人使他丟了老婆。只想鬼混的人，沒有愛，也沒有恨。得意，他揚著臉鬼混。失意，他低著頭鬼混。現在，他決定低下頭去，而且需要一點病痛遮一遮臉。

冠家的人欽佩菊子的大膽與果斷。同時也有點傷心 —— 菊子，不是招弟，請了日本人給證婚。而且，東陽並沒約請他們去參加結婚典禮，他們也感到有失尊嚴。但是，他們的傷心只是輕微的一會兒，他們不便因傷心而耽誤了「正事」。大赤包與冠曉荷極快的預備了很多的禮物，坐了汽車去到南長街藍宅賀喜。

已經十點多鐘，新夫婦還沒有起來。大赤包與侍從丈夫闖進了新房。沒有廉恥的人永遠不怕討厭，而且只有討厭才能作出最無恥的事。

「胖妹子！」大赤包學著天津腔，高聲的叫：「胖妹子！可真有你的！還不給我爬起來！」

「哈哈！哈哈！好！好得很！」曉荷眉開眼笑的讚歎。

東陽把頭藏起去。菊子露出點臉來，愣眼巴睜的想笑一笑，而找不到笑的地點。「我起！你們外屋坐！」「怕我幹什麼？我也是女人！」大赤包不肯出去。「我雖然是男人，可是東陽和我一樣啊！」曉荷又哈哈了一陣。哈哈完了，他可是走了出去。他是有「文化」的中國人。

　　東陽還不肯起床。菊子慢慢的穿上衣服，下了地。大赤包張羅著給菊子梳頭打扮：「你要知道，你是新娘子，非打扮得漂漂亮亮的不可！」

　　等到東陽起來，客廳裡已擠滿了人 —— 他的屬員都來送禮道喜。東陽不屑於招待他們，曉荷自動的作了招待員。

　　菊子沒和東陽商議，便把大家都請到飯館去，要了兩桌酒席。東陽拒絕參加，而且暗示出他不負給錢的責任。菊子招待完了客人，摘下個金戒指押給飯館，而後找到新民會去。在那裡，她找到了東陽，當著眾人高聲的說：「給我錢，要不然我會在這裡鬧一整天，連日本人鬧得都辦不下公去！」東陽沒了辦法，乖乖的給了錢。

　　沒到一個星期，菊子把東陽領款用的圖章偷了過來。東陽所有的稿費和薪水，都由她去代領。領到錢，她便馬上買了金銀首飾，存在孃家去。她不像大赤包那樣能摟錢，能揮霍；她是個胖大的撲滿，只吞錢，而不往外拿。她算計好：有朝一日，她會和東陽吵散，所以她必須趕快摟下老本兒，使自己經濟獨立。況且，手中有了積蓄，也還可以作為釣別的男人的餌，假若他真和東陽散了夥。有錢的女人，不論長得多麼難看，年紀多大，總會找到丈夫的，她知道。

　　東陽感覺出來，自己是頭朝了下。可是，他並不想放棄她。他好容易抓到一個女人，捨不得馬上丟開。再說，假若他攆走菊子，而去另弄個女人，不是又得花一份精神與金錢麼？還有菊子風言風語的已經暗示給他：要散夥，她必要一大筆錢；嫁給他的時候，她並沒索要什麼；散夥的時候，她可是不能隨便的，空著手兒走出去。他無可如何的認了命。對別人，他一向毒狠，不講情理。現在，他碰到個吃生米的，在無可如何之中，他反倒覺得怪有點意思。他有了金錢，地位，名望，權勢，而作了一個胖婦人的奴隸。把得意變成愁苦，他覺出一些詩意來。亡了國，他反倒得意起來；結了婚，他反倒作了犬馬。他是被壓迫者，他必須道出他的委屈 ——

他的詩更多了。他反倒感到生活豐富了許多，而且有詩為證。不，他不能和菊子散夥。散了夥，他必感到空虛，寂寞，無聊，或者還落個江郎才盡，連詩也寫不出了。

同時，每一想起胖菊子的身體，他就不免有點迷惘。不錯，丟了金錢是痛心的；可是女人又有她特具的價值與用處；沒有女人也許比沒有金錢更不好受。「好吧，」他想清楚之後，告訴自己：「只拿她當作妓女好啦！嫖妓女不也要花錢麼？」慢慢的，他又給自己找出生財之道。他去敲詐老實人們，教他們遞包袱。這種金錢的收入，既不要收據，也不用簽字蓋章，菊子無從知道。而且，為怕菊子翻他的衣袋，他得到這樣的錢財便馬上用個假名存在銀行裡去，絕不往衣袋裡放。

這樣，他既有了自己的錢，又不得罪菊子，他覺得自己的確是個天才。

第 56 幕　漢奸汪逆

正是芍藥盛開的時節，汪精衛到了上海。瑞宣得到這個訊息，什麼也幹不下去了。對牛教授的附逆，他已經難受過好多天。可是，牛教授只是個教授而已。誰能想得到汪精衛也肯賣國求榮呢？他不會，也不肯，再思索。萬也想不到的事居然會實現了，他的腦中變成了一塊空白。昏昏忽忽的，他只把牙咬得很響。

「你看怎樣？」富善先生扯動了好幾下脖子，才問出來。老先生同情中國人，可是及至聽到汪逆的舉止與言論，他也沒法子不輕看中國人了。

「誰知道！」瑞宣躲開老先生的眼睛。他沒臉再和老人說話。對中國的屢吃敗仗，軍備的落後，與人民的缺欠組織等等，他已經和富善先生辯論過不止一次。在辯論之中，他並不否認中國人的缺陷，可是他也很驕傲的指出來：只要中國人肯抱定寧為玉碎，不求瓦全的精神抵抗暴敵，中國就不會滅亡。現在，他沒話再講，這不是吃敗仗，與武器欠精良的問題，而是已經有人，而且是有過革命的光榮與歷史的要人，洩了氣，承認了自己的軟弱，而情願向敵人屈膝。這不是問題，而是甘心失節。問題有方法解決，失節是無須解決什麼，而自己願作犬馬。

「不過，也還要看重慶的態度。」老人看出瑞宣的難堪，而自己打了轉身。

瑞宣只嘻嘻了兩聲，淚開始在眼眶兒裡轉。

他知道，只要士氣壯，民氣盛，國家是絕不會被一兩個漢奸賣淨了的。雖然如此，他可是還極難過。他想不通一個革命的領袖為什麼可以搖身一變就變作賣國賊。假若革命本是假的，那麼他就不能再信任革命，而把一切有地位與名望的人都看成變戲法的。這樣，革命只汙辱了歷史，而

志士們的熱血不過只培養出幾個漢奸而已。

在日本人的廣播裡，汪精衛是最有眼光，最現實的大政治家。瑞宣不能承認汪逆有眼光，一個想和老虎合作的人根本是胡塗鬼。他也不能承認汪逆最現實，除非現實只指伸手抓地位與金錢而言。他不能明白以汪逆的名望與地位，會和冠曉荷李空山藍東陽們一樣的去想在敵人手下取得金錢與權勢。汪逆已經不是人，而且把多少愛國的男女的臉丟淨。他的投降，即使無礙於抗戰，也足以教全世界懷疑中國人，輕看中國人。汪逆，在瑞宣心裡，比敵人還更可恨。

在恨惡汪逆之中，瑞宣也不由的恨惡他自己。汪逆以前的一切，由今天看起來，都是假的。他自己呢，明知道應該奔赴國難，可是還安坐在北平；明知道應當愛國，而只作了愛家的小事情；豈不也是假的麼？革命，愛國，要到了中國人手裡都變成假的，中國還有多少希望呢？要教國際上看穿中國的一切都是假的，誰還肯來援助呢？他覺得自己也不是人了，他只是在這裡變小小的戲法。

在這種心情之下，他得到敵機狂炸重慶，鄂北大捷，德意正式締結同盟，和國聯透過援華等等的訊息。可是，跟往日不同，那些訊息都沒給他高度的興奮；他的眼似乎盯住了汪精衛。汪精衛到了日本，汪精衛回到上海……直到中央下了通緝汪逆的命令，他才吐了一口氣。他知道，在日本人的保護下，通緝令是沒有什麼用處的，可是他覺得痛快。這道命令教他又看清楚了黑是黑，白是白；抗戰的立在一邊，投降的立在另一邊。中央政府沒有變戲法，中國的抗戰絕對不是假的。他又敢和富善先生談話，辯論了。

牡丹，芍藥都開過了，他彷彿都沒有看見。他忽然的看見了石榴花。

在石榴花開放以前，他終日老那麼昏昏糊糊的。他沒有病，而沒有食慾。飯擺在面前，他就扒摟一碗，假若不擺在面前，他也不會催促，索

要。有時候，他手裡拿著一件東西，而還到處去找它。

　　對家裡的一切，他除了到時候把錢交給韻梅，什麼也不過問。他好像是在表示，這都是假的，都是魔術，我和汪精衛沒有多少分別！

　　瑞豐的病已經被時間給醫治好。他以為大哥的迷迷糊糊是因為他的事。大哥是愛體面的人，當然吃不消菊子的沒離婚就改嫁。因此，他除了磨煩大嫂，給他買菸打酒之外，他還對大哥特別的客氣，時常用：「我自己還不把它放在心裡，大哥你就更無須磨不開臉啦！」一類的話安慰老大。聽到這些安慰的話，瑞宣只苦笑一下，心裡說：「菊子也是汪精衛！」

　　除了在菊子也是汪精衛的意義之外，瑞宣並沒有感到什麼恥辱。他是新的中國人，他一向不過度的重視男女間的結合與分散。何況，他也看得很明白：舊的倫理的觀念並阻擋不住暴敵的侵襲，而一旦敵人已經進來，無論你怎樣的掙扎，也會有丟了老婆的危險。侵略的可怕就在於它不單傷害了你的身體財產，也打碎了你的靈魂。因此，他沒把菊子的改嫁看成怎麼稀奇，也沒覺得這是祁家特有的恥辱，而以為這是一種對北平人普遍的懲罰，與勢有必至的變動。

　　老人們當然動了心。祁老人和天佑太太都許多日子不敢到門口去，連小順兒和妞子偶爾說走了嘴，提到胖嬸，老人的白鬍子下面都偷偷的發紅。老人找不到話安慰二孫子，也找不到話安慰自己。憑他一生的為人處世，他以為絕不會受這樣的惡報。他極願意再多活幾年，現在他可是時常閉上小眼睛裝死。只有死去，他才可以忘了這家門的羞恥。

　　瑞宣一向細心，善於察顏觀色。假若不是汪精衛橫在他心裡，他必會掰開揉碎的安慰老人們。他可是始終沒有開口，不是故意的冷淡，而是實在沒有心程顧及這點小事。在老人們看呢，他們以為瑞宣必定也動了心，所以用沉默遮掩住難堪。於是，幾隻老眼老盯著他，深怕他因為這件事而積鬱成病。結果，大家都不開口，而心中都覺得難過。有時候，一整天大

家相對無言，教那恥辱與難堪盪漾在空中。

　　日本人，在這時候，開始在天津和英國人搗亂。富善先生的脖子扯動得更厲害了。他開始看出來，日本人不僅是要滅亡中國，而且要把西洋人在東方的勢力一掃而光。他是東方化了的英國人，但是他沒法不關切英國。他知道英國在遠東的權勢有許多也是用侵略的手段得來的，但是他也不甘心就把那果實拱手讓給日本人。在他的心裡，他一方面同情中國，一方面又願意英日仍然能締結同盟。現在，日本人已毫不客氣的開始挑釁，英日同盟恐怕已經沒了希望。怎辦呢？英國就低下頭去，甘受欺侮嗎？還是幫著一個貧弱的中國，共同抗日呢？他想不出妥當的辦法來。

　　他極願和瑞宣談一談。可是他又覺得難以開口。英國是海上的霸王，他不能表示出懼怕日本的意思來。他也不願對瑞宣表示出，英國應當幫助中國，因為雖然他喜愛中國人，可是也不便因為個人的喜惡而隨便亂說。他並無心作偽，但是在他的心的深處，他以為只有個貧弱而相當太平的中國，才能給他以瀟灑恬靜的生活。他不希望中國富強起來，誰知道一個富強了的中國將是什麼樣子呢？同時，他也不喜歡日本人用武力侵略中國，因為日本人占據了中國，不單他自己會失去最可愛的北平，恐怕所有的在中國的英國人與英國勢力都要同歸於盡。這些話，存在他心中，他感到矛盾與難過；說出來，就更不合體統。戰爭與暴力使個人的喜惡與國家的利益互相衝突，使個人的心中也變成了個小戰場。他相當的誠實，而缺乏大智大勇的人的超越與勇敢。他不敢公然道出他完全同情中國，又不敢公然的說出對日本的恐懼。他只覺得已失去了個人的寧靜，而被捲在無可抵禦的混亂中。他只能用灰藍色的眼珠偷偷的看瑞宣，而張不開口。

　　看出富善先生的不安，瑞宣不由的有點高興。他絕不是幸災樂禍，絕不是對富善先生個人有什麼蒂芥。他純粹是為了戰爭與國家的前途。在以前，他總以為日本人既詭詐，又聰明，必會適可而止的結束了戰爭。現

在，他看出來日本人只有詭詐，而並不聰明。他們還沒有徵服中國，就又想和英美結仇作對了。這是有利於中國的。英美，特別是英國，即使要袖手旁觀，也沒法子不露一露顏色，當日本人把髒水潑在它們的頭上的時候。有力氣的蠢人是會把自己毀滅了的。他可是隻把高興藏在心裡，不便對富善先生說道什麼。這樣，慢慢的，兩個好友之中，好像遮起一張障幕。誰都想說出對友人的同情來，而誰都又覺得很難調動自己的舌頭。

瑞宣剛剛這樣高興一點，汪精衛來到了北平。他又皺緊了眉頭。他知道汪精衛併發生不了什麼作用，可是他沒法因相信自己的判斷而去掉臉上的羞愧。汪精衛居然敢上北平來，來和北平的漢奸們稱兄喚弟，人的不害羞還有個限度沒有呢？汪逆是中國人，有一個這樣的無限度不害羞的中國人便是中國歷史上永遠的恥辱。

街上掛起五色旗來。瑞宣曉得，懸掛五色旗是北平的日本人與漢奸對汪逆不合作的表示；可是，汪逆並沒有因吃了北方漢奸的釘子而碰死啊。不單沒有碰死，他還召集了中學與大學的學生們訓話。瑞宣想像不到，一個甘心賣國的人還能有什麼話說。他也為那群去聽講的青年人難過，他覺得他們是去接受姦汙。

連大赤包與藍東陽都沒去見汪精衛。大赤包撇著大紅嘴唇在門外高聲的說：「哼，他！重慶吃不開了，想來搶我們的飯，什麼東西！」藍東陽是新民會的重要人物，而新民會便是代替「黨」的。他絕對不能把自己的黨放下，而任著汪精衛把偽國民黨搬運到北平來。

這樣，汪逆便乘興而來，敗興而去。他的以偽中央，偽黨，來統轄南京與華北的野心，已經碰回去一半。瑞宣以為汪逆回到南京，又應當碰死在中山陵前，或偷偷的跑到歐美去。可是，他並不去死，也不肯逃走。他安坐在了南京。無恥的人大概是不會動感情的，哪怕只是個馬桶呢，自己坐上去總是差足自慰的。

　　汪逆沒得到「統一」，而反促成了分裂。北平的漢奸們，在汪逆回到南方去以後，便拿出全副精神，支援與維持華北的特殊的政權。汪逆的威脅越大，他們便越努力巴結，討好，華北的日本軍閥，而華北的日本軍閥又恰好樂意割據一方，唯我獨尊。於是，徐州成了南北分界的界限，華北的偽鈔過不去徐州，南京的偽幣也帶不過來。

　　「這到底是怎回事呢？」連不大關心國事的祁老人都有點難過了。「中央？中央不是在重慶嗎？怎麼又由汪精衛帶到南京去？既然到了南京，我們這裡怎麼又不算中央？」瑞宣只好苦笑，沒法回答祖父的質問。

　　物價可是又漲了許多。無恥的汪逆只給人們帶來不幸。徐州既成了「國」界，南邊的物資就都由日本人從海裡運走，北方的都由鐵路運到關外。這樣各不相礙的搬運，南方北方都成了空的，而且以前南北相通的貨物都不再互相往來。南方的茶，磁，紙，絲，與稻米，全都不再向北方流。華北成了死地。南方的出產被日本人搬空。

　　這是個風雲萬變的夏天，北平的報紙上的論調幾乎是一天一變。當汪逆初到上海的時候，報紙上一律歡迎他，而且以為只要汪逆肯負起責任，戰爭不久就可以結束。及至汪逆到了北平，報紙對他又都非常的冷淡，並且透露出小小的諷刺。同時，報紙上一致的反英美，倒彷彿中國的一切禍患都是英美人給帶來的，而與日本人無關。日本人是要幫助中國復興，所以必須打出英美人去。不久，報紙上似乎又忘記了英美，而忽然的用最大的字揭出「反蘇」的口號來；日本軍隊開始襲擊蘇聯邊境的守軍。

　　可是，無敵的皇軍，在諾蒙坎吃了敗仗。這訊息，北平人無從知道。他們只看到反共反蘇的論調，天天在報紙上用大字登出來。

　　緊跟著，德國三路進攻波蘭，可是蘇日反倒成立了諾蒙坎停戰協定。緊跟著，德蘇發表了聯合宣言，互不侵犯。北平的報紙停止了反蘇的論調。

　　這一串的驚人的訊息，與忽來忽止的言論，使北平人莫名其妙，不知道世界將要變成什麼樣子。可是，聰明一點的人都看出來，假若他們自己莫名其妙，日本人可也夠愚蠢的；假若他們自己迷惘惶惑，日本人可也舉棋不定，手足無措。同時，他們也看清，不管日本人喊打倒誰，反對誰，反正真正倒楣的還是中國人。

　　果然，在反英美無效，反蘇碰壁之後，日本人開始大舉進攻湘北。這已經到了秋天。北平的報紙隨著西風落葉沉靜下來。他們不能報導日本人怎樣在諾蒙坎吃敗仗，也不便說那反共最力的德國怎麼會和蘇聯成立了和平協定，更不肯說日本人無可如何只好進攻長沙。他們沒的可說，而只報導一些歐戰的訊息，在訊息之外還作一些小文，說明德國的攻取華沙正用的日本人攻打臺兒莊的戰術，替日本人遮一遮羞。瑞宣得到的訊息，比別人都更多一些。他興奮，他憤怒，他樂觀，他又失望，他不知怎樣才好。一會兒，他覺得英美必定對日本有堅決的表示；可是，英美人只說了一些空話。他失望。在失望之中，他再細細玩味那些空話 —— 它們到底是同情中國與公理的，他又高了興。而且，英國還借給中國款項啊。一會兒，他極度的興奮，因為蘇日已經開了火。他切盼蘇聯繼續打下去，解決了關東軍。可是，蘇日停了戰。他又低下頭去。一會兒，聽到歐戰的訊息，他極快的把二加到二上，以為世界必從此分為兩大陣營，而公理必定戰勝強權。可是，再一想，以人類的進化之速，以人類的多少世紀的智慧與痛苦的經驗，為什麼不用心智與同情去協商一切，而必非互相殘殺不可呢？他悲觀起來。聰明反被聰明誤，難道是人類的最終的命運麼？

　　他想不清楚，不敢判斷什麼。他只感到自己像渾水中的一條魚，四面八方全是泥沙。他沒法不和富善先生談一談心了。可是，富善先生也不是什麼哲人，也說不上來世界要變成什麼樣子。因為惶惑迷惘，老人近來的脾氣也不甚好，張口就要吵架。這樣，瑞宣只好把話儲存在自己心裡，不

便因找痛快而反和老友拌嘴。那些話又是那樣的複雜混亂，存在心中，彷彿像一團小蟲，亂爬亂擠，使他一刻也不能安靜。夏天過去了，他幾乎沒有感覺到那是夏天。個人的，家庭的，國家的，世界的，苦難，彷彿一總都放在他的背上，他已經顧不得再管天氣的陰晴與涼暖了。他好像已經失去了感覺，除了腦與心還在活動，四肢百體彷彿全都麻木了。入了十月，他開始清醒了幾天。街上已又搭好綵牌坊，等著往上貼字。他想像得到，那些字必是：慶祝長沙陷落。他不再想世界問題了，長沙陷落是切身之痛。而且，日本人一旦打粵漢路，就會直接運兵到南洋去，而中國整個的被困住。每逢走到綵牌樓附近，他便閉上眼不敢看。他的心揪成了一團。他告訴自己：不要再管世界吧，自己連國難都不能奔赴，解救，還說什麼呢？

可是，過了兩天，綵牌坊被悄悄的拆掉了。報紙上什麼訊息也沒有，只在過了好幾天才在極不重要的地方，用很小的字印出來：皇軍已在長沙完成使命，依預定計劃撤出。同時，在另一角落，他看到個小小的訊息：學生應以學業為重，此外遇有慶祝會及紀念日，學生無須參加遊行……半年來的苦悶全都被這幾行小字給趕了走，瑞宣彷彿忽然由惡夢中醒過來。他看見了北平的晴天，黃葉，菊花，與一切色彩和光亮。他的心裡不再存著一團小蟲。他好像能一低眼就看見自己的心，那裡是一片清涼光潔的秋水。只有一句像帶著花紋的，晶亮的，小石卵似的話，在那片澄清的秋水中：「我們打勝了！」

把這句話唸過不知多少回，他去請了兩小時的假。出了辦公室，他覺得一切都更明亮了。來到街上，看到人馬車輛，他覺得都可愛 —— 中國人不都是亡國奴，也有能打勝仗的。他急忙的去買了一瓶酒，一些花生米和香腸，跑回了家中。日本人老教北平人慶祝各地方的失陷，今天他要慶祝中國人的勝利。

他失去了常態，忘了謹慎，一進街門便喊起來：「我們打勝了！」拐過影壁，他碰到了小順兒和妞子，急忙把花生米塞在他們的小手中，他們反倒嚇愣了一會兒。他們曾經由爸爸手中得到過吃食，而沒有看見過這麼快活的爸爸。「喝酒！喝酒！爺爺，老二，都來喝酒啊！」他一邊往院裡走，一邊喊叫。

全家的人都圍上了他，問他為什麼要喝酒。他愣了一會兒，看看這個，再看看那個，似乎又說不出話來了。淚開始在他的眼眶中轉，他把二年多的一切都想了起來。他沒法子再狂喜，而反覺得應當痛哭一場。把酒瓶交與老二，他忸怩的說了聲：「我們在長沙打了大勝仗！」

「長沙？」老祖父想了想，知道長沙確是屬於湖南。「離我們這裡遠得很呢！遠水解不了近渴呀！」

是的，遠水解不了近渴。什麼時候，什麼時候，北平人才能協助著國軍，把自己的城池光復了呢？瑞宣不再想喝酒了；熱情而沒有行動配備著，不過是冒冒熱氣而已。

不過，酒已經買來，又不便放棄。況且，能和家裡的人吃一杯，使大家的臉上都發起紅來，也不算完全沒有意義。他勉強的含著笑，和大家坐在一處。

祁老人向來不大能吃酒。今天，看長孫面上有了笑容，他不便固執的拒絕。喝了兩口之後，他想起來小三兒，錢先生，孟石，仲石，常二爺，小崔。他老了，怕死。越怕死，他便越愛想已經過去了的人，和訊息不明的人 —— 訊息不明也就是生死不明。他很想控制自己不多發牢騷，免得招兒孫們討厭他。但是，酒勁兒催著他說話；而老人的話多數是淚的結晶。

瑞宣已不想狂飲，而只陪一陪祖父。祖父的牢騷並沒招起他的厭煩，因為祖父說的是真話；日本人在這二年多已經把多少多少北平人弄得家破人亡。

　　老二見了酒，忘了性命。他既要在祖父與哥哥面前逞能，又要乘機會發洩發洩自己心中的委屈。他一口一杯，而後把花生米嚼得很響。「酒很不壞，大哥！」他的小瘦幹臉上發了光，倒好像他不是誇獎哥哥會買酒，而是表明自己的舌頭高明。不久，他的白眼珠橫上了幾條鮮紅的血絲，他開始唸叨菊子，而且宣告他須趕快再娶一房。「好傢夥，老打光棍兒可受不了！」他毫不害羞的說。

　　祁老人讚同老二的意見。小三兒既然訊息不明，老大又只有一兒一女，老二理應續娶，好多生幾個胖娃娃，擴大了四世同堂的聲勢。老人深恨胖菊子的給祁家丟人，同時，在無可如何之中去找安慰，他覺得菊子走了也好——她也許因為品行不端而永遠不會生孩子的。老人只要想到四世同堂，便忘了考慮別的。他忘了老二的沒出息，忘了日本人占據著北平，忘了家中經濟的困難，而好像牆陰裡的一根小草似的，不管環境如何，也要努力吐個穗兒，結幾個子粒。在這種時候，他看老二不是個沒出息的人，而是個勞苦功高的，會生娃娃的好小子。在這一意義之下，瑞豐在老人眼中差不多是神聖的。

　　「唉！唉！」老人點頭咂嘴的說；「應該的！應該的！可是，這一次，你可別自己去瞎碰了！聽我的，我有眼睛，我去給你找！找個會操持家務的，會生兒養女的，好姑娘；像你大嫂那麼好的好姑娘！」

　　瑞宣不由的為那個好姑娘痛心，可是沒開口說什麼。

　　老二不十分同意祖父的意見，可是又明知道自己現在赤手空拳，沒有戀愛的資本，只好點頭答應。他現實，知道白得個女人總比打光棍兒強。再說，即使他不喜愛那個女人，至少他還會愛她所生的胖娃娃，假若她肯生娃娃的話。還有，即使她不大可愛，等到他自己又有了差事，發了財的時節，再弄個小太太也還不算難事。他答應了服從祖父，而且覺得自己非常的聰明，他是把古今中外所有的道理與方便都能一手抓住，而隨機應變

對付一切的天才。

　　喝完了酒，瑞宣反倒覺得非常的空虛，無聊。在燈下，他也要學一學祖父與老二的方法，抓住現實，而忘了遠處的理想與苦痛。他勉強的和兩個孩子說笑，告訴他們長沙打了勝仗。

　　小孩們很願意聽日本人吃了敗仗。興奮開啟了小順兒的想像：

　　「爸！你，二叔，小順兒，都去打日本人好不好？我不怕，我會打仗！」

　　瑞宣又愣起來。

第 57 幕　行屍走肉

　　瑞宣的歡喜幾乎是剛剛來到便又消失了。為抵抗汪精衛，北平的漢奸們死不要臉的向日本軍閥獻媚，好鞏固自己的地位。日本人呢，因為在長沙吃了敗仗，也特別願意牢牢的占據住華北。北平人又遭了殃。「強化治安」，「反共剿匪」，等等口號都被提了出來。西山的炮聲又時常的把城內震得連玻璃窗都嘩啦嘩啦的響。城內，每條衚衕都設了正副里長，協助著軍警維持治安。全北平的人都須重新去領居住證。在城門，市場，大街上，和家裡，不論什麼時候都可以遭到檢查，忘帶居住證的便被送到獄裡去。中學，大學，一律施行大檢舉，幾乎每個學校都有許多教員與學生被捕。被捕去的青年，有被指為共產黨的，有被指為國民黨的，都隨便的殺掉，或判長期的拘禁。有些青年，竟自被指為汪精衛派來的，也受到苦刑或殺戮。同時，新民會成了政治訓練班，給那些功課壞，心裡胡塗，而想升官發財的青年闢開一條捷徑。他們去受訓，而後被派在各機關去作事。假若他們得到日本人的喜愛，他們可以被派到偽滿，朝鮮，或日本去留學。在學校裡，日本教官的勢力擴大，他們不單管著學生，也管著校長與教員。學生的課本一律改換。學生的體育一律改為柔軟操。學生課外的讀物只是淫蕩的小說與劇本。

　　新民會成立了劇團，專上演日本人選好的劇本。電影園不准再演西洋電影，日本的和國產的《火燒紅蓮寺》之類的影片都天天「獻映」。

　　舊劇特別的發達，日本人和大漢奸們都願玩弄女伶，所以隔不了三天就捧出個新的角色來。市民與學生們因為無聊，也爭著去看戲，有的希望看到些忠義的故事，滌除自己一點鬱悶，有的卻為去看淫戲與海派戲的機關佈景。淫戲，像《殺子報》，《紡棉花》，《打櫻桃》等等都開了禁。機關

佈景也成為號召觀眾的法寶。戰爭毀滅了藝術。

　　從思想，從行動，從社會教育與學校教育，從暴刑與殺戮，日本沒打下長沙，而把北平人收拾得像避貓鼠。北平像死一般的安靜，在這死屍的上面卻插了一些五光十色的紙花，看起來也頗鮮豔。

　　瑞宣不去看戲，也停止了看電影，但是他還看得見報紙上戲劇與電影的廣告。那些廣告使他難過。他沒法攔阻人們去娛樂，但是他也想像得到那去娛樂的人們得到的是什麼。精神上受到麻醉的，他知道，是會對著死亡還吃吃的笑的。

　　他是喜歡逛書攤的。現在，連書攤他也不敢去看了。老書對他毫無用處。不單沒有用處，他以為自己許多的觀念與行動還全都多少受了老書的惡影響，使他遇到事不敢說黑就是黑，白就是白，而老那麼因循徘徊，像老書那樣的字不十分黑，紙不完全白。可是，對於新書，他又不敢翻動。新書不是色情的小說劇本，便是日本人的宣傳品。他不能甘心接受那些毒物。他極盼望能得到一些英文書，可是讀英文便是罪狀；他已經因為認識英文而下過獄。對於他，精神的食糧已經斷絕。他可以下決心不接受日本人的宣傳品，卻沒法子使自己不因缺乏精神食糧而仍感到充實。他是喜愛讀書的人。讀書，對於他，並不簡單的只是消遣，而是一種心靈的運動與培養。他永遠不抱著書是書，他是他的態度去接近書籍，而是想把書籍變成一種汁液，吸收到他身上去，榮養自己。他不求顯達，不求富貴，書並不是他的幹祿的工具。他是為讀書而讀書。讀了書，他才會更明白，更開擴，更多一些精神上的生活。他極怕因為沒有書讀，而使自己「貧血」。他看見過許多三十多歲，精明有為的人，因為放棄了書本，而慢慢的變得庸俗不堪。然後，他們的年齡加增，而只長多了肉，肚皮支起多高，脖子後邊起了肉枕。他們也許萬事亨通的作了官，發了財，但是變成了行屍走肉。瑞宣自己也正在三十多歲。這是生命過程中最緊要的關頭。假若他和

書籍絕了緣，即使他不會走入官場，或去作買辦，他或者也免不了變成個抱孩子，罵老婆，喝兩盅酒就瑣碎嘮叨的人。他怕他會變成老二。

可是，日本人所需要的中國人正是行屍走肉。

瑞宣已經聽到許多訊息——日本人在強化治安，控制思想，「專賣」圖書，派任里長等設施的後面，還有個更毒狠的陰謀：他們要把北方人從各方面管治得伏伏帖帖，而後從口中奪去食糧，身上剝去衣服，以飢寒活活賺死大家。北平在不久就要計口授糧，就要按月獻銅獻鐵，以至於獻泡過的茶葉。

瑞宣打了哆嗦。精神食糧已經斷絕，肉體的食糧，哼，也會照樣的斷絕。以後的生活，將是隻顧一日三餐，對付著活下去。他將變成行屍走肉，而且是面黃肌瘦的行屍走肉！

他所盼望的假若常常的落空，他所憂慮的可是十之八九能成為事實。小羊圈自成為一里，已派出正副里長。

小羊圈的人們還不知道里長究竟是幹什麼的。他們以為里長必是全衚衕的領袖，協同著巡警辦些有關公益的事。所以，眾望所歸，他們都以李四爺為最合適的人。他們都向白巡長推薦他。

李四爺自己可並不熱心擔任里長的職務。由他的二年多的所見所聞，他已深知日本人是什麼東西。他不願給日本人辦事。

可是，還沒等李四爺表示出謙讓，冠曉荷已經告訴了白巡長，里長必須由他充任。他已等了二年多，還沒等上一官半職，現在他不能再把作里長的機會放過去。雖然里長不是官，但是有個「長」字在頭上，多少也過點癮。況且，事在人為，誰準知作里長就沒有任何油水呢？

這本是一樁小事，只須他和白巡長說一聲就夠了。可是，冠曉荷又去託了一號的日本人，替他關照一下。慣於行賄託情，不多說幾句好話，他

心裡不會舒服。

　　白巡長討厭冠曉荷，但是沒法子不買這點帳。他只好請李四爺受點屈，作副里長。李老人根本無意和冠曉荷競爭，所以連副里長也不願就。可是白巡長與鄰居們的「勸進」，使他無可如何。白巡長說得好：「四大爺，你非幫這個忙不可！誰都知道姓冠的是吃裡爬外的混球兒，要是再沒你這個公正人在旁邊看一眼，他不定幹出什麼事來呢！得啦，看在我，和一群老鄰居的面上，你老人家多受點累吧！」

　　好人禁不住幾句好話，老人的臉皮薄，不好意思嚴詞拒絕：「好吧，乾乾瞧吧！冠曉荷要是胡來，我再不幹就是了。」「有你我夾著他，他也不敢太離格兒了！」白巡長明知冠曉荷不好惹，而不得不這麼說。

　　老人答應了以後，可並不熱心去看冠曉荷。在平日，老人為了職業的關係，不能不聽曉荷的支使。現在，他以為正副里長根本沒有多大分別，他不能先找曉荷去遞手本。

　　冠曉荷可是急於擺起里長的架子來。他首先去印了一盒名片，除了一大串「前任」的官銜之外，也印上了北平小羊圈裡正里長。印好了名片，他切盼副里長來朝見他，以便發號施令。李老人可是始終沒露面。他趕快的去作了一面楠木本色的牌子，上刻「里長辦公處」，塗上深藍的油漆，掛在了門外。他以為李四爺一看見這面牌子必會趕緊來叩門拜見的。李老人還是沒有來。他找了白巡長去。

　　白巡長準知道，只要冠曉荷作了里長，就會憑空給他多添許多麻煩。可是，他還須擺出笑容來歡迎新里長；新里長的背後有日本人啊。

　　「我來告訴你，李四那個老頭子是怎麼一回事，怎麼不來見我呢？我是『正』里長，難道我還得先去拜訪他不成嗎？那成何體統呢！」

　　白巡長沉著了氣，話軟而氣兒硬的說：「真的，他怎麼不去見里長呢？

不過，既是老鄰居，他又有了年紀，你去看看他大概也不算什麼丟臉的事。」

「我先去看他？」曉荷驚異的問。「那成什麼話呢？告訴你，就是正里長，只能坐在家裡出主意，辦公；跑腿走路是副里長的事。我去找他，新新！」

「好在現在也還無事可辦。」白巡長又冷冷的給了他一句。

曉荷無可奈何的走了出來。他向來看不起白巡長，可是今天白巡長的話相當的硬，所以他不便發威。只要白巡長敢說硬話，他以為，背後就必有靠山。他永遠不幹硬碰硬的事。

白巡長可是沒有說對，里長並非無公可辦。冠曉荷剛剛走，巡長便接到電話，教里長馬上切實辦理，每家每月須獻二斤鐵。聽完電話，白巡長半天都沒說上話來。別的他不知道，他可是準知道銅鐵是為造槍炮用的。日本人拿去北平人的鐵，還不是去造成槍炮再多殺中國人？假若他還算箇中國人，他就不能去執行這個命令。

可是，他是亡了國的中國人。賺人錢財，與人消災。他不敢違抗命令，他賺的是日本人的錢。

像有一塊大石頭壓著他的脊背似的，他一步懶似一步的，走來找李四爺。

「噢！敢情里長是幹這些招罵的事情啊？」老人說：「我不能幹！」

「那可怎辦呢？四大爺！」白巡長的腦門上出了汗。「你老人家要是不出頭，鄰居們準保不往外交鐵，我們交不上鐵，我得丟了差事，鄰居們都得下獄，這是玩的嗎？」「教冠曉荷去呀！」老人絕沒有為難白巡長的意思，可是事出無奈的給了朋友一個難題。

「無論怎樣，無論怎樣，」白巡長的能說慣道的嘴已有點不俐落了，

「你老人家也得幫這個忙！我明知道這是混帳事，可是，可是……」

看白巡長真著了急，老人又不好意思了，連連的說：「要命！要命！」然後，他嘆了口氣：「走！找冠曉荷去！」

到了冠家，李老人決定不便分外的客氣。一見冠曉荷要擺架子，他就交代明白：「冠先生，今天我可是為大家的事來找你，我們誰也別擺架子！平日，你出錢，我伺候你，沒別的話可說。今天，我們都是替大家辦事，你不高貴，我也不低搭。是這樣呢，我願意幫忙；不這樣，我也有個小脾氣，不管這些閒事！」

交代完了，老人坐在了沙發上；沙發很軟，他又不肯靠住後背，所以晃徘徊悠的反覺得不舒服。

白巡長怕把事弄僵，趕快的說：「當然！當然！你老人家只管放心，大家一定和和氣氣的辦好了這件事。都是多年的老鄰居了，誰還能小瞧誰？冠先生根本也不是那種人！」

曉荷見李四爺來勢不善，又聽見巡長的賣面子的話，連連的眨巴眼皮。然後，他不卑不亢的說：「白巡長，李四爺，我並沒意思作這個破里長。不過呢，衚衕裡住著日本朋友，我怕別人辦事為難，所以我才肯出頭露面。再說呢，我這裡茶水方便，桌兒凳兒的也還看得過去，將來哪怕是日本官長來看看我們這一里，我們的辦公外總不算太寒傖。我純粹是為了全衚衕的鄰居，絲毫沒有別的意思！李四爺你的顧慮很對，很對！在社會上作事，理應開啟鼻子說亮話。我自己也還要交代幾句呢：我呢，不怕二位多心，識幾個字，有點腦子，願意給大家拿個主意什麼的。至於跑跑腿呀，上趟街呀，恐怕還得多勞李四爺的駕。我們各抱一角，用其所長，準保萬事亨通！二位想是也不是？」

白巡長不等老人開口，把話接了過去：「好的很！總而言之，能者多勞，你兩位多操神受累就是了！冠先生，我剛接到上邊的命令，請兩位趕

緊辦，每家每月要獻二斤鐵。」「鐵？」曉荷好像沒聽清楚。

「鐵！」白巡長只重說了這一個字。

「幹什麼呢？」曉荷眨巴著眼問。

「造槍炮用！」李四爺簡截的回答。

曉荷知道自己露了醜，趕緊加快的眨眼。他的確沒有想起鐵是造槍炮用的，因為他永遠不關心那些問題。聽到李老人的和鐵一樣硬的回答，他本想說：造槍炮就造吧，反正打不死我就沒關係。可是，他又覺得難以出口，他只好給日本人減輕點罪過，以答知己：「也不一定造槍炮，不一定！作鏟子，鍋，水壺，不也得用鐵麼？」

白巡長很怕李老人又頂上來，趕快的說：「管它造什麼呢，反正我們得交差！」

「就是！就是！」曉荷連連點頭，覺得白巡長深識大體。「那麼，四爺你就跑一趟吧，告訴大家先交二斤，下月再交二斤。」

李四爺瞪了曉荷一眼，氣得沒說出話來。

「事情恐怕不那麼簡單！」白巡長笑得怪不好看的說：「第一，我們不能冒而咕咚去跟大家要鐵。你們二位大概得挨家去說一聲，教大傢夥兒都有個準備，也順手兒教他們知道我們辦事是出於不得已，並非瞪著眼幫助日本人。」「這話對！對的很！我們大家是好鄰居，日本人也是大家的好朋友！」曉荷囁言啞字的說。

李四爺晃搖了一下。

「四爺，把脊樑靠住，舒服一點！」曉荷很體貼的說。「第二，鐵的成色不一樣，我們要不要個一定的標準呢？」白巡長問。

「當然要個標準！馬口鐵恐怕就……」

「造不了槍炮！」李四爺給曉荷補足了那句話。「是，馬口鐵不算！」

白巡長心中萬分難過，而不得不說下去。他當慣了差，他知道怎樣壓制自己的感情。他須把歹事當作好事作，還要作得周到細膩，好維持住自己的飯碗。「生鐵熟鐵分不分呢？」

曉荷半閉上了眼，用心的思索。他覺得自己很有腦子，雖然他的腦子只是一塊軟白的豆腐。他不分是非，不辨黑白，而只人模狗樣的作出一些姿態來。想了半天，他想出句巧妙的話來：「你看分不分呢？白巡長！」

「不分了吧？四大爺！」白巡長問李老人。

老人只「哼」了一聲。

「我看也不必分得太清楚了！」曉荷隨著別人想出來主意。「事情總是籠統一點好！還有什麼呢？」

「還有！若是有的人交不出鐵來，怎麼辦？是不是可以摺合現錢呢？」

素來最慈祥和藹的李老人忽然變成又倔又硬：「這件事我辦不了！要鐵已經不像話，還折錢？金錢一過手，無弊也是有弊。我活了七十歲了，不能教老街舊鄰在背後用手指頭戳打我！折錢？誰給定價兒？要多了，大家紛紛議論；要少了，我賠墊不起！乾脆，你們二位商議，我不陪了！」老人說完就立了起來。

白巡長不能放走李四爺，一勁兒的央告：「四大爺！四大爺！沒有你，簡直什麼也辦不通！你說一句，大家必點頭，別人說破了嘴也沒有用！」

曉荷也幫著攔阻李老人。聽到了錢，他那塊像豆腐的腦子馬上轉動起來。這是個不可放過的機會。是的，定價要高，一轉手，就是一筆收入。他不能放走李四爺，教李四爺去收錢，而後由他自己去交差；罵歸老人，錢入他自己的口袋。他急忙攔住李四爺。看老人又落了座，他聚精會神的說：「大概誰家也不見得就有二斤鐵，折錢，我看是必要的，必要的！這

麼辦，我自己先獻二斤鐵，再獻二斤鐵的錢，給大家作個榜樣，還不好嗎？」

「算多少錢一斤呢？」白巡長問。

「就算兩塊錢一斤吧。」

「可是，大家要都按兩塊錢一斤折獻現錢，我們到哪兒去買那麼多的鐵呢？況且，我們一收錢，它準保漲價，說不定馬上就漲到三塊，誰負責賠墊上虧空呢？」白巡長說完，直不住的搓手。

「那就乾脆要三元一斤！」曉荷心中熱了一下。「三塊一斤？」李四爺沒有好氣兒的說：「就是兩塊一斤，有多少人交得起呢？想想看，就按兩塊錢一斤說，憑空每家每月就得拿出四塊錢來，且先不用說三塊一斤了。一個拉車的一月能拉多少錢呢？白巡長，你知道，一個巡警一月賺幾張票子呢？一要就是四塊，六塊，不是要大家的命嗎？」

白巡長皺上了眉。他知道，他已經是巡長，每月才拿四十塊偽鈔，獻四元便去了十分之一！

冠曉荷可沒感到問題的嚴重，所以覺得李四爺是故意搗亂。「照你這麼說，又該怎辦呢？」他冷冷的問。「怎麼辦？」李四爺冷笑了一下。「大家全聯合起來，告訴日本人，鐵沒有，錢沒有，要命有命！」

冠曉荷嚇得跳了起來。「四爺！四爺！」他央告著：「別在我這裡說這些話，成不成？你是不是想造反？」白巡長也有點發慌。「四大爺！你的話說得不錯，可是那作不到啊！你老人家比我的年紀大，總該知道我們北平人永遠不會造反！還是心平氣和的想辦法吧！」

李四爺的確曉得北平人不會造反，可是也真不甘心去向大家要鐵。他慢慢的立起來：「我沒辦法，我看我還是少管閒事的好！」

白巡長還是不肯放老人走，可是老人極堅決：「甭攔我了，巡長！我

願意乾的事，用不著人家說勸；我不願乾的事，說勸也沒有用！」老人慢慢的走出去。

　　曉荷沒有再攔阻李四爺，因為第一他不願有個嚷造反的人坐在他的屋中，第二他以為老頭子不愛管事，也許他更能得手一些，順便的弄兩個零錢花花。

　　白巡長可是真著了急。急，可是並沒使他心亂。他也趕緊告辭，不願多和曉荷談論。他準備著晚半天再去找李四爺；非到李四爺點了頭，他絕不教冠曉荷出頭露面。新民會在遍街上貼標語：「有錢出錢，沒錢出鐵！」這很巧妙：他們不提獻鐵，而說獻金；沒有錢，才以鐵代。這樣，他們便無須解釋要鐵去幹什麼了。

　　同時，錢默吟先生的小傳單也在晚間進到大家的街門裡：「反抗獻鐵！敵人用我們的鐵，造更多的槍炮，好再多殺我們自己的人！」

　　白巡長看到了這兩種宣傳。他本想在晚間再找李四爺去，可是決定了明天再說。他須等等看，看那反抗獻錢的宣傳有什麼效果。為他自己的飯碗打算，他切盼這宣傳得不到任何反應，好平平安安的交了差。但是，他的心中到底還有一點熱氣，所以他也盼望那宣傳發生些效果，教北平因反抗獻鐵而大亂起來。是的，地方一亂，他首先要受到影響，說不定馬上就砸了飯鍋；可是，誰管得了那麼多呢；北平人若真敢變亂起來，也許大家都能抬一抬頭。

　　他又等了一整天，沒有，沒有人敢反抗。他只把上邊的電話等了來：「催里長們快辦哪！上邊要的緊！」聽完，他嘆息著對自己說：北平人就是北平人！

　　他強打精神，又去找冠里長。

　　大赤包在孃家住了幾天。回來，她一眼便看見了門口的楠木色的牌

子，順手兒摘下來，摔在地上。

「曉荷！」她進到屋中，顧不得摘去帶有野雞毛的帽子，就大聲的喊：「曉荷！」

曉荷正在南屋裡，聽到喊叫，心裡馬上跳得很快，不知道所長又發了什麼脾氣。整了一下衣襟，把笑容合適的擺在臉上，他輕快的跑過來。「喝，回來啦？家裡都好？」「我問你，門口的牌子是怎回事？」

「那，」曉荷噗哧的一笑，「我當了里長啊！」「嗯！你就那麼下賤，連個里長都稀罕的了不得？去，到門口把牌子挑選來，劈了燒火！好嗎，我是所長，你倒弄個里長來丟我的人，你昏了心啦吧？沒事，弄一群臭巡警，和不三不四的人到這裡來亂吵嚷，我受得了受不了？你作事就不想一想啊？你的腦子難道是一團兒棉花？五十歲的人啦，白活！」大赤包把帽子摘下來，看著野雞毛輕輕的顫動。「報告所長，」曉荷沉住了氣，不卑不亢的說：「里長實在不怎麼體面，我也曉得。不過，其中也許有點來頭，所以我……」

「什麼來頭？」大赤包的語調降低了一些。

「譬如說，大家要獻鐵，而家中沒有現成的鐵，將如之何呢？」曉荷故意的等了一會兒，看太太怎樣回答。大赤包沒有回答，他講了下去：「那就只好摺合現錢吧。那麼，實價比如說是兩塊錢一斤，我硬作價三塊。好，讓我數數看，我們這一里至少有二十多戶，每月每戶多拿兩塊，一月就是五十來塊，一個小學教員，一星期要上三十個鐘頭的課，也不過才賺五十塊呀！再說，今天要獻鐵，明天焉知不獻銅，錫，鉛呢？有一獻，我來它五十塊，有五獻，我就弄二百五十塊。一個中學教員不是每月才賺一百二十塊嗎？想想看！況且，」「別說啦！別說啦！」大赤包截住了丈夫的話，她的臉上可有了笑容。「你簡直是塊活寶！」

曉荷非常的得意，因為被太太稱為活寶是好不容易的。他可是沒有把

得意形諸於色。他要沉著穩健，表示出活寶是和聖賢豪傑一樣有涵養的。他慢慢的走了出去。

「幹嘛去？」

「我，把那塊牌子再掛上！」

曉荷剛剛把牌子掛好，白巡長來到。

有大赤包在屋裡，白巡長有點坐立不安了。當了多年的警察，他自信能對付一切的人 —— 可只算男人，他老有些怕女人，特別是潑辣的女人。他是北平人，他知道尊敬婦女。因此，他會把一個男醉鬼連說帶嚇唬的放在床上去睡覺，也會把一個瘋漢不費什麼事的送回家去，可是，遇上一個張口就罵，伸手就打的女人，他就感到了困難；他既不好意思耍硬的，又不好意思耍嘴皮子，他只好甘拜下風。

他曉得大赤包不好惹，而大赤包又是個婦人。一看見她，他就有點手足無措。三言兩語的，他把來意說明。果然，大赤包馬上把話接了過去：「這點事沒什麼難辦呀！跟大家去要，有敢不交的帶了走，下監！乾脆嘹亮！」

白巡長十分不喜歡聽這種話，可是不敢反駁；好男不跟女鬥，他的威風不便對個婦人拿出來。他提起李四爺。大赤包又發了話：

「叫他來！跑腿是他的事！他敢不來，我會把他們老兩口子都交給日本人！白巡長，我告訴你，辦事不能太心慈面善了。反正我們辦的事，後面都有日本人兜著，還怕什麼呢！」大赤包稍稍停頓了一下，而後氣派極大的叫：「來呀！」男僕恭敬的走進來。

「去叫李四爺！告訴他，今天他不來，明天我請他下獄！聽明白沒有？去！」

李四爺一輩子沒有低過頭，今天卻低著頭走進了冠家。錢先生，祁瑞

宣，他知道，都入過獄。小崔被砍了頭。他曉得日本人厲害，也曉得大赤包確是善於狐假虎威，欺壓良善。他在社會上已經混了幾十年，他知道好漢不要吃眼前虧。他的剛強，正直，急公好義，到今天，已經都沒了用。他須低頭去見一個臭婦人，好留著老命死在家裡，而不在獄裡挺了屍。他憤怒，但是無可如何。

一轉念頭，他又把頭稍稍抬高了一點。有他，他想，也許多少能幫助大家一些，不致完全捱耳受死的聽大赤包擺佈。

沒費話，他答應了去斂鐵。可是，他堅決的不同意摺合現錢的辦法。「大家拿不出鐵來，他們自己去買；買貴買賤，都與我們不相干。這樣，錢不由我們過手，就落不了閒話！」「要是那樣，我就辭職不幹了！大家自己去買，何年何月才買得來呢？耽誤了期限，我吃不消！」曉荷半惱的說。白巡長為了難。

李四爺堅絕不讓步。

大赤包倒拐了彎兒：「好，李四爺你去辦吧。辦不好，我們再另想主意。」在一轉眼珠之間，她已想好了主意：趕快去大量的收買廢鐵爛銅，而後提高了價錢，等大家來買。可是，她得到訊息較遲。高亦陀，藍東陽們早已下了手，收買了碎銅爛鐵。

李四爺相當得意的由冠家走出來，他覺得他是戰勝了大赤包與冠曉荷。他通知了全衚衕的人，明天他來收鐵。大家一見李老人出頭，心中都感到舒服。雖然獻鐵不是什麼好事，可是有李老人出來辦理，大家彷彿就忘了它本身的不合理。錢先生的小傳單所發生的效果只是教大家微微難過了一會兒而已。北平人是不會造反的。

祁老人和韻梅把家中所有的破鐵器都翻拾出來。每一件都沒有用處，可是每一件都好像又有點用處；即使有一兩件真的毫無用處，他們也從感情上找到不應隨便棄捨了的原因。他們選擇，比較，而決定不了什麼。因

為沒有決議，他們就談起來用鐵去造槍炮的狠毒與可惡。可是，談過之後，他們並沒有因憤恨而想反抗。相對嘆了口氣，他們選定了一個破鐵鍋作為犧牲品。他們不單可惜這件曾經為他們服務過的器皿，而且可憐它，它是將要被改造為砲彈的。至於它變成了砲彈，把誰的腦袋打掉，他們就不敢再深思多慮，而只由祁老人說了句：「連鐵鍋都別生在我們這個年月呀！」作為結論。

　　全衖衕裡的每一家都因了此事發生一點小小的波動。北平人彷彿又有了生氣。這點生氣並沒表現在憤怒與反抗上，而只表現了大家的無可奈何。大致的說，大家一上手總是因自家獻鐵，好教敵人多造些槍炮，來屠殺自家的人，而表示憤怒。過了一會兒，他們便忘了憤怒，而顧慮不交鐵的危險。於是，他們，也像祁老人似的，從家中每個角落，去搜挑選那可以使他們免受懲罰的寶物。在搜尋的時節，他們得到一些想不到的小小的幽默與慘笑，就好像在立冬以後，偶然在葦子梗裡發現了一個還活著的小蟲子似的。有的人明明記得在某個角落還有件鐵東西，及至因找不到而剛要發怒，才想起恰恰被自己已經換了梨膏糖吃。有的人找到了一把破菜刀，和現在手下用的那把一比，才知道那把棄刀的鋼口更好一些，而把它又官復原職。這些小故典使他們忘了憤怒，而啼笑皆非的去設法找鐵；他們開始承認了這是必須作的事，正如同日本人命令他們領居住證，或見了日本軍人須深深鞠躬，一樣的理當遵照辦理。

　　在七號的雜院裡，幾乎沒有一家能一下子就湊出二斤鐵來的。在他們的屋子裡，幾乎找不到一件暫時保留的東西 —— 有用的都用著呢，沒用的早已賣掉。收買碎銅爛鐵的販子，每天要在他們門外特別多吆喝幾聲。他們連炕洞搜尋過了，也湊不上二斤鐵。他們必須去買。他們曉得李四爺的公正無私，不肯經手收錢。可是，及至一打聽，鐵價已在兩天之內每斤多漲了一塊錢，他們的心都發了涼。

同時，他們由正里長那裡聽到，正里長本意教大家可以按照兩塊五一斤獻錢，而副里長李四爺不同意。李四爺害了他們。一會兒的工夫，李四爺由眾望所歸變成了眾怒所歸的人。他們不去考慮冠曉荷是否有意挑撥是非，也不再想李老人過去對他們的好處，而只覺得用三塊錢去換一斤鐵 —— 也許還買不到 —— 純粹是李四爺一個人造的孽！他們對日本人的一點憤怒，改了河道，全向李四爺衝蕩過來。有人公然的在槐樹下面咒罵老人了。

聽到了閒言閒語與咒罵，老人不敢出來聲辯。他知道自己的確到了該死的時候了。他鬧不過日本人，也就鬧不過冠曉荷與大赤包，而且連平日的好友也向他翻了臉。坐在屋中，他只盼望出來一兩位替他爭理說話的人，一來是別人的話比自己的話更有力，二來是有人出來替他爭氣，總算他過去的急公好義都沒白費，到底在人們心中種下了一點根兒。

他算計著，孫七必定站在他這邊。不錯，孫七確是死恨日本人與冠家。可是孫七膽子不大，不敢惹七號的人。他盼望程長順會給他爭氣，而長順近來忙於辦自己的事，沒工夫多管別人的閒篇兒。小文為人也不錯，但是他依舊揣著手不多說多道。

盼來盼去，他把祁老人盼了來。祁老人拿著破鐵鍋，進門就說：「四爺，省得你跑一趟，我自己送來了。」

李四爺見到祁老人，像見了親弟兄，把前前後後，始末根由，一口氣都說了出來。

聽完李四爺的話，祁老人沉默了半天才說：「四爺，年月改了，人心也改了！別傷心吧，你我的四隻老眼睛看著他們的，看誰走的長遠！」

李四爺感慨著連連的點頭。

「大風大浪我們都經過，什麼苦處我們都受過，我們還怕這點閒言閒

語？」祁老人一方面安慰著老朋友，一方面也表示出他們二老的經驗與身分。然後，兩個老人把多年的陳穀子爛芝麻都由記憶中翻拾出來，整整的談了一個半鐘頭。

四大媽由兩位老人在談話中才聽到獻鐵，與由獻鐵而來的一些糾紛。她是直筒子脾氣。假如平日對鄰居的求援，她是有求必應，現在聽到他們對「老東西」的攻擊，她也馬上想去聲討。她立刻要到七號去責罵那些忘恩負義的人。她什麼也不怕，只怕把「理」委屈在心裡。

兩位老人說好說歹的攔住了她。她只在給他們弄茶水的當兒，在院中高聲罵了幾句，像軍隊往遠處放炮示威那樣；燒好了水，她便進到屋中，參加他們的談話。

這時候，七號的，還有別的院子的人，都到冠家去獻金，一來是為給李四爺一點難堪，二來是冠家只按兩塊五一斤收價。

冠曉荷並沒有賠錢，雖然外邊的鐵價已很快的由三塊漲到三塊四。大赤包按著高亦陀的脖子，強買 —— 仍按兩塊錢一斤算 —— 過來他所囤積的一部分鐵來。

「得！賺得不多，可總算開了個小小利市！」冠曉荷相當得意的說。

第 58 幕　聽戲享受

　　招弟才只學會了兩出戲，一出《汾河灣》，一出《紅鸞禧》。她相當的聰明，但是心像一條小死魚似的，有一陣風兒便順流而下，跑出好遠。她不肯死下工夫學習一樣事。她的總目的是享受。享受恰好是沒有邊際的：吃是享受，喝也是享受；戀愛是享受，唱幾句戲，得點虛榮，也是享受。她要全享受一下。別人去溜冰，她沒有去，她便覺得委屈了自己，而落幾個小眼淚。可是，她又不能參加一切的熱鬧，她第一沒有分身術，第二還沒征服了時間，能教時間老等著她。於是，她只能盡可能的把自己分配在時間裡，像鐘錶上的秒針似的一天到晚不閒著。

　　這樣，她可又招來許多小小的煩惱。她去溜冰，便耽誤了學戲。而且，若是在冰場上受了一點寒，嗓子就立刻發啞，無論胡琴怎麼低，她也夠不上調，急得遍體生津。同樣的，假若三個男朋友一個約她看電影，一個約她看戲，一個約她逛公園吃飯，她就不能同時分身到三處去，而一定感到困難。若是辭謝兩個吧，便得罪了兩個朋友。若是隻看半場電影，然後再看一齣戲，最後去吃飯吧，便又須費許多唇舌，扯許多的謊，而且還許把三個朋友都得罪了。況且，這麼匆匆的跑來跑去也太勞苦。愛的享受往往是要完全占有，而不是東撲一下，西撲一下呀。它有時候是要在僻靜的地方，閉著眼欣賞，而不是鑼鼓喧天的事呀。她有時候幾乎想到斷絕了看電影，聽戲，逛公園，吃飯館，而只專愛一個男友，把戀愛真作成個樣子，不要那麼擺成一座愛的八陣圖。可是，她又捨不得那些熱鬧。那些熱鬧到底給她一些刺激。假若她被圈在西山碧雲寺，沒有電影，戲劇，鑼鼓，叫囂，儘管身邊有個極可愛的愛人，恐怕她也會發瘋的，她想。過多的享受會使享受變成刺激，而刺激是越來越粗暴的。以聽戲說，她慢慢

的能欣賞了小生，因為小生的尖嗓比青衣的更直硬一些，更刺耳一些。她也愛聽了武戲，而且不是楊小樓的武戲文唱的那一種，她喜歡了《紅門寺》，《鐵公雞》，《青石洞》一類的，毫無情節，而專表現武工的戲。鑼鼓越響，她才感到一點愉快；遇到《綵樓配》與《祭塔》什麼的唱工戲，她會打起瞌睡來。連電影也是如此，她愛看那些無情無理的，亂打亂鬧的電影。只有亂打亂鬧，才能給她一點印像，她需要強烈的刺激。

對於男朋友們，她也往往感到厭煩。他們總不約而同的耍那套不疼不癢的小把戲。他們之中沒有一個李空山。因為厭煩他們，她時時的想念李空山。李空山不會溫柔體貼，可是給了她一些刺激。她可也不敢由他們之中，選擇出一個，製造成個李空山。她須享受，可也得留神；一有了娃娃便萬事皆休。再說，專愛一個男人，別的男人就一定不再送給她禮物，這也是損失。她只好昏昏糊糊的鬼混，她得到了一切，又似乎沒得到一切，連她自己也弄不清到底是怎回事。在迷迷糊糊之中，有時候很偶然的她看出來，她是理應如此，因為她是負著什麼一種使命，一種從日本人占據了北平後所得來的使命。她自己願意這樣，朋友們願意她這樣，她的父母也願意她這樣；這不是使命還是什麼呢？

在她的一些男友之中，較比的倒是新交的幾個伶人還使她滿意。他們的身體強，行動輕佻，言語粗俗。和他們在一處，她幾乎可以忘了她是個女人，而誰也不臉紅的把村話說出來。她覺得這頗健康。

男人捧女伶，女人捧男伶，已經成為風氣，本來不足為奇。不過，她的朋友們往往指摘她不該結交男伶。這又給她不少的苦痛。凡是別人可以作的，她也都可以作，她是負有「使命」的人，不能甘居人後的落伍。她為什麼不可以與男伶為友呢？同時，她又不敢公然的和朋友們開火，絕對不接受他們的批評。她是有「使命」的人，她須到處受人歡迎，好把自己老擺在社會的最前面。她不能隨便得罪人，以至招出個倒彩來。

　　她忙碌，迷糊，勞累；又須算計，又不便多算計；既須大膽，又該留神；感到茫然，又似乎不完全茫然；有了刺激，又仍然空虛。她不知道怎樣才好，又覺得怎樣都好。她瘦了。在不搽粉的時候，她的臉上顯著黃暗，眼睛四圍有個黑圈兒。她有時候想休息休息，而又不能休息，事情逼著她去活動。她不知道自己有病沒有，而只感到有時候是在霧裡飄動。等到搽胭脂抹粉的打扮完了，她又有了自信，她還是很強壯，很漂亮，一點都不必顧慮什麼健康不健康。她學會了吸香菸，也敢喝兩杯強烈的酒。她已找不到了自己的青春，可也並不老蒼。她正好是個有精力，有使命，有人緣，有福氣的小婦人。

　　在這麼奔忙，勞碌，迷惘，得意，痛苦，快樂之中，她只無意中的作了一件好事，她救了桐芳。

　　為避免，或延緩，墮入煙花的危險，桐芳用盡心計抓住了二小姐，她不會太的恨惡招弟，也不想因鼓勵招弟去胡搞而毀滅了招弟。她是被人毀害過了的女人，她不忍看任何的青春女子變成她自己的樣子。她只深恨大赤包與日本人。她不能坐候大赤包把她驅逐到妓院去，一入妓院，她便無法再報仇。所以，她抓住了招弟作為自己的掩蔽。在掩蔽的後面，她只能用力推著它，還給它時時的新增一點土，或幾根木頭，加強它的抵禦力。她不能冷水澆頭的勸告招弟，引起招弟的不快；招弟一討厭了她，她便失去了掩蔽，而大赤包的槍彈隨時可以打到她。

　　招弟年輕，喜歡人家服從她，諂媚她。在最初，她似乎也看出來，桐芳的親善是一種政略。可是，過了幾天，以桐芳的能說會道，多知多懂，善於察顏觀色，她感到了舒服，也就相信桐芳是真心和她交好了。又過了些日子。她不知不覺的信任了桐芳，而對媽媽漸次冷淡起來。不錯，她知道媽媽真的愛她；但是，她已經不是三歲的小娃子，她願意自己也可以拿一個半個主意，不能諸事都由媽媽替她決定。她不願永遠作媽媽的附屬

物。拿件小事情來說：她與媽媽一同出去的時候，就是遇上她自己的青年朋友，他們也必先招呼媽媽，而後才招呼她。她在媽媽旁邊，彷彿只是媽媽的成績展覽品；她的美麗恰好是媽媽的功勞，她自己好像沒有獨自應得的光榮。反之，她若跟桐芳在一起呢，她便是主，而桐芳是賓，她是太陽，而桐芳是月亮了。她覺得舒服。她的話，對桐芳，可以成為命令。她拿不定主意的時候，可以向桐芳商議，而這種商談只顯出親密，與接受命令大不相同。和桐芳在一起，她的光榮確乎完全是她自己的了。而且，桐芳的年紀比媽媽小得多，相貌也還看得過去，所以跟桐芳一塊兒出來進去，她就感到她是初月，而桐芳是月鉤旁的一顆小星，更足以使畫面美麗。跟媽媽在一道呢，人們看一眼老氣橫秋的媽媽，再看一眼美似春花的她，就難免不發笑，像看一張滑稽影片似的。這每每教她面紅過耳。

大赤包的眼睛是不揉沙子的。她一眼便看明白桐芳的用意。可是眼睛不揉沙子的人，心裡可未必不容納幾個沙子。她認準了招弟是異寶奇珍，將來一定可以變成楊貴妃或西太后。一方面她須控制住這個寶貝，一方面也得討小姐的喜歡。假若母女之間為桐芳而發生了衝突，女兒一氣而嫁個不三不四的，長像漂亮而家裡沒有一鬥白米的兔蛋，豈不是自己打碎了自己的瑪瑙盤子翡翠碗麼？不，她不能不網開一面，教小姐在小處得到舒服，而後在大事上好不得不依從媽媽。再說，女兒花是開不久的，招弟必須在全盛時代出了嫁。女兒出嫁後，她再收拾桐芳。不管，不管怎樣，不管到什麼時候，她必須收拾了桐芳；就是到了七老八十，眼看要入墓了，她也得先收拾了桐芳，而後才能死得瞑目。

在這種新的形勢下，卻只苦了高第。她得不到媽媽的疼愛，看不上妹妹的行為，又失去了桐芳的友情。不錯，她了解桐芳的故意冷淡她，但是理智並不能夠完全戰勝了感情。她是個女孩子，她需要戀愛或憐愛。她現在是住在冰窖裡，到處都是涼的，她受不了。她有時候恨自己，為什麼不

放開膽子，闖出北平。有時候，她也想到用結婚結束了這冰窖裡的生活。但是，嫁給誰呢？想到結婚，她便也想到危險，因為結婚並不永遠像吃魚肝油精那麼有益無損。她在家，便感到冷氣襲人；出去，又感到茫茫不知所歸。浪漫吧，怕危險；老實吧，又無聊。她不知怎樣才好。她時常發脾氣，甚至於對桐芳發怒。但是，脾氣越壞，大家就越不喜歡她，只落個自討無趣。不發脾氣吧，人們也並不就體貼她。她變成個有父母姐妹的孤女。有時候，她還到什麼慈善團體去，聽聽說經，隨緣禮拜。可是這也並沒使她得到寧靜與解脫。反之，在鐘磬香燭的空氣裡冷靜一會兒之後，她就更盼望得到點刺激，很像吃了冷酒之後想喝熱茶那樣。無可如何，她只能偷偷的落幾個淚。

天冷起來。買不到煤。每天，街上總有許多凍死的人。日本人把煤都運了走，可是還要表示出他們的善心來。他們發動了冬季義賑遊藝大會，以全部收入辦理粥廠，好教該凍死的人在一息尚存的時節感激日本人。在這意義之外，他們也就手兒又教北平人多消遣一次；消遣便是麻醉。該凍死的總要凍死，他們可是願意看那些還不至於被凍死的聽到鑼鼓，看到熱鬧，好把心靈凍上。對於這次義賑遊藝，他們特別鼓勵青年們加入，能唱的要出來唱，能耍的要出來耍；青年男女若注意到唱與耍，便自然的忘了什麼民族與國家。

藍東陽與胖菊子親自來請招弟小姐參加遊藝。冠家的人們馬上感到興奮，心都跳得很快。冠曉荷心跳著而故作鎮定的說：

「小姐，小姐！時機到了，這回非唱它一兩出不可！」招弟立刻覺得嗓子有點發乾，撒著嬌兒說：「那不行啊！又有好幾天沒吊嗓子啦，詞兒也不熟。上臺？我不能丟那個人去！我還是溜冰吧！」

「丟人？什麼話！我們冠家永遠不作丟人的事，我的小姐！誰的嗓子也不是鐵的，都有個方便不方便。只要你肯上臺，就是放個屁給他們聽

聽，也得紅！反正戲票是先派出去的，我們唱好了，是他們的造化；唱不好，活該！」曉荷興奮得幾乎忘了文雅，目光四射的道出他的「不負責主義」的真理。「是要唱一回！」大赤包氣派極大的說：「學了這麼多的日子，花了那麼多的錢，不露一露算怎麼回事呢？」然後轉向東陽：「東陽，事情我們答應下了！不過，有一個條件：招弟必須唱壓軸！不管有什麼角色，都得讓一步兒！我的女兒不能給別人墊戲！」

　　東陽對於辦義務戲已經有了點經驗。他知道招弟沒有唱壓軸的資格，但是也知道日本人喜歡約出新人物來。扯了扯綠臉，他答應了條件。雖然這裡面有許多困難，他可是曉得在辦不通的時候可以用勢力 —— 日本人的勢力 —— 去強迫參加的人。於是他也順手兒露一露自己的威風：「我教誰唱開場，誰就得唱開場；教誰壓臺誰就壓臺；不論什麼資格，本事！不服？跟日本人說去呀！敢去才怪！」「行頭怎辦呢？我反正不能隨便從『箱』裡提溜出一件就披在身上！要玩，就得玩出個樣兒來！」招弟一邊說，一邊用手心輕輕的拍著臉蛋。

　　高亦陀從外面進來，正聽到招弟的話，很自然的把話接過去：「找行頭，小姐？交給我好啦！要什麼樣的，全聽小姐一聲吩咐，保管滿意！」他今天打扮得特別乾淨整齊，十分像個「跟包」的。

　　打量了亦陀一眼，招弟笑了笑。「好啦，我派你作跟包的！」「得令！」亦陀十分得意的答應了這個美差。

　　曉荷瞪了亦陀一眼。他自己本想給女兒跟包，好隨著她在後臺擠出擠進，能多看看女角兒們。在她上臺的時節，他還可以弄個小茶壺伺候女兒飲場，以便教臺下的人都能看到他。誰知道，這麼好的差事又被亦陀搶了去！

　　「我看哪，」曉荷想減少一些亦陀報效的機會，「我們愣自己作一身新的，不要去借。好財買臉的事，要作就作到了家！」招弟拍開了手。她平

日總以為爸爸不過是媽媽配角兒，平平穩穩的，沒有什麼大毛病，可也不會得個滿堂好兒。今天，爸爸可是像忽然有了腦子，說出她自己要說的話來。「爸爸！真的，自己作一身行頭，夠多麼好玩呀！是的，那夠多麼好玩呀！」她一點也沒想到一身行頭要用多少錢。

大赤包也願意女兒把風頭出得十足，不過她知道一身行頭要花許多錢，而且除了在臺上穿，別無用處。眨一眨眼，她有了主意：「招弟，你老誇嘴，說你的朋友多，現在到用著他們的時候了，看看他們有沒有替你辦點事兒的本事！」招弟又得到了靈感：「對！對！我告訴他們去，我要唱戲，作行頭，看他們肯掏掏腰包不肯。他們要是不肯呀，從此我連用眼角都不再看他們一眼。我又不是他媽的野丫頭，賤骨頭，隨便白陪著他們玩！」把村話說出來，她覺得怪痛快，而且彷彿有點正義感似的。

「小姐！小姐！」曉荷連連的叫：「你的字眼兒可不大文雅！」「還有頭面呢！」亦陀失去代借行頭的機會，趕快想出補救的辦法來。「要是一身新行頭，配上舊頭面，那才難看得要命。我去借，要點翠的，十成新的，準保配得上新行頭！」

把行頭與頭面的問題都討論得差不多了，大赤包主張馬上叫來小文給招弟過一過戲。「光有好行頭，好頭面，而一聲唱不出來，也不行吧？小姐，你馬上就得用功喲！」她派人去叫小文。

小文有小文的身分。你到他家去，他總很客氣的招待；你叫他帶著胡琴找你來，他伺候不著。

大赤包看叫不來小文，立刻變了臉。東陽的臉也扯得十分生動，很想用他的電影把小文「傳」來。倒是招弟攔住了他們：「別胡鬧！人家小文是北平數一數二的琴師！你們殺了他，他也不會來！只要有他，我就砸不了；沒他呀，我準玩完！算了吧，我們先打幾圈吧！」

東陽還有事，大赤包還有事，胖菊子也還有事。可是中國人的事一遇

見麻雀也不怎麼就變成了沒事，大家很快的入了座。

亦陀在大赤包背後看了兩把歪脖子胡，輕輕的溜出去。他去找程長順。

生活的困苦會強迫著人早熟。長順兒長了一點身量，也增長了更多的老氣，看著很像個成人了。自從小崔死後，他就跟丁約翰合作，作了個小生意。這個小生意很奇特而骯髒。丁約翰是發現者。在英國府，他常看到街上一大車一大車的往日本使館和兵營拉舊布的軍服。軍服分明是棉的，因為上下身都那麼厚墩墩的。可是，份量很輕，每一車都堆得很高，而拉車的人或馬似乎並不很吃力。這引起他的好奇心。他找了個在日本軍營作工友的打聽打聽。那個工友是他的朋友——在使館區作工友的都自成一幫——可是不肯痛痛快快的告訴他那到底是怎回事。丁約翰，身為英國府的擺臺的，當然有些看不起在日本軍營作工友的朋友，本想揚著臉走開，不再探問。可是，福至心靈，他約那個朋友去喝兩杯酒。以一個世襲基督教徒而言，他向來反對吃酒；但是，為了滿足自己的好奇心，他只好對上帝告個便。

酒果然有靈驗，三杯下去，那個朋友口吐了真言。那是這樣一回事：日本在華北招收了許多偽軍，到了冬天當然要給他們每人一身棉軍衣。可是，華北的棉花已都被日本人運回國去，不能為偽軍再運回來。於是日本的策士們埋頭研究了許多日子，發明瞭一種代用品。這種代用品無須用機器造，也無須在上海或天津定做，而只需要一些破布與爛紙就能作成。這就是丁約翰所看到的一車一車的軍衣。這種軍衣一碰就破，一溼就黴；就是在最完好的時候，穿上也不擋寒。雖然如此，偽軍可是到底得著了軍衣——日本人管它叫做軍衣，它便是軍衣。

這批軍衣的承做者是個日本人。日本人使館的工友們賄賂了這日本人，取得了特權去委託他們自己的親友製作。那位朋友也便是得到特權的一個。

丁約翰向來看不起日本人，不為別的，而只為他自己是在英國府作事 —— 他以為英國府的一個僕人也比日本使館的參贊或祕書還要高貴的多。對於這件以爛紙破布作軍服的事，從他的基督徒的立場來說，也是違反上帝的旨意的，因為這是欺騙。無論從哪方面看吧，他都應該對這件事不發生興趣，而只付之一笑。但是，他到底是個人；人若見了錢而還不忘了英國府與上帝，還成為人麼？他決定作個人，即便是把靈魂交給了魔鬼。況且他覺得這樣賺幾個錢，並不能算犯罪，因為他賺的是日本人的錢。至於由他手裡製造出那種軍服的代用品，是否對得起那些兵士們，他以為無須考慮，因為偽軍都是中國人，而他是向來不把中國人放在心上的。

整花了十天的工夫，他和那個朋友變成了莫逆。凡是該往冠家送的奶油，罐頭，與白蘭地，都送到那個朋友的家中去。這樣，他分到了一小股特權，承辦一千套軍衣。得到這點特權之後，他十分虔敬的作了禮拜，領了聖餐，並且獻了五角錢，（平日作禮拜，他只獻一角，）感謝上帝。然後，他決定找長順合作，因為在全衚衕之中只有長順最誠實，而且和他有來往。

約翰的辦法是這樣的：他先預支一點錢，作為資本。然後，他教長順去收買破布，破衣服，和爛紙。破衣服若是棉的，便將棉花抽出來，整理好再賣出去。賣舊棉花的利錢，他和長順三七分帳；他七成，長順三成。這不大公平，但是他以為長順既是個孩子，當然不能和一個成人，況且是世襲基督徒，平分秋色。把破布破衣服買來，須由長順洗刷乾淨，而後拼到一塊 ——「你的外婆總會作這個的，找小崔寡婦幫幫忙也行；總之，這是你的事，你怎辦怎好。」拼好了破布，把爛紙絮在裡面 ——「紙不要弄平了，那既費料子，又顯著單薄，頂好就那麼團團著放進去，好顯出很厚實；份量也輕，省腳力。」絮好，粗枝大葉的一縫，再橫豎都「行」上幾

道，省得用手一提，紙就都往下面墜，變成了破紙口袋。「這些，」約翰懇切的囑咐：「都由你作。你跑路，用水，用針線，幹工作，我都不管；每套作成，我給你一塊錢。一千套就是一千塊呀！你可是得有帳。我交給你多少錢，用了多少錢 —— 只算買材料喲，車錢，水錢什麼的，都不算喲！ —— 你每天要報帳；我不在家，你報給我太太聽。帳目清楚，軍衣作得好，我才能每套給你一塊錢；哪樣有毛病，我都扣你的錢，聽明白了沒有？我是基督徒，作事最清楚公道，親是親，財是財，要分得明明白白！你懂？」這末兩個字是用英文說的，以便增加言語的威力。

　　沒詳細考慮，程長順一下子都答應了。他顧不得計算除了車錢，水錢，燈油錢，針線錢，一塊錢還能剩下多少。他顧不得盤算，去收買，去整理，去洗刷，去拼湊，去縫起，去記帳，要出多少勞力，費多少時間。他只看見了遠遠的那一千元。他只覺得這可以解決了他與外婆的生活問題。自從留聲機沒人再聽，外婆的法幣丟掉之後，他不單失了業，而且受到飢寒的威脅。他久想作個小生意，可是一來沒有資本，二來對什麼都外行，他不肯冒險去借錢作生意，萬一舍了本兒，他怎麼辦呢？他是外婆養大的，知道謹慎小心。可是，閒著又沒法兒得到吃食，他著急。半夜裡聽到外婆的長吁短嘆，他往往蒙上頭偷偷的落淚。他對不起外婆，外婆白養起他來，外婆只養大了一個廢物！

　　他想不到去計算，或探聽，丁約翰空手抓餅，不跑一步路，不動一個手指，幹賺多少錢。他只覺得應該感激約翰。約翰有個上帝，所以約翰應當發財。長順也得到了個上帝，便是丁約翰！他須一秉忠心的去作，一個銅板的詭病不能有，一點也不偷懶，好對起外婆與新來的上帝！

　　長順忙了起來。一黑早他便起來，到早市上去收買破布爛紙，把它們背了回來。那些破爛的本身雖然沒有很大的份量，可是上面的泥汙增加了它們的斤兩，他咬著牙揹負它們，非至萬不得已，絕不僱車，他的汗溼透

了他的衣褲。他可是毫無怨言，這是求生之道，這也是孝敬外婆的最好的表示。

把東西死扯活掖的弄到家中，他須在地上蹲好大半天才能直起腰來。他本當到床上躺一會兒，可是他不肯，他不能教外婆看出他已筋疲力盡，而招她傷心。

這些破東西，每一片段都有它特立獨行的味道；合在一起，那味道便無可形容，而永遠使人噁心要吐。因此，長順不許外婆動手，而由他自己作第一遍的整理。他曉得外婆愛乾淨。

第一，他須用根棍子敲打它們一遍，把浮土打起來。第二，他再逐一的撿起來，抖一抖，抖去沙土，也順手兒看看，哪一塊上的汙垢是非過水不能去掉的。第三，他須把應洗刷的浸在頭號的大瓦盆裡。第四，把髒布都浸透，他再另用一大盆清水，刷洗它們。而後，第五，他把大塊的小塊的，長的短的，年齡可是都差不多的，搭在繩索上，把它們曬乾。

這打土與抖土的工作，使四號的小院子馬上變成一座沙陣，對面不見人，像有幾匹野馬同時在土窩裡打滾似的。灰土遮住了一切，連屋脊上門樓上都沙霧迷茫，把簷下的麻雀都害得不住的咳嗽而搬了家。這沙陣不單濃厚，而且腥臭，連隔壁的李四大媽的鼻子都懷疑了自己，一勁兒往四處探索，而斷定不了到底那是什麼味道。打完一陣，細的灰沙極其逍遙自在的在空中搖盪，而後找好了地方，落在人的頭髮上，眉毛上，脖領裡，飯碗上，衣縫中，使大家證明自己的確是「塵世間」的人物。等灰土全慢慢的落下去，長順用棍子抽打抽打自己的身上，馬上院中就又起了一座規模較小，而照樣惱人的，灰陣。他的牙上都滿是細 —— 可是並非不臭 —— 的沙子。

馬老太太，因為喜歡乾淨，實在受不住外孫這樣天天設擺迷魂陣。她把門窗都堵得嚴嚴的，可是臭灰依然落在她的頭上，眉上，衣服上，與一

切傢俱上。可是，她不能攔阻外孫，更不肯責備他。他的確是要強，為養活她才起早睡晚的作這個髒臭的營生。她只好用手帕把頭包起來，隨手的擦抹桌凳。聽著外孫抖完了那些髒布，她趕快扯下來頭上的手帕，免得教外孫看見而多心。

小崔太太當然也躲不開這個災難，她可是也一聲不出。她這些日子的生活費是長順給她弄來的。她只能感激他，不能因為一些臭灰沙而說閒話。金錢而外，她需要安慰與愛護，而馬老太太與長順是無微不至的體貼她，幫助她。她睜開眼，世上已沒有一個親人。她雖有個親哥哥，可是他不大要強。他什麼事都作，只是不作好事。假若他知道了她每月能由高亦陀那裡領十塊錢，他必會來擠去三四塊；他只認識錢，不管什麼叫同胞手足。近來，她聽說，他已經給日本人作了事。她恨日本人，日本人無緣無故的砍去了她丈夫的頭。因此，她更不願意和給日本人作事的哥哥有什麼來往。兄妹既斷絕了往來，她的世界上只剩了她自己，假若沒有馬老太太與長順，她實在不曉得自己怎麼活下去。不，她決定不能嫌憎那些臭灰。反之，她須幫助長順去工作。長順給她工錢呢，她接著；不給呢，也沒多大關係。

在小崔被李四爺抬埋了以後，她病了一大場。她不吃不喝，而只一天到晚的昏睡，有時候發高燒。在發燒的時節，她喊叫小崔，或破口罵日本人。燒過去了一陣，她老實了，鼻翅搧動著，昏昏的睡去。馬老太太，在小崔活著的時候，並不和小崔太太怎樣親近，一來是因為小崔好罵人，她聽不慣；二來是小崔夫婦總算是一家人，而她自己不過是個老寡婦，也不便多管閒事。及至小崔太太也忽然的變成寡婦，馬老太太很自然的把同情心不折不扣的都拿出來。她時時的過來，給小崔太太倒碗開水，或端過一點粥來，在小崔太太亂嚷亂叫的時節，老太太必定過來拉著病人的手。趕到她鬧得太兇了，老太太才把李四媽請過來商議辦法。等她昏昏的睡去，

老太太還不時的到窗外，聽一聽動靜。此外，老太太還和李四媽把兩個人所有的醫藥知識湊在一處，斟酌點草藥或偏方，給小崔太太吃。

時間，偏方，與情義，慢慢的把小崔太太治好。她還忘不了小崔，但是時間把小崔與她界劃得十分清楚了，小崔已死，她還活著 —— 而且還須活下去。

在她剛剛能走路的時候，她力逼著李四大爺帶她去看看小崔的墳。穿上孝袍，拿著二角錢的燒紙，她滴著淚，像一頭剛會走路的羊羔似的跟在四大爺的後邊，淚由家中一直滴到先農壇的西邊。在墳上，她哭得死去活來。

淚灑淨了，她開始注意到吃飯喝水和其他的日常瑣事。她的身體本來不壞，所以恢復得相當的快。由李四媽陪伴著，她穿著孝衣，在各家門口給幫過她忙與錢的鄰居都道了謝。這使她又來到世界上，承認了自己是要繼續活下去的。

李四爺和孫七，長順，給募的那點錢，並沒用完，老人對著孫七與長順，把餘款交給了她。長順兒又每月由高亦陀那裡給她領十元的「救濟費」。她一時不至於挨餓受凍。

慢慢的，她把屋子整理得乾乾淨淨，不再像小崔活著的時候那麼亂七八糟了。她開始明白馬老太太為什麼那樣的喜清潔 —— 馬老太太是寡婦，喜清潔會使寡婦有點事作。把屋子收拾乾淨，她得到一點快樂，雖然死了丈夫，可是屋中倒有了秩序。不過，在這有秩序的屋子中坐定，她又感到空虛。不錯，那點兒破桌子爛板凳確是被她擦洗得有了光澤，甚至於像有了生命；可是它們不會像小崔那樣歡蹦亂跳，那樣有火力。對著靜靜的破桌椅，她想起小崔的一切。小崔的愛，小崔的汗味，小崔的亂說，小崔的胡鬧，都是好的；無論如何，小崔也比這些死的東西好。屋中越有秩序，屋子好像就越空闊，屋中的四角彷彿都加寬了許多，哪裡都可以容她立一會兒，或坐一會兒，可是不論是立著還是坐著，她都覺得冷靜寂寞，

而沒法子不想念小崔。小崔，在活著的時候，也許進門就跟她吵鬧一陣，甚至於打她一頓。但是，那會使她心跳，使她忍受或反抗，那是生命。現在，她的心無須再跳了，可是她喪失了生命；小崔完全死了，她死了一半。

　　她的身上也比從前整齊了好多。她有工夫檢點自己，和照顧自己了。以前，她彷彿不知道有自己，而只知道小崔。她須作好了飯 ── 假若有米的話 ── 等著小崔，省得小崔進門就像飢狼似的喊餓。假若作好了飯，而他還沒有回來，她得設法保持飯菜的熱氣，不能給他冷飯吃。他的衣服，當天換上，當天就被汗漚透，非馬上洗滌不可，而他的衣服又是那麼少，遇上陰天或落雨就須設法把它們烘乾。他的鞋襪是那麼容易穿壞，彷彿腳上有幾個鋼齒似的。一眨眼就會鑽幾個洞。她須馬不停蹄的給他縫補，給他製做。她的工夫完全用在他的身上，顧不得照顧她自己。現在，她開始看她自己了，不再教褂子露著肉，或襪子帶著窟窿。身上的整潔恢復了她的青春，她不再是個受氣包兒與小泥鬼，而是個相當體面的小婦人了。可是，青春只回來一部分，她的心裡並沒感到溫暖。她的臉上只是那麼黃黃的很乾淨，而沒有青春的血色。她不肯愁眉皺眼的，一天到晚的長吁短嘆，可是有時候發呆，愣著看她自己的褂子或布鞋。她彷彿不認識了自己。這相當體面，潔淨的她，倒好像是另一個人。她還是小崔太太，又不是小崔太太。她不知到底自己是誰。愣著，愣著，她會不知不覺的自言自語起來。及至意識到自己是在說話，她忽然的紅了臉，閉緊了嘴，而想趕快找點事作。但是，幹什麼呢？她想不出。小崔若活著，她老有事作；現在，沒有了小崔，她也就失去了生活的發動機。她還年輕，可是又彷彿已被黃土埋上了一半。

　　無論怎樣無聊，她也不肯到街門口去站立一會兒。非至萬不得已，她也不到街上去；買塊豆腐，或打一兩香油什麼的，她會懇託長順給捎來。

她是寡婦，不能隨便的出頭露面，給小崔丟人。就是偶然的上一趟街，她也總是低著頭，直來直去，不敢貪熱鬧。憑她的年齡，她應當蹦蹦跳跳的，但是，她必須低著頭；她已不是她自己，而是小崔的寡婦。她的低頭疾走是對死去的丈夫負責，不是心中有什麼對不起人的事。一個寡婦的責任是自己要活著，還要老揹著一塊棺材板。這，她才明白了馬老太太為什麼那樣的謹慎，沉穩。對她，小崔的死亡，差不多是一種新的教育與訓練。她必須非常的警覺，把自己真變成個寡婦。以前，她幾乎沒有考慮過，她有什麼人格，和應當避諱什麼。她就是她，她是小崔的老婆。小崔拉她出來，在門外打一頓，就打一頓；她能還手，就還給他幾拳，或咬住他的一塊肉；這都沒有什麼可恥的地方。小崔給她招來恥辱，也替她撐持恥辱。她的褂子露著一塊肉，就露著一塊肉，沒關係；小崔會，彷彿是，遮住那塊肉，不許別人多看她一眼。如今，她可須知道恥辱，須遮起她的身體。她是寡婦，也就必須覺到自己是個寡婦。寡婦的世界只是一間小小的黑暗的牢房，她須自動的把自己鎖在那裡面。

因此，她不單不敢抱怨長順兒擺起灰沙陣，而且覺得從此可以不再寂寞。她願意幫馬老太太的忙。長順兒自然不肯教她白幫忙，他願出二角錢，作為縫好一身「軍衣」的報酬；針線由他供給，小崔太太沒有謝絕這點報酬，也沒有嫌少；她一撲納心的去操作。這樣，她可以不出門，而有點收入與工作，恰好足以表示出她是安分守己的，不偷懶的寡婦。

孫七，也是愛潔淨的人，沒法忍受這樣的烏煙瘴氣。他發了脾氣。「我說長順兒，這是怎回事？你老大不小的了，怎麼才學會了撒土攘煙兒呀？這成什麼話呢，你看看，」他由耳中掏出一小塊泥餅來，「你看看，連耳朵裡都可以種麥子啦！還腥臭啊！灰土散了之後，可倒好，你又開了小染房，花紅柳綠的掛這麼一院子破布條！我頂討厭這溼漉漉的東西碰我的腦袋！」

　　長順確是老練多了。擱在往日，他一定要和孫七辯論個水落石出；他一來看不起孫七，二來是年輕氣壯，不惜為辯論而辯論的作一番舌戰。今天，他可是閉住了嘴，決定一聲不響。第一，他須保守祕密，不能山嚷鬼叫的宣佈自己的「特權」；好傢夥，要教別人都知道了，自己的一千元不就動搖了麼？第二，他以為自己已是興家創業的人，差不多可以與祁老人和李四爺立在一塊兒了，怎好因並不住嘴而耽誤了工夫呢？孫七說閒話，由他說去吧；賺錢是最要緊的事。是的，他近來連打日本人的事都不大關心了，何況是孫七這點閒話呢？他沉住了氣，連看孫七一眼也沒看。反正，他知道，自己賣力氣賺錢，養活外婆，總不是丟臉的事；幹嘛辯論呢？可是，他越不出聲，孫七就越沒結沒完。孫七喜歡拌嘴；假若長順能和他粗著脖子紅著筋的亂吵一陣，他或者可以把這場破布官司忘掉，而從爭辯中得到點愉快。長順的一語不發，對於他，是最慘酷的報復。

　　幸而，馬老太太與小崔太太，一老一少兩位寡婦，出來給他道歉，他才鳴金收兵。

　　這樣對付了孫七，長順暗中非常得意。他有了自信心。他不單已經不是個只會揹著留聲機在小衚衕裡亂轉，時常被人取笑的孩子，而且變成個有辦法，有心路，有志氣的青年。什麼孫七孫八的，他才不惹閒氣。有一千元到手，他將是個……是個什麼呢？他想不出。可是，他總會變成比今天更好的人是不會錯的。

　　高亦陀找了他來。他完了。他對付不了高亦陀。他不單還是個孩子，而且是個傻蛋！他失去了自信。

第 59 幕　奸商掌櫃

　　天佑老頭兒簡直不知道怎麼辦好了。他是掌櫃的，他有權調動，處理，鋪子中的一切。但是，現在他好像變成毫無作用，只會白吃三頓飯的人。冬天到了，正是大家添冬衣的時節，他卻買不到棉花，買不到布匹。買不進來，自然就沒有東西可賣，十個照顧主兒進來，倒有七八個空手出去的。當初，他是在北平學的徒；現在，他是在北平領著徒。他所學的，和所教給別人的，首要的是規矩客氣，而規矩客氣的目的是在使照顧主兒本想買一個，而買了兩個或三個；本想買白的，而也將就了灰的。顧客若是空著手出去，便是鋪子的失敗。現在，天佑天天看見空手出去的人，而且不止一個。他沒有多少東西可賣。即使人家想多買，他也拿不出來。即使店夥的規矩客氣，可以使買主兒活了心，將就了顏色與花樣，他也沒有足以代替的東西；白布或者可以代替灰布，但是白布不能代替青緞。他的規矩客氣已失去了作用。

　　鋪中只有那麼一些貨，越賣越少，越少越顯著寒傖。在往日，他的貨架子上，一格一格的都擺著折得整整齊齊的各色的布，藍的是藍的，白的是白的，都那麼厚厚的，嶄新的，安靜的，溫暖的，擺列著；有的發著點藍靛的溫和的味道，有的發著些悅目的光澤。天佑坐在靠進鋪門的，覆著厚藍布棉墊子的大凳上，看著格子中的貨，聞著那點藍靛的味道，不由的便覺到舒服，愉快。那是貨物，也便是資本；那能生利，但也包括著信用，經營，規矩等等。即使在狂風暴雨的日子，一天不一定有一個買主，也沒有多大關係。貨物不會被狂風吹走，暴雨沖去；只要有貨，遲早必遇見識貨的人，用不著憂慮。在他的大凳子的盡頭，總有兩大席簍子棉花，雪白，柔軟，暖和，使他心裡發亮。

　　一斜眼，他可以看到內櫃的一半。雖然他的主要的生意是布匹，他可是也有個看得過眼的內櫃，陳列著綾羅綢緞。這些細貨有的是用棉紙包著斜立在玻璃櫥裡，有的是摺好平放在矮玻璃櫃子裡的。這裡，不像外櫃那樣樸素，而另有一種情調，每一種貨都有它的光澤與尊嚴，使他想像到蘇杭的溫柔華麗，想像到人生的最快樂的時刻 —— 假若他的老父親慶八十大壽，不是要做一件紫的或深藍或古銅色的，大緞子夾袍麼？哪一對新婚夫婦不要穿上件絲織品的衣服呢？一看到內櫃，他不單想到豐衣足食，而且也想到昇平盛世，連鄉下聘姑娘的也要用幾匹綢緞。

　　一年三百六十五天，他幾乎老在鋪子裡，從來也沒討厭過他的生活與那些貨物。他沒有野心，不會胡思亂想，他像一條小魚，只要有清水與綠藻便高興的游泳，不管那是一座小湖，還是一口磁缸子。

　　現在，兩簍棉花早已不見了，只剩下空簍子在後院裡扔著。外櫃的格子，空了一大半。最初，天佑還叫夥計們把貨勻一勻，儘管都擺不滿，可也沒有完全空著的。漸漸的，勻也勻不及了；空著的只好空著。在自己的鋪子裡，天佑幾乎不敢抬頭，那些空格子像些四方的，沒有眼珠的眼睛，晝夜的瞪著他，嘲弄他。沒法子，他只好把空格用花紙糊起來。但是，這分明是自欺；難道糊起來便算有貨了麼？

　　格子多一半糊起來，櫃檯裡只坐著一個老夥計 —— 其餘的人都辭退了。老夥計沒事可作，只好打盹兒。這不是生意，而是給作生意的丟人呢！內櫃比較的好看一些，但是看著更傷心。綢緞，和婦女的頭髮一樣，天天要有新的花樣。擱過三個月，就沒有再賣出的希望；半年就成了古董 —— 最不值錢的古董。綢緞比布匹剩的多，也就是多剩了賠錢貨。內櫃也只剩下一個夥計，他更沒事可作。無可如何，他只好勤擦櫥子與櫃子上的玻璃。玻璃越明，舊綢緞越顯出黯淡，白的發了黃，黃的發了白。天佑是不愛多說話的人，看著那些要同歸於盡的，用銀子買來的細貨，他更

不肯張嘴了。他的口水都變成了苦的，一口一口的嚥下去。他的體面，忠實，才能，經驗，尊嚴，都忽然的一筆勾消。他變成了一籌莫展，和那些舊貨一樣的廢物。

沒有野心的人往往心路不寬。天佑便是這樣。表面上，他還維持著鎮定，心裡可像有一群野蜂用毒刺蜇著他。他偷偷的去看鄰近的幾家鋪戶。點心鋪，因為缺乏麵粉，也清鍋子冷竈。茶葉鋪因為交通不便，運不來貨，也沒有什麼生意好作。豬肉舖裡有時候連一塊肉也沒有。看見這種景況，他稍為鬆一點心：是的，大家都是如此，並不是他自己特別的沒本領，沒辦法。這點安慰可僅是一會兒的。在他坐定細想想之後，他的心就重新縮緊，比以前更厲害，他想，這樣下去，各種營業會一齊停頓，豈不是將要一齊凍死餓死麼？那樣，整個的北平將要沒有布，沒有茶葉，沒有麵粉，沒有豬肉，他與所有的北平人將怎樣活下去呢？想到這裡，他不由的想到了國家。國亡了，大家全得死；千真萬確，全得死！想到國家，他也就想起來三兒子瑞全。老三走得對，對，對！他告訴自己。不用說老父親，就是他自己也毫無辦法，毫無用處了。哼，連長子瑞宣 ── 那麼有聰明，有人格的瑞宣 ── 也沒多大的辦法與用處！北平完了，在北平的人當然也跟著完蛋。只有老三，只有老三，逃出去北平，也就有了希望。中國是不會亡的，因為瑞全還沒投降。這樣一想，天佑才又挺一挺腰板，從口中吐出一股很長的白氣來。

不過，這也只是一點小小的安慰，並解救不了他目前的困難。不久，他連這點安慰也失去，因為他忙起來，沒有工夫再想念兒子。他接到了清查貨物的通知。他早已聽說要這樣辦，現在它變成了事實。每家鋪戶都須把存貨查清，極詳細的填上表格。天佑明白了，這是「奉旨抄家」。等大家把表格都辦好，日本人就清清楚楚的曉得北平還一共有多少物資，值多少錢。北平將不再是有湖山宮殿之美的，有悠久歷史的，有花木魚鳥的，

一座名城，而是有了一定價錢的一大塊產業。這個產業的主人是日本人。

　　鋪中的人手少，天佑須自己動手清點貨物，填寫表格。不錯，貨物是不多了，但是一清點起來，便不會太簡單。他知道日本人都心細如髮，他若粗枝大葉的報告上去，必定會招出麻煩來。他須把每一塊布頭兒都重新用尺量好，一寸一分不差的記下來，而後一分一釐不差的算好它們的價錢。

　　這樣的連夜查點清楚，計算清楚，他還不敢正式的往表上填寫。他不曉得應當把貨價定高，還是定低。他知道那些存貨的一多半已經沒有賣出去的希望，那麼若是定價高了，貨賣不出去，而日本人按他的定價抽稅，怎樣辦呢？反之，他若把貨價定低，賣出去一定賠錢，那不單他自己吃了虧，而且會招同業的指摘。他皺上了眉頭。他只好到別家布商去討教。他一向有自己的作風與辦法，現在他須去向別人討教。他還是掌櫃的，可是失去了自主權。

　　同業們也都沒有主意。日本人只發命令，不給誰詳細的解說。命令是命令，以後的辦法如何，日本人不預先告訴任何人。日本人征服了北平，北平的商人理當受盡折磨。

　　天佑想了個折衷的辦法，把能賣的貨定了高價，把沒希望賣出的打了折扣，他覺得自己相當的聰明。把表格遞上去以後，他一天到晚的猜測，到底第二步辦法是什麼。他猜不出，又不肯因猜不出而置之不理；他是放不下事的人。他煩悶，著急，而且感覺到這是一種汙辱 —— 他的生意，卻須聽別人的指揮。他的已添了幾根白色的鬍子常常的豎立起來。

　　等來等去，他把按照表格來查貨的人等了來 —— 有便衣的，也有武裝的，有中國人，也有日本人。這聲勢，不像是查貨，而倒像捉捕江洋大盜。日本人喜歡把一粒芝麻弄成地球那麼大。天佑的體質相當的好，輕易不鬧什麼頭疼腦熱。今天，他的頭疼起來。查貨的人拿著表格，他拿著

尺，每一塊布都須重新量過，看是否與表格上填寫的相合。老人幾乎忘了規矩與客氣，很想用木尺敲他們的嘴巴，把他們的牙敲掉幾個。這不是辦事，而是對口供；他一輩子公正，現在被他們看作了詭弊多端的慣賊。

這一關過去了，他們沒有發現任何弊病。但是，他缺少了一段布。那是昨天賣出去的。他們不答應。老人的臉已氣紫，可是還耐著性兒對付他們。他把流水帳拿出來，請他們過目，甚至於把那點錢也拿出來：「這不是？原封沒動，五塊一角錢！」不行，不行！他們不能承認這筆帳！這一案還沒了結，他們又發現了「弊病」。為什麼有一些貨物定價特別低呢？他們調出舊帳來：「是呀，你定的價錢，比收貨時候的價錢還低呀！怎回事？」

天佑的鬍子嘴顫動起來。嗓子裡噎了好幾下才說出話來：「這是些舊貨，不大能賣出去，所以……」不行，不行！這分明是有意搗亂，作生意還有願意賠錢的麼？

「可以不可以改一改呢？」老人強擠出一點笑來。「改？那還算官事？」

「那怎麼辦呢？」老人的頭疼得像要裂開。

「你看怎麼辦呢？」

老人像一條野狗，被人們堵在牆角上，亂棍齊下。

大夥計過來，向大家敬菸獻茶，而後偷偷的扯了扯老人的袖子：「遞錢！」

老人含著淚，承認了自己的過錯，自動的認罰，遞過五十塊錢去。他們無論如何不肯收錢，直到又添了十塊，才停止了客氣。

他們走後，天佑坐在椅子上，只剩了哆嗦。在軍閥內戰的時代，他經過許多不近情理的事。但是，那時候總是由商會出頭，按戶攤派，他既可

以根據商會的通知報帳，又不直接的受軍人的辱罵。今天，他既被他們叫做奸商，而且拿出沒法報帳的錢。他一方面受了汙辱與敲詐，還沒臉對任何人說。沒有生意，鋪子本就賠錢，怎好再白白的丟六十塊呢？

　　呆呆的坐了好久，他想回家去看看。心中的委屈不好對別人說，還不可以對自己的父親，妻，兒子，說麼？他離開了鋪子。可是，只走了幾步，他又打了轉身。算了吧，自己的委屈最好是存在自己心中，何必去教家裡的人也跟著難過呢。回到鋪中，他把沒有上過幾轉身的，皮板不會太整齊的，狐皮袍找了出來。是的，這件袍子還沒穿過多少次，一來因為他是作生意的，不能穿得太闊氣了，二來因為上邊還有老父親，他不便自居年高，隨便穿上狐皮 —— 雖然這是件皮板不會太整齊值錢的狐皮袍。拿出來，他交給了大夥計：「你去給我賣了吧！皮子並不怎麼出色，可還沒上過幾次身兒；面子是真正的大緞子。」

　　「眼看就很冷了，怎麼倒賣皮的呢？」大夥計問。「我不愛穿它！放著也是放著，何不換幾個錢用？乘著正要冷，也許能多賣幾個錢。」

　　「賣多少呢？」

　　「瞧著辦，瞧著辦！五六十塊就行！一買一賣，出入很大；要賣東西就別想買的時候值多少錢，是不是？」天佑始終不告訴大夥計，他為什麼要賣皮袍。

　　大夥計跑了半天，四十五塊是他得到的最高價錢。「就四十五吧，賣！」天佑非常的堅決。

　　四十五塊而外，又東拼西湊的弄來十五塊，他把六十元還給櫃上。他可以不穿皮袍，而不能教櫃上白賠六十塊。他應當，他想，受這個懲罰；誰教自己沒有時運，生在這個倒楣的時代呢。時運雖然不好，他可是必須保持住自己的人格，他不能毫不負責的給鋪子亂賠錢。

又過了幾天，他得到了日本人給他定的物價表。老人細心的，一款一款的慢慢的看。看完了，他一聲沒出，戴上帽頭，走了出去，他出了平則門。城裡彷彿已經沒法呼吸，他必須找個空曠的地方去呼吸，去思索。日本人所定的物價都不列成本的三分之二，而且絕對不許更改；有擅自更改的，以抬高物價，擾亂治安論，槍斃！

護城河裡新放的水，預備著西北風到了，凍成堅冰，好打冰儲藏起來。水流得相當的快，可是在靠岸的地方已有一些冰凌。岸上與別處的樹木已脫盡了葉子，所以一眼便能看出老遠去。淡淡的西山，已不像夏天雨後那麼深藍，也不像春秋佳日那麼爽朗，而是有點發白，好像怕冷似的。陽光很好，可是沒有多少熱力，連樹影人影都那麼淡淡的，枯小的，像是被月光照射出來的。老人看一眼遠山，看一眼河水，深深的嘆了口氣。

買賣怎麼作下去呢？貨物來不了。報歇業，不准。稅高。好，現在，又定了官價——不賣吧，人家來買呀；賣吧，賣多少賠多少。這是什麼生意呢？

日本人是什麼意思呢？是的，東西都有了一定的價錢，老百姓便可以不受剝削；可是作買賣的難道不是老百姓麼？作買賣的要都賠得一塌胡塗，誰還添貨呢？大家都不添貨，北平不就成了空城了麼？什麼意思呢？老人想不清楚。

呆呆的立在河岸上，天佑忘了他是在什麼地方了。他思索，思索，腦子裡像有個亂轉的陀螺。越想，心中越亂，他恨不能一頭紮在水裡去，結束了自己的與一切的苦惱。

一陣微風，把他吹醒。眼前的流水，枯柳，衰草，好像忽然更真切了一些。他無意的摸了摸自己的腮，腮很涼，可是手心上卻出著汗，腦中的陀螺停止了亂轉。他想出來了！很簡單，很簡單，其中並沒有什麼深意，沒有！那只是教老百姓看看，日本人在這裡，物價不會抬高。日本人有辦

法，有德政。至於商人們怎麼活著，誰管呢！商人是中國人，餓死活該！商人們不再添貨，也活該！百姓們買不到布，買不到棉花，買不到一切，活該！反正物價沒有漲！日本人的德政便是殺人不見血。

　　想清楚了這一點，他又看了一眼河水，急快的打了轉身。他須去向股東們說明他剛才所想到的，不能胡胡塗塗的就也用「活該」把生意垮完，他須交代明白了。他的厚墩墩的腳踵打得地皮出了響聲，像奔命似的他進了城。他是心中放不住事的人，他必須馬上把事情搞清楚了，不能這麼半死不活的閉著眼混下去。

　　所有的股東都見到了，誰也沒有主意。誰都願意馬上停止營業，可是誰也知道日本人不准報歇業。大家都只知道買賣已毫無希望，而沒有一點挽救的辦法。他們只能對天佑說：「再說吧！你多為點難吧！誰教我們趕上這個……」大家對他依舊的很信任，很恭敬，可是任何辦法也沒有。他們只能教他去看守那個空的蛤殼，他也只好點了頭。

　　無可如何的回到鋪中，他只呆呆的坐著。又來了命令：每種布匹每次只許賣一丈，多賣一寸也得受罰。這不是命令，而是開玩笑。一丈布不夠作一身男褲褂，也不夠作一件男大衫的。日本人的身量矮，十尺布或者將就夠作一件衣服的；中國人可並不都是矮子。天佑反倒笑了，矮子出的主意，高個子必須服從，沒有別的話好講。「這倒省事了！」他很難過，而假裝作不在乎的說：「價錢有一定，長短有一定，我們滿可以把算盤收起去了！」說完，他的老淚可是直在眼圈裡轉。這算哪道生意呢！經驗，才力，規矩，計劃，都絲毫沒了用處。這不是生意，而是給日本人做裝飾 —— 沒有生意的生意，卻還天天挑出幌子去，天天開著門！

　　他一向是最安穩的人，現在他可是不願再老這麼呆呆的坐著。他已沒了用處，若還像回事兒似的坐在那裡，充掌櫃的，他便是無聊，不知好歹。他想躲開鋪子，永遠不再回來。

　　第二天，他一清早就出去了。沒有目的，他信馬由韁的慢慢的走。經過一個小攤子，也立住看一會兒，不管值得看還是不值得看，他也要看，為是消磨幾分鐘的工夫。看見個熟人，他趕上去和人家談幾句話。他想說話，他悶得慌。這樣走了一兩個鐘頭，他打了轉身。不行，這不像話。他不習慣這樣的吊兒郎噹。他必須回去。不管鋪子變成什麼樣子，有生意沒有，他到底是個守規矩的生意人，不能這樣半瘋子似的亂走。在鋪子裡呆坐著難過，這樣的亂走也不受用；況且，無論怎樣，到底是在鋪子裡較比的更像個主意人。

　　回到鋪中，他看見櫃檯上堆著些膠皮鞋，和一些殘舊的日本造的玩具。

　　「這是誰的？」天佑問。

　　「剛剛送來的。」大夥計慘笑了一下。「買一丈綢緞的，也要買一雙膠皮鞋；買一丈布的也要買一個小玩藝兒；這是命令！」

　　看著那一堆單薄的，沒後程的日本東西，天佑愣了半天才說出話來：「膠皮鞋還可以說有點用處，這些玩藝兒算幹什麼的呢？況且還是這麼殘破，這不是硬敲買主兒的錢嗎？」大夥計看了外邊一眼，才低聲的說：「日本的工廠大概只顧造槍炮，連玩藝兒都不造新的了，準的！」

　　「也許！」天佑不願意多討論日本的工業問題，而只覺得這些舊玩具給他帶來更大的汙辱，與更多的嘲弄。他幾乎要發脾氣：「把它們放在後櫃去，快！多年的老字號了，帶賣玩藝兒，還是破的！趕明兒還得帶賣仁丹呢！哼！」

　　看著夥計把東西收到後櫃去，他泡了一壺茶，一杯一杯又一杯的慢慢喝。這不像是喫茶，而倒像拿茶解氣呢。看著杯裡的茶，他想起昨天看見的河水。他覺得河水可愛，不單可愛，而且彷彿能解決一切問題。他是心路不甚寬的人，不能把無可奈何的事就看作無可奈何，而付之一笑。他把

無可奈何的事看成了對自己的考驗，若是他承認了無可奈何，便是承認了自己的無能，沒用。他應付不了這個局面，他應當趕快結束了自己 —— 隨著河水順流而下，漂，漂，漂，漂到大河大海裡去，倒也不錯。心路窄的人往往把死看作康莊大道，天佑便是這樣。想到河，海，他反倒痛快一點，他看見了空曠，自由，無憂無慮，比這麼揪心扒肝的活著要好的多。

剛剛過午，一部大卡車停在了鋪子外邊。

「他們又來了！」大夥計說。

「誰？」天佑問。

「送貨的！」

「這回恐怕是仁丹了！」天佑想笑一笑，可是笑不出來。

車上跳下來一個日本人，三箇中國人，如狼似虎的，他們闖進鋪子來。雖然只是四個人，可是他們的聲勢倒好像是個機關槍連。

「貨呢，剛才送來的貨呢？」一箇中國人非常著急的問。大夥計急忙到後櫃去拿。拿來，那箇中國人劈手奪過去，像公雞掘土似的，極快而有力的數：「一雙，兩雙……」數完了，他臉上的肌肉放鬆了一些，含笑對那個日本人說：「多了十雙！我說毛病在這裡，一定是在這裡！」

日本人打量了天佑掌櫃一番，高傲而冷酷的問：「你的掌櫃？」

天佑點了點頭。

「哈！你的收貨？」

大夥計要說話，因為貨是他收下的。天佑可是往前湊了一步，又向日本人點了點頭。他是掌櫃，他須負責，儘管是夥計辦錯了事。

「你的大大的壞蛋！」

天佑嚥了一大口唾沫，把怒氣，像吃丸藥似的，衝了下去。依舊很規矩的，和緩的，他問：「多收了十雙，是不是？照數退回好了！」

「退回？你的大大的奸商！」冷不防，日本人一個嘴巴打上去。

天佑的眼中冒了金星。這一個嘴巴，把他打得什麼全不知道了。忽然的他變成了一塊不會思索，沒有感覺，不會動作的肉，木在了那裡。他一生沒有打過架，撒過野。他萬想不到有朝一日他也會捱打。他的誠實，守規矩，愛體面，他以為，就是他的鋼盔鐵甲，永遠不會教汙辱與手掌來到他的身上。現在，他捱了打，他什麼也不是了，而只是那麼立著的一塊肉。

大夥計的臉白了，極勉強的笑著說：「諸位老爺給我二十雙，我收二十雙，怎麼，怎麼……」他把下面的話嚥了回去。「我們給你二十雙？」一箇中國人問。他的威風僅次於那個日本人的。「誰不知道，每一家發十雙！你乘著忙亂之中，多拿了十雙，還怨我們，你真有膽子！」

事實上，的確是他們多給了十雙。大夥計一點不曉得他多收了貨。為這十雙鞋，他們又跑了半座城。他們必須查出這十雙鞋來，否則沒法交差。查到了，他們不能承認自己的疏忽，而必把過錯派在別人身上。

轉了轉眼珠，大夥計想好了主意：「我們多收了貨，受罰好啦！」

這回，他們可是不受賄賂。他們必須把掌櫃帶走。日本人為強迫實行「平價」，和強迫接收他們派給的貨物，要示一示威。他們把天佑掌櫃拖出去。從車裡，他們找出預備好了的一件白布坎肩，前後都寫著極大的紅字 —— 奸商。他們把坎肩扔給天佑，教他自己穿上。這時候，鋪子外邊已圍滿了人。渾身都顫抖著，天佑把坎肩穿上。他好像已經半死，看看面前的人，他似乎認識幾個，又似乎不認識。他似乎已忘了羞恥，氣憤，而只那麼顫抖著任人擺佈。

日本人上了車。三箇中國人隨著天佑慢慢的走，車在後面跟著。上了馬路，三個人教給他：「你自己說：我是奸商！我是奸商！我多收了貨物！我不按定價賣東西！我是奸商！說！」天佑一聲沒哼。

三把手槍頂住他的背。「說！」

「我是奸商！」天佑低聲的說。平日，他的語聲就不高，他不會粗著脖子紅著筋的喊叫。

「大點聲！」

「我是奸商！」天佑提高了點聲音。

「再大一點！」

「我是奸商！」天佑喊起來。

行人都立住了，沒有什麼要事的便跟在後面與兩旁。北平人是愛看熱鬧的。只要眼睛有東西可看，他們便看，跟著看，一點不覺得厭煩。他們只要看見了熱鬧，便忘了恥辱，是非，更提不到憤怒了。

天佑的眼被淚迷住。路是熟的，但是他好像完全不認識了。他只覺得路很寬，人很多，可是都像初次看見的。他也不知道自己是在作什麼。他機械的一句一句的喊，只是喊，而不知道喊的什麼。慢慢的，他頭上的汗與眼中的淚聯結在一處，他看不清了路，人，與一切東西。他的頭低下去，而仍不住的喊。他用不著思索，那幾句話像自己能由口中跳出來。猛一抬頭，他又看見了馬路，車輛，行人，他也更不認識了它們，好像大夢初醒，忽然看見日光與東西似的。他看見了一個完全新的世界，有各種顏色，各種聲音，而一切都與他沒有關係。一切都那麼熱鬧而冷淡，美麗而慘酷，都靜靜的看著他。他離著他們很近，而又像很遠。他又低下頭去。

走了兩條街，他的嗓子已喊啞。他感到疲乏，眩暈，可是他的腿還拖著他走。他不知道已走在哪裡，和往哪裡走。低著頭，他還喊叫那幾句話。可是，嗓音已啞，倒彷彿是和自己叨嘮呢。一抬頭，他看見一座牌樓，有四根極紅的柱子。那四根紅柱子忽然變成極粗極大，晃徘徊悠的向他走來。四條扯天柱地的紅腿向他走來，眼前都是紅的，天地是紅的，他

的腦子也是紅的。他閉上了眼。

過了多久，他不知道。睜開眼，他才曉得自己是躺在了東單牌樓的附近。卡車不見了，三個槍手也不見了，四圍只圍著一圈小孩子。他坐起來，愣著。愣了半天，他低頭看見了自己的胸。坎肩已不見了，胸前全是白沫子與血，還溼著呢。他慢慢的立起來，又跌倒，他的腿已像兩根木頭。掙扎著，他再往起立；立定，他看見了牌樓的上邊只有一抹陽光。

他的身上沒有一個地方不疼，他的喉中乾得要裂開。

一步一停的，他往西走。他的心中完全是空的。他的老父親，久病的妻，三個兒子，兒媳婦，孫男孫女，和他的鋪子，似乎都已不存在。他只看見了護城河，與那可愛的水；水好像就在馬路上流動呢，向他招手呢。他點了點頭。他的世界已經滅亡，他須到另一個世界裡去。在另一世界裡，他的恥辱才可以洗淨。活著，他只是恥辱的本身；他剛剛穿過的那件白布紅字的坎肩永遠掛在他身上，黏在身上，印在身上，他將永遠是祁家與鋪子的一個很大很大的一個黑點子，那黑點子會永遠使陽光變黑，使鮮花變臭，使公正變成狡詐，使溫和變成暴厲。

他僱了一輛車到平則門。扶著城牆，他蹭出去。太陽落了下去。河邊上的樹木靜候著他呢。天上有一點點微紅的霞，像向他發笑呢。河水流得很快，好像已等他等得不耐煩了。水發著一點點聲音，彷彿向他低聲的呼喚呢。

很快的，他想起一輩子的事情；很快的，他忘了一切。漂，漂，漂，他將漂到大海裡去，自由，清涼，乾淨，快樂，而且洗淨了他胸前的紅字。

第 60 幕　祁家白事

天佑的屍身並沒漂向大河大海裡去，而是被冰，水藻，與樹根，給纏凍在河邊兒上。

第二天一清早就有人發現了屍首，到午後訊息才傳至祁家。祁老人的悲痛是無法形容的。四世同堂中的最要緊，離他最近，最老成可靠的一層居然先被拆毀了！他想像得到自己的死，和兒媳婦的死 ── 她老是那麼病病歪歪的。他甚至於想像得到三孫子的死。他萬想像不到天佑會死，而且死得這麼慘！老天是無知，無情，無一點心肝的，會奪去這最要緊，最老成的人：「我有什麼用呢？老天爺，為什麼不教我替了天佑呢？」老人跳著腳兒質問老天爺。然後，他詛咒日本人。他忘了規矩，忘了恐懼，而破口大罵起來。一邊罵，一邊哭，直哭得不能再出聲兒。

天佑太太的淚一串串的往下流，全身顫抖著，可是始終沒放聲。一會兒，她的眼珠往上翻，閉過氣去。

韻梅流著淚，一面勸解祖父，一面喊叫婆婆。兩個孩子莫名其妙的，扯著她的衣襟，不肯放手。

瑞豐，平日對父親沒有盡過絲毫的孝心，也張著大嘴哭得哇哇的。

慢慢的，天佑太太醒了過來。她這才放聲的啼哭。韻梅也陪著婆母哭。

哭鬧過了一大陣，院中忽然的沒有了聲音。淚還在落，鼻涕還在流，可是沒了響聲，像風雪過去，只落著小雨。悲憤，傷心，都吐了出去，大家的心裡全變成了空的，不知道思索，想不起行動。他們似乎還活著，又像已經半死，都那麼低頭落淚，愣著。

　　愣了不知有多久，韻梅首先出了聲：「老二，找你哥哥去呀！」

　　這一點語聲，像一個霹雷震動了濃厚的黑雲，大雨馬上降下來，大家又重新哭叫起來。韻梅勸告這個，安慰那個，完全沒有用處，大家只顧傾洩悲傷，根本聽不見她的聲音。

　　天佑太太坐在炕沿上，已不能動，手腳像冰一樣涼。祁老人的臉像忽然縮小了一圈。手按著膝蓋，他已不會哭，而只顫抖著長嚎。瑞豐的哭聲比別人的都壯烈，他不知道哭的是什麼，而只覺得大聲的哭喊使心中舒服。

　　韻梅抹著淚，扯住老二的肩搖了幾下子：「去找你大哥！」她的聲音是那麼尖銳，她的神情是那麼急切，使瑞豐沒法不收住悲音。連祁老人也感到一點什麼震動，而忽然的清醒過來。老人也喊了聲：「找你哥哥去！」

　　這時候，小文和棚匠劉師傅的太太都跑進來。自從劉師傅走後，瑞宣到領薪的日子，必教韻梅給劉太太送過六元錢去。劉太太是個矮身量，非常結實的鄉下人，很能吃苦。在祁家供給她的錢以外，她還到鋪戶去攬一些衣服，縫縫洗洗的，賺幾文零用。她也時常的到祁家來，把韻梅手中的活計硬搶了去，抽著工夫把它們作好。她是鄉下人，作的活計雖粗，可是非常的結實；給小順兒們作的布鞋，幫子硬，底兒厚，一雙真可以當兩雙穿。她不大愛說話，但是一開口也滿有趣味與見解，所以和天佑太太與韻梅成了好朋友。對祁家的男人們，她可是不大招呼；她是鄉下人，卻有個心眼兒。小文輕易不到祁家來。他知道祁家的人多數是老八板兒，或者不大喜歡他的職業與行動，不便多過來討厭。他並不輕看自己，可也尊重別人，所以他須不即不離的保持住自己的身分。今天，他聽祁家哭得太兇了，不能不過來看看。

　　迎著頭，瑞豐給兩位鄰居磕了一個頭。他們馬上明白了祁家是落了白事。小文和劉太太都不敢問死的是誰，而只往四處打眼。瑞豐說了聲：「老

爺子……」小文和劉太太的淚立刻在眼中轉。他們都沒和天佑有過什麼來往，可是都知道天佑是最規矩老實的人，所以覺得可惜。

劉太太立刻跑去伺候天佑太太，和照應孩子。

小文馬上問：「有用我的地方沒有？」

祁老人一向不大看得起小文，現在他可是拉住了小文的手。「文爺，他死得慘！慘！」老人的眼本來就小，現在又紅腫起來，差不多把眼珠完全掩藏起來。

韻梅又說了話：「文爺，給瑞宣打個電話去吧！」小文願意作這點事。

祁老人拉著小文，立了起來：「文爺，打電話去！教他到平則門外去，河邊！河邊！」說完，他放開了小文的手，對瑞豐說：「走！出城！」

「爺爺，你不能去！」

老人怒吼起來：「我怎麼不能去？他是我的兒子，我怎麼不能去？教我一下子也摔到河裡去，跟他死在一塊兒，我也甘心！走，瑞豐！」

小文一向不慌不忙，現在他小跑著跑出去。他先去看李四爺在家沒有。在家。「四大爺，快到祁家去！天佑掌櫃過去了！」

「誰？」李四爺不肯信任他的耳朵。

「天佑掌櫃！快去！」小文跑出去，到街上去借電話。

四大媽剛一聽明白，便跑向祁家來。一進門，不管三七二十一，就放聲哭嚎起來。

李四爺拉住了祁老人的手，兩位老人哆嗦成了一團。李老人辦慣了喪事，輕易不動感情；今天，他真動了心。祁老人是他多年的好友，天佑又是那麼規矩老實，不招災不惹禍的人；當他初認識祁老人的時候，天佑還是個小孩子呢。

大家又亂哭了一場之後，心中開始稍覺得安定一些，因為大家都知道

李四爺是有辦法的人。李四爺擦了擦眼，對瑞豐說：「老二，出城吧！」

「我也去！」祁老人說。

「有我去，你還不放心嗎？大哥！」李四爺知道祁老人跟去，只是多添麻煩，所以攔阻他。

「我非去不可！」祁老人非常的堅決。為表示他能走路，無須別人招呼他，他想極快的走出去，教大家看一看。可是，剛一下屋外的臺階，他就幾乎摔倒。掙扎著立穩，他再也邁不開步，只剩了哆嗦。

天佑太太也要去。天佑是她的丈夫，她知道他的一切，所以也必須看看丈夫是怎樣死的。

李四爺把祁老人和天佑太太都攔住：「我起誓，準教你們看看他的屍！現在，你們不要去！等我都打點好了，我來接你們，還不行嗎？」

祁老人用力瞪著小眼，沒用，他還是邁不開步。「媽！」韻梅央告婆婆。「你就甭去了吧！你不去，也教爺爺好受點兒！」

天佑太太落著淚，點了頭。祁老人被四大媽攙進屋裡去。

李四爺和瑞豐走出去。他們剛出門，小文和孫七一塊兒走了來。小文打通了電話，孫七是和小文在路上遇見的。平日，孫七雖然和小文並沒什麼惡感，可是也沒有什麼交情。專以頭髮來說，小文永遠到最好的理髮館去理髮刮臉，小文太太遇有堂會必到上海人開的美容室去燙髮。這都給孫七一點刺激，而不大高興多招呼文家夫婦。今天，他和小文彷彿忽然變成了好朋友，因為小文既肯幫祁家的忙，那就可以證明小文的心眼並不錯。患難，使人的心容易碰到一處。

小文不會說什麼，只一支跟著一支的吸菸。孫七的話來得很容易，而且很激烈，使祁老人感到一些安慰。老人已躺在炕上，一句話也說不出，可是他還聽著孫七的亂說，時時的嘆一口氣。假若沒有孫七在一旁拉不斷

扯不斷的說，他知道他會再哭起來的。

職業的與生活的經驗，使李四爺在心中極難過的時節，還會計劃一切。到了街口，他便在一個小茶館裡叫了兩個人，先去撈屍。然後，他到護國寺街一家壽衣鋪，賒了兩件必要的壽衣。他的計劃是：把屍身打撈上來，先脫去被水泡過一夜的衣服，換上壽衣 ── 假若這兩件不好，不夠，以後再由祁家添換。換上衣服，他想，便把屍首暫停在城外的三仙觀裡，等祁家的人來辦理入殮開殃。日本人不許死屍入城，而且抬來抬去也太麻煩，不如就在廟裡辦事，而後抬埋。

這些計劃，他一想到，便問瑞豐以為如何。瑞豐沒有意見。他的心中完全是空的，而只覺得自己無憂無慮的作孝子，到處受別人的憐借，頗舒服，而且不無自傲之感。出了城，看見了屍身 ── 已由那兩位僱來的人撈了上來，放在河岸上 ── 瑞豐可是真動了心。一下子，趴伏在地，摟著屍首，他大哭起來。這回，他的淚是真的，是由心的深處冒出來的。天佑的臉與身上都被泡腫，可是不會太難看，還是那麼安靜溫柔。他的手中握著一把河泥，臉上可相當的乾淨，只在鬍子上有兩根草棍兒。

李四爺也落了淚。這是他看著長大了的祁天佑 ── 自幼兒就靦腆，一輩子沒有作過錯事，永遠和平，老實，要強，穩重的祁天佑！老人沒法不傷心，這不只是天佑的命該如此，而是世界已變了樣了 ── 老實人，好人，須死在河裡！

瑞宣趕到。一接到電話，他的臉馬上沒有了血色。嘴唇顫著，他只告訴了富善先生一句話：「家裡出了喪事！」便飛跑出來。他幾乎不知道怎樣來到的平則門外。他沒有哭，而眼睛已看不清面前的一切。假若祖父忽然的死去，他一定會很傷心的哭起來。但是，那只是傷心，而不能教他迷亂，因為祖父的壽數已到，死亡是必不可免的，他想不到父親會忽然的死去。況且，他是父親的長子：他的相貌，性格，態度，說話的樣子，都像

父親，因為在他的幼時，只有父親是他的模範，而父親也只有他這麼一個珍寶接受他全份的愛心。他第一次上大街，是由父親抱去的。他初學走路，是由父親拉著他的小手的。他上小學，中學，大學，是父親的主張。他結了婚，作了事，有了自己的兒女，在多少事情上他都可以自主，不必再和父親商議，可是他處理事情的動機與方法，還暗中與父親不謀而合。他不一定對父親談論什麼，可是父子之間有一種不必說而互相了解的親密；一個眼神，一個微笑，便夠了，用不著多費話。父親看他，與他看父親，都好像能由現在，看到二三十年前；在二三十年前，只要他把小手遞給父親，父親就知道他要出去玩玩。他有他自己的事業與學問，與父親的完全不同，可是除了這點外來的知識與工作而外，他覺得他是父親的化身。他不完全是自己，父親也不完全是父親，只有把父子湊到一處，他彷彿才能感到安全，美滿。他沒有什麼野心，他只求父親活到祖父的年紀，而他也像父親對祖父那樣，雖然已留下鬍子，可是還體貼父親，教父親享幾年晚福。這不是虛假的孝順，而是，他以為，最自然，最應該的事。

父親會忽然的投了水！他自己好像也死去了一大半！他甚至於沒顧得想父親死了的原因，而去詛咒日本人。他的眼中只有個活著的父親，與一個死了的父親；父親，各種樣子的父親 —— 有鬍子的，沒鬍子的，笑的，哭的 —— 出現在他眼前，一會兒又消滅。他顧不得再想別的。

看見了父親，他沒有放聲的哭出來。他一向不會大哭大喊。放聲的哭喊只是沒有辦法的辦法，而他是好想辦法的人，不慣於哭鬧。他跪在了父親的頭前，隔著淚看著父親。他的胸口發癢，喉中發甜，他啐出一口鮮紅的血來。腿一軟，他坐了在地上。天地都在旋轉。他不曉得了一切，只是口中還低聲的叫：「爸爸！爸爸！」

好久，好久，他才又看見了眼前的一切，也發覺了李四爺用手在後面敆著他呢。

「別這麼傷心喲！」四爺喊著說：「死了的不能再活，活著的還得活下去呀！」

瑞宣抹著淚立起來，用腳把那口鮮紅的血擦去。他身上連一點力氣也沒有了，臉上白得可怕。可是，他還要辦事。無論他怎麼傷心，他到底是主持家務的人，他須把沒有吐淨的心血花費在操持一切上。

他同意李四爺的辦法，把屍身停在三仙觀裡。

李四爺借來一塊板子，瑞宣瑞豐和那兩個幫忙的人，把天佑抬起來，往廟裡走。太陽已偏西，不十分暖和的光射在天佑的臉上。瑞宣看著父親的臉，淚又滴下來，滴在了父親的腳上。他渾身痿軟無力，可是還牢牢的抬著木板，一步一步的往前挪動。他覺得他也許會一跤跌下去，不能再起來，可是他掙扎著往前走，他必須把父親抬到廟中去安息。

三仙觀很小，院中的兩株老柏把枝子伸到牆外，彷彿為是好多得一點日光與空氣。進了門，天佑的臉上沒有了陽光，而遮上了一層兒淡淡的綠影。「爸爸！」瑞宣低聲的叫。「在這裡睡吧！」

停靈的地方是在後院。院子更小，可是沒有任何樹木，天佑的臉上又亮起來。把靈安置好，瑞宣呆呆的看著父親。父親確是睡得很好，一動不動的，好像極舒服，自在，沒有絲毫的憂慮。生活是夢，死倒更真實，更肯定，更自由！「哥哥！」瑞豐的眼，鼻，連耳朵，都是紅的。「怎麼辦事呀？」

「啊？」瑞宣像由夢中驚醒了似的。

「我說，我們怎麼辦事？」老二的傷心似乎已消逝了十之八九，又想起湊熱鬧來。喪事，儘管是喪事，據他看，也是湊熱鬧的好機會。穿孝，唪經，焚紙，奠酒，磕頭，擺飯，入殮，開弔，出殯……有多麼熱鬧呀！他知道自己沒有錢，可是大哥總該會設法弄錢去呀。人必須盡孝，父親只

會死一回，即使大哥為難，也得把事情辦得熱熱鬧鬧的呀。只要大哥肯盡孝，他 —— 老二 —— 也就必定用盡心計，籌劃一切，使這場事辦得極風光，極體面，極火熾。比如說：接三那天還不糊些頂體面的紙人紙馬，還不請十三位和尚念一夜經麼？伴宿就更得漂亮一些，酒席至少是八大碗一個火鍋，廟外要一份最齊全的鼓手；白天若還是和尚唪經，夜間理應換上喇嘛或道士。而後，出殯的時候，至少有七八十個穿孝的親友，像一大片白鵝似的在棺材前面慢慢的走；棺材後面還有一二十輛轎車，白的，黃的，藍的，裡面坐著送殯的女客。還有執事，清音，鬧喪鼓，紙人紙車金山銀山呢！只有這樣，他想，才足以對得起死去的父親，而親友們也必欽佩祁家 —— 雖然人是投河死了的，事情可辦得沒有一點缺陷啊！「四爺爺！」瑞宣沒有搭理老二，而對李老人說：「我們一塊兒回去吧？怎麼辦事，我得跟祖父，母親商議一下，有你老人家在一旁，或者……」

李老人一眼便看進瑞宣的心裡去：「我曉得！聽老人們怎麼說，再合計合計我們的錢力，事情不能辦得太寒傖，也不能太扎花；這個年月！」然後他告訴瑞豐：「老二，你在這裡看著；我們一會兒就回來。」同時，他把那兩個幫忙的人也打發回去。

看見了家門，瑞宣簡直邁不開步了。費了極大的力量，他才上了臺階。只是那麼兩三步，他可是已經筋疲力盡。他的眼前飛舞著幾個小的金星，心跳得很快。他扶住了門框，不能再動。門框上，剛剛由小文貼上了白紙，漿糊還溼著呢。他不會，也不敢，進這貼了白紙的家門。見了祖父與母親，他說什麼呢？怎麼安慰他們呢？

李四爺把他攙了進去。

家中的人一看瑞宣回來了，都又重新哭起來。他自己不願再哭，可是淚已不受控制，一串串的往下流。李四爺看他們已經哭得差不多了，攔住了大家：「不哭嘍！得商量商量怎麼辦事喲！」

聽到這勸告，大家彷彿頭一次想到死人是要埋起來的；然後都抹著淚坐在了一處。

祁老人還顧不得想實際的問題，拉著四爺的手說：「天佑沒給我送終，我倒要傳送他啦；這由何處說起喲！」「那有什麼法子呢？大哥！」李四爺感嘆著說，然後，他一語點到了題：「先看看我們有多少錢吧！」

「我去支一個月的薪水！」瑞宣沒有說別的，表示他除此而外，別無辦法。

天佑太太還有二十多塊現洋，祁老人也存著幾十塊現洋，與一些大銅板。這都是他們的棺材本兒，可是都願意拿出來，給天佑用。「四爺，給他買口好材，別的都是假的！誰知道，我死的時候是棺材裝呢，還是用席頭兒卷呢！」老人顫聲的說。真的，老人的小眼睛已看不見明天。他的唯一的恐懼是死。不過，到時候非死不可呢，他願意有一口好的棺材，和一群兒孫給他帶孝；這是他的最後的光榮！可是，兒子竟自死在他的前面，奪去了他的棺材，還有什麼話可說呢。最後的光榮才是真的光榮，可是他已不敢希望那個。他的生活秩序完全被弄亂了，他不敢再希望什麼，不敢再自信。他已不是什麼老壽星，可能的他將變成老乞丐，死後連棺材都找不到！「好！我去給口材，準保結實，體面！」李四爺把祁老人的提案很快的作了結束。「停幾天呢？天佑太太！」

天佑太太很願意丈夫的喪事辦得像個樣子。她知道的清楚：丈夫一輩子沒有浪費過一個錢，永遠省吃儉用的把錢交到家中。他應當得到個體面的傳送，大家應當給他個最後的酬謝。可是，她也知道自己不定哪時就和丈夫並了骨，不為別人，她也得替瑞宣設想；假若再出一檔子白事，瑞宣怎麼辦呢？想到這裡，她馬上決定了：「爺爺，擱五天怎樣？在廟裡，多擱一天，多花一天的錢！」

五天太少了。可是祁老人忍痛的點了頭。他這時候已看清了瑞宣的

臉 ── 灰溙溙的像一張風吹雨打過的紙。

「總得念一夜經吧？爺爺！」天佑太太低著頭問。大家也無異議。

瑞宣只迷迷糊糊的聽著，不說什麼。對這些什麼唸經，開弔的，在平日，他都不感覺興趣，而且甚至以為都沒用處，也就沒有非此不可的必要。今天，他不便說什麼。文化是文化，文化裡含有許多許多不必要的繁文縟節，不必由他去維持，也不必由他破壞。再說，在這樣的一個四世同堂的家庭裡，文化是有許多層次的，像一塊千層糕。若專憑理智辦事，他須削去幾層，才能把事情辦得合理；但是，若用智慧的眼來看呢，他實在不必因固執而傷了老人們的心。他是現代的人，但必須體貼過去的歷史。只要祖父與媽媽不像瑞豐那樣貪熱鬧，他便不必教他們難堪。他好像是新舊文化中的鐘擺，他必須左右擺勻，才能使時刻進行得平穩準確。

李四爺作了總結束：「好啦，祁大哥，我心裡有了準數啦！棺材，我明天去看。瑞宣，你明天一早兒到墳地去打坑。孫七，你勻得出工夫來嗎？好，你陪著瑞宣去。劉太太，你去扯布，扯回來，幫著祁大奶奶趕縫孝衣。唸經，就用七眾兒吧，我去請。鼓手，執事，也不必太講究了，有個響動就行，是不是？都請誰呢？」

韻梅由箱子裡找出行人情的禮金簿來。祁老人並沒看簿子，就決定了：「光請至親至友，大概有二十多家子。」老人平日在睡不著的時候，常常掐指計算：假若在他死的時候，家道還好，而大辦喪事呢，就應當請五十多家親友，至少要擺十四五桌飯；若是簡單的辦呢，便可減少一半。「那麼，就預備二十多家的飯吧。」李四爺很快的想好了主意：「乾脆就吃炒菜麵，又省錢，又熱乎；這年月，親友不會恥笑我們！大哥，你帶著她們到廟裡看看吧。到廟裡，告訴老二，教他明天去報喪請人。好在只有二十多家，一天足以跑到了。大哥！到那裡，可不准太傷心了，身體要緊！四媽，你同天佑太太去；到那兒，哭一場就回來！回頭我去和老二守靈。」

李老人下完這些命令，劉太太趕快去扯布。祁老人帶著李四媽、兒媳與小順子，僱了車，到廟中去。

劉太太拿了錢，已快走出街門，李四爺向她喊：「一個鋪子只能扯一丈喲，多跑幾家！」

韻梅也想到廟中去哭一場，可是看瑞宣的樣子，她決定留在家裡。

孫七的事情是在明天，他告辭回家去喝酒，他的心裡堵得慌。

小文沒得到任何命令，還繼續的一支緊接著一支的吸菸。李老人看了小文一眼，向他點點手：「文爺，你去弄幾兩白乾吧，我心裡難過！」

瑞宣走到自己的屋中去，躺在了床上。韻梅輕輕的進來，給他蓋上了一床被子。他把頭蒙上，反倒哭出了聲兒。

淚灑淨，他心中清楚了許多，也就想起日本人來。想到日本人，他承認了自己的錯誤：自己不肯離開北平，幾乎純粹是為家中老幼的安全與生活。可是，有什麼用呢？自己下過獄，老二變成了最沒出息的人；現在，連最老成，最謹慎的父親，也投了河！在敵人手底下，而想保護一家人，哼，夢想！

他不哭了。他恨日本人與他自己。

第 61 幕　送出城外

　　似睡非睡的，瑞宣躺了一夜。迷迷糊糊的，他聽到祖父與母親回來。迷迷糊糊的，他聽到韻梅與劉太太低聲的說話，（她們縫孝衣呢。）他不知道時間，也摸不清大家都在作什麼。他甚至於忘了家中落了白事。他的心彷彿是放在了夢與真實的交界處。

　　約摸有五點來鍾吧，他像受了一驚似的，完全醒過來。他忽然的看見了父親，不是那溫和的老人，而是躺在河邊上的死屍。他急忙的坐起來。隨便的用冷水擦了一把臉，漱了漱口，他走出去找孫七。

　　極冷的小風吹著他的臉，並且輕輕的吹進他的衣服，使他的沒有什麼東西的胃，與吐過血的心，一齊感到寒冷，渾身都顫起來。扶著街門，他定了定神。不管，不管，不管他怎樣不舒服，他必須給父親去打坑。這是他無可推卸的責任。他拉開了街門。天還不很亮，星星可是已都看不真了，這是夜與畫的交替時間，既不像夜，也不像畫，一切都渺茫不定。他去叫孫七。

　　程長順天天起來得很早，好去收買破布爛紙。聽出來瑞宣的語聲，他去輕輕的把孫七喚醒，而不敢出來和瑞宣打招呼。他忙，他有他的心事，他沒工夫去幫祁家的忙，所以他覺得怪不好意思的來見瑞宣。

　　孫七，昨天晚上喝了一肚子悶酒，一直到上床還囑咐自己：明天早早的起！可是，酒與夢聯結到一處，使他的呼聲只驚醒了別人，而沒招呼他自己。聽到長順的聲音，他極快的坐起來，穿上衣服，而後匆忙的走出來。口中還有酒味，他迷迷糊糊的跟著瑞宣走，想不出一句話來。一邊走，他一邊又打堵得慌，又有點痛快的長嗝兒。打了幾個這樣的嗝兒以後，他開始覺得舒服了一點。他立刻想說話。「我們出德勝門，還是出西直門呢？」

「都差不多。」瑞宣心中還發噤，實在不想說話。「出德勝門吧！」孫七沒有什麼特殊的理由，而只為顯出自己會判斷，會選擇，這樣決定。看瑞宣沒說什麼，他到前面去領路，為是顯出熱心與勇敢。

到了德勝門門臉兒，晨光才照亮了城樓。這裡，是北平的最不體面的地方：沒有光亮的柏油路，沒有金匾，大玻璃窗的鋪戶，沒有汽車。它的馬路上的石子都七上八下的露著尖兒，一疙疸一塊的好像長了凍瘡。石子尖角上往往頂著一點冰，或一點白霜。這些寒冷的稜角，教人覺得連馬路彷彿都消瘦了好些。它的車輛，只有笨重的，破舊的，由鄉下人趕著的大敞車，走得不快，而西喞譁啷的亂響。就是這裡的洋車也沒有什麼漂亮的，它們都是些破舊的，一陣風似乎能吹散的，只為拉東西，而不大拉人的老古董。在大車與洋車之間，走著身子瘦而鳴聲還有相當聲勢的驢，與彷彿久已討厭了生命，而還不能不勉強，於是也就只極好慢極慢的，走著路的駱駝。這些風光，湊在一處，便把那偉大的城樓也連累得失去了尊嚴壯麗，而顯得衰老，荒涼，甚至於有點悲苦。在這裡，人們不會想起這是能培養得出梅蘭芳博士，發動了五四運動，產生能在冬天還唧唧的鳴叫，翠綠的蟈蟈的地方，而是一眼就看到了那荒涼的，貧窘的，鋪滿黃土的鄉間。這是城市與鄉間緊緊相連的地區；假若北平是一匹駿馬，這卻是它的一條又長又寒傖的尾巴。

雖然如此，陽光一射到城樓上，一切的東西彷彿都有了精神。驢揚起脖子鳴喚，駱駝脖子上的白霜發出了光，連那路上的帶著冰的石子都亮了些。一切還都破舊衰老，可是一切都被陽光照得有了力量，有了顯明的輪廓，色彩，作用，與生命。北平像無論怎麼衰老多病，可也不會死去似的。孫七把瑞宣領到一個豆漿攤子前面。瑞宣的口中發苦，實在不想吃什麼，可是也沒拒絕那碗滾熱的豆漿。抱著碗，他手上感到暖和；熱氣升上來，碰到他的臉上，也很舒服。特別是他哭腫了的，乾巴巴的眼睛，一碰

到熱氣，好像點了眼藥那麼好受。噓了半天，他不由的把唇送到了碗邊上，一口口的吸著那潔白的，滾熱的，漿汁。熱氣一直走到他的全身。這不是豆漿，而是新的血液，使他渾身暖和，不再發噤。喝完了一碗，他又把碗遞過去。

孫七隻喝了一碗漿，可是吃了無數的油條。彷彿是為主持公道似的，他一定教賣漿的給瑞宣的第二碗裡打上兩個雞蛋。

吃完，他們走出了城門。孫七的肚子有了食，忘了悲哀與寒冷。他願一氣走到墳地去 —— 在城裡住的人很不易得到在郊外走一走的機會，況且今天的天氣是這麼好，而他的肚子裡又有了那麼多的油條。可是，今天他是瑞宣的保護者，他既知道瑞宣是讀書人，不慣走路，又曉得他吐過血，更不可過度的勞動，所以不能信著自己的意兒就這麼走下去。「我們僱輛轎車吧？」他問。

瑞宣搖了搖頭。他知道坐轎車的罪孽有多麼大。他還記得幼時和母親坐轎車上墳燒紙，怎樣把他的頭碰出多少稜角與疙疸來。

「僱洋車呢？」

「都是土路，拉不動！」

「騎驢怎樣？」即使孫七的近視眼沒看見街口上的小驢，他可也聽見了它們的鈴聲。

瑞宣搖了搖頭。都市的人怕牲口，連個毛驢都怕降服不住。

「走著好！又暖和，又自由！」孫七這才說出了真意。「可是，你能走那麼遠嗎？累著了可不是玩的！」

「慢慢的走，行！」雖然這麼說，瑞宣可並沒故意的慢走。事實上，他心中非常的著急，恨不能一步就邁到了墳地上。

出了關廂，他們走上了大土道。太陽已經上來。這裡的太陽不像在城

裡那樣要拐過多少房簷，轉過多少牆角，才能照在一切的東西上，而是剛
一出來就由最近照到最遠的地方。低頭，他們在黃土上看到自己的淡淡的
影子；抬頭，他們看到無邊無際的黃地，都被日光照亮。那點曉風已經停
止，太陽很紅很低，像要把冬天很快的變為春天。空氣還是很涼，可是乾
燥，清淨，使人覺得痛快。瑞宣不由的抬起頭來。這空曠，清涼，明亮，
好像把他的心開啟，使他無法不興奮。

　　路上差不多沒有行人，只偶爾的遇到一輛大車，和一兩個拾糞的小孩
或老翁。往哪邊看，哪邊是黃的田地，沒有一棵綠草，沒有一株小樹，只
是那麼平平的，黃黃的，像個旱海。遠處有幾株沒有葉子的樹，樹後必有
個小村，也許只有三五戶人家；炊煙直直的，圓圓的，在樹旁慢慢的往上
升。雞鳴和犬吠來自村間，隱隱的，又似乎很清楚的，送到行人的耳中。
離大道近的小村裡還發出叱呼牛馬或孩子的尖銳的人聲，多半是婦女的，
尖銳得好像要把青天劃開一條縫子。在那裡，還有穿著紅襖的姑娘或婦人
在籬笆外推磨。哪裡都沒有一點水，到處都是乾的，遠處來的大車，從老
遠就踢起一股黃煙。地上是乾的，天上沒有一點雲，空氣中沒有一點水
分，連那遠近的小村都彷彿沒有一點溼的或暖的氣兒，黃的土牆，或黃的
籬笆，與灰的樹幹，都是乾的，像用彩粉筆剛剛畫上的。

　　看著看著，瑞宣的眼有點發花了。那些單調的色彩，在極亮的日光
下，像硬刺入他的眼中，使他覺得難過。他低下頭去。可是腳底下的硬而
仍能飛騰的黃土也照樣的刺眼，而且道路兩旁的翻過土的田地，一壟一壟
的，一疙疸一塊的，又使他發暈。那不是一壟一壟的田地，而是什麼一種
荒寒的，單調的，土浪。他不像剛才那麼痛快了。他半閉著眼，不看遠
處，也不看腳下，就那麼深一腳淺一腳的走。他是走入了單調的華北荒
野，雖然離北平幾步，卻彷彿已到了荒沙大漠。越走，腳下越沉。那些軟
的黃土，像要抓住他的鞋底，非用很大的力氣，不能拔出來。他出了汗。

　　孫七也出了汗。他本想和瑞宣有一搭無一搭的亂說，好使瑞宣心中不專想著喪事。可是，他不敢多說，他須儲存著口中的津液。什麼地方都是乾的，而且遠近都沒有小茶館。他後悔沒有強迫瑞宣僱車或騎驢。

　　默默無語的，他們往前走。帶著馬尿味兒的細黃土落在他們的鞋上，鑽入襪子中，塞滿了他們的衣褶，鼻孔，與耳朵眼兒，甚至於走進他們的喉中。天更藍了，陽光更明暖了，可是他們覺得是被放進一個極大又極小的，極亮又極迷糊的，土窩窩裡。

　　好容易，他們看見了土城 ── 那在韃子統轄中國時代的，現在已被人遺忘了的，只剩下幾處小土山的，北平。看見了土城，瑞宣加快了腳步。在土城的那邊，他會看見那最可愛的老人 ── 常二爺。他將含著淚告訴常二爺，他的父親怎樣死去，死得有多麼慘。對別人，他不高興隨便的訴委屈，但是常二爺既不是泛泛的朋友，又不是沒有心肝的人。常二爺是，據他看，與他的父親可以放在同一類中的好人。他應當，必須，告訴常二爺一切，還沒有轉過土城，他的心中已看見了常二爺的住處：門前有一個小小的，長長的，亮亮的，場院；左邊有兩棵柳樹，樹下有一盤石磨；短短的籬笆只有一人來高，所以從遠處就可以看到屋頂上曬著的金黃色的玉米和幾串紅豔豔辣椒。他也想像到常二爺屋中的樣子，不單是樣子，而且聞到那無所不在的柴煙味道，不十分好聞，可是令人感到溫暖。在那屋中，最溫暖的當然是常二爺的語聲與笑聲。

　　「快到了！一轉過土城就是！」他告訴孫七。

　　轉過了土城，他揉了揉眼。嗯？只有那兩棵柳樹還在，其餘的全不見了！他不能信任了他的眼睛，忘了疲乏，他開始往前跑。離柳樹還有幾丈遠，他立定，看明白了：那裡只有一堆灰燼，連磨盤也不見了。

　　他愣著，像釘在了那裡。

　　「怎麼啦？怎麼啦？」孫七莫名其妙的問。

　　瑞宣回答不出來。又愣了好久，他回頭看了看墳地，然後慢慢的走過去。自從日本人占據了北平，他就沒上過墳。雖然如此，他可是很放心，他知道常二爺會永遠把墳頭拍得圓圓的，不會因沒人來燒紙而偷懶。今天，那幾個墳頭既不像往日那麼高，也不那麼整齊。衰草在墳頭上爬爬著，土落下來許多。他呆呆的看著那幾個不體面的，東缺一塊西缺一塊的，可能的會漸漸被風雨消滅了的，土堆堆兒。看了半天，他坐在了那乾鬆的土地上。

　　「怎麼回事？」孫七也坐了下去。

　　瑞宣手裡不知不覺的揉著一點黃土，簡單的告訴明白了孫七。

　　「糟啦！」孫七著了急。「沒有常二爺給打坑，我們找誰去呢？」

　　沉默了好大半天，瑞宣立了起來，再看常家的兩棵柳樹。離柳樹還有好幾箭遠的地方，他看見馬家的房子，也很小，但是樹木較多，而且有一棵是松樹。他記得常二爺那次進城，在城門口罰跪，就是為給馬家大少爺去買六神丸。「試試馬家吧！」他向松樹旁邊，指了指。

　　走到柳樹旁邊，孫七拾了一條柳棍兒，「鄉下的狗可厲害！拿著點東西吧！」

　　說著，他們已聽見犬吠 —— 鄉間地廣人稀，狗們是看見遠處一個影子都要叫半天的。瑞宣彷彿沒理會，仍然慢慢的往前走。兩條皮毛模樣都不體面，而自以為很勇敢，偉大的，黃不黃，灰不灰的狗迎上前來。瑞宣還不慌不忙的走，對著狗走。狗們讓過去瑞宣，直撲了孫七來，因為他手中有柳棍。

　　孫七施展出他的武藝，把棍子耍得十分伶俐，可是不單沒打退了狗，而且把自己的膝磕碰得生疼。他喊叫起來：「啾！打！看狗啊！有人沒有？看狗！」

由馬家跑出一群小娃娃來，有男有女，都一樣的骯髒，小衣服上的汙垢被日光照得發亮，倒好像穿著鐵甲似的。

小孩子嚷了一陣，把一位年輕的婦人嚷出來 —— 大概是馬大少爺的太太。她的一聲尖銳而細長的呼叱，把狗們的狂吠阻止住。狗們躲開了一些，伏在地上，看著孫七的腿腕，低聲的嗚 —— 嗚 —— 嗚的示威。

瑞宣跟少婦說了幾句話，她已把事聽明白。她曉得祁家，因為常常聽常二爺說起。她一定請客人到屋裡坐，她有辦法，打坑不成問題。她在前面引路，瑞宣，孫七，孩子，和兩條狗，全在後面跟著。屋裡很黑，很髒，很亂，很臭，但是少婦的誠懇與客氣，把這些缺點全都補救過來。她道歉，她東一把西一把的掃除障礙物，給客人們找座位。然後，她命令身量高的男娃娃去燒柴煮水，教最大的女孩子去洗幾塊白薯，給客人充飢：「唉，來到我們這裡，就受了罪啦！沒得吃，沒得喝！」她的北平話說得道地而嘹亮，比城裡人的言語更純樸悅耳。然後，她命令小一點的，不會操作，而會跑路的孩子們，分頭去找家中的男人 —— 他們有的出去拾糞，有的是在鄰家閒說話兒。最後，她把兩條狗踢出屋門外，使孫七心中太平了一點。

男孩子很快的把柴燃起，屋中立刻裝滿了煙。孫七不住的打噴嚏。煙還未退，茶已煮熱。兩個大黃沙碗，盛著滿滿的淡黃的湯 —— 茶是嫩棗樹葉作的。而後女孩子用衣襟兜著好幾大塊，剛剛洗淨的紅皮子的白薯，不敢直接的遞給客人，而在屋中打轉。

瑞宣沒有閒心去想什麼，可是他的淚不由的來到眼中。這是中國人，中國文化！這整個的屋子裡的東西，大概一共不值幾十塊錢。這些孩子與大人大概隨時可以餓死凍死，或被日本人殺死。可是，他們還有禮貌，還有熱心腸，還肯幫別人的忙，還不垂頭喪氣。他們什麼也沒有，連件乾淨的衣服，與茶葉末子，都沒有，可是他們又彷彿有了一切。他們有自己的

生命與幾千年的歷史！他們好像不是活著呢，而是為什麼一種他們所不了解的責任與使命掙扎著呢。剝去他們的那些破爛汙濁的衣服，他們會和堯舜一樣聖潔，偉大，堅強！

五十多歲的馬老人先回來了，緊跟著又回來兩個年輕的男人。馬老人一口答應下來，他和兒子們馬上去打坑。

瑞宣把一碗黃湯喝淨。而後拿了一塊生的白薯，他並不想吃，而是為使少婦與孩子們安心。

老人和青年們找到一切開坑的工具，瑞宣，孫七跟著他們又到了墳地上。後邊，男孩子提著大的沙壺，拿著兩個沙碗，小姑娘還兜著白薯，也都跟上來。

瑞宣，剛把開坑的地點指定了，就問馬老人：「常二爺呢？」馬老人愣了會兒，指了指西邊。那裡有一個新的墳頭兒。「死 ——」瑞宣只說出這麼一個字，他的胸口又有些發癢發辣。

馬老人嘆了口氣。拄著鐵鍬的把子，眼看著常二爺的墳頭，愣了半天。

「怎麼死的？」瑞宣揉著胸口問。

老人一邊鏟著土，一邊回答：「好人哪！好人哪！好人可死得慘！那回，他替我的大小子去買藥，不是 ——」

「我曉得！」瑞宣願教老人說得簡單一些。

「對呀，你曉得。回家以後，他躺了三天三夜，茶也不思，飯也不想！他的這裡，」老人指了指自己的心窩，「這裡受了傷！我們就勸哪，勸哪，可是解不開他心裡的那個扣兒，他老問我一句話：我有什麼錯兒？日本人會罰我跪？慢慢的，他起來了，可還不大吃東西。我們都勸他找點藥吃，他說他沒有病，一點病沒有。你知道，他的脾氣多麼硬。慢慢的，

他又躺下了，便血，便血！我們可是不知道，他不肯告訴我們。一來二去，他 —— 多麼硬朗的人 —— 成了骨頭架子。到他快斷氣的時候，他把我們都叫了去，當著大家，他問他的兒子，大牛兒，你有骨頭沒有？有骨頭沒有？給我報仇！報仇！一直到他死，他的嘴老說，有時候有聲兒，有時候沒聲兒，那兩個字 —— 報仇！」老人直了直腰，又看了常二爺的墳頭一眼。「大牛兒比他的爸爸脾氣更硬，記住報仇兩個字。他一天到晚在墳前嘀咕。我們都害了怕。什麼話呢，他要是真去殺一個日本人，哼，這五里以內的人家全得教日本人燒光。我們掰開揉碎的勸他，差不多要給他跪下了，他不聽；他說他是有骨頭的人。等到收莊稼的時候，日本人派來了人看著我們，連收了多少斤麥稭兒都記下來。然後，他們趕來了大車，把麥子，連麥稭兒，都拉了走。他們告訴我們：拉走以後，再發還我們，不必著急。我們怎能不著急呢？誰信他們的話呢？大牛兒不慌不忙的老問那些人：日本人來不來呢！日本人來不來呢？我們知道，他是等著日本人來到，好動手。人哪，祁大爺，是奇怪的東西！我們明知道，糧食教他們拉走，早晚是餓死，可是我們還怕大牛兒惹禍，倒彷彿大牛兒一老實，我們就可以活了命！」老人慘笑了一下，喝了一大碗棗葉的茶。用手背擦了擦嘴，他接著說：「大牛兒把老婆孩子送到她孃家去，然後打了點酒，把那些搶糧的人請到家中去。我們猜得出：他是不想等日本人了，先收拾幾個幫日本人忙的人，解解氣。他們一直喝到太陽落了山。在剛交頭更的時候，我們看見了火光。火，很快的燒起來，很快的滅下去；燒得一乾二淨，光剩下那兩棵柳樹。氣味很臭，我們知道那幾個人必是燒在了裡面。大牛兒是死在了裡面呢，還是逃了出去，不知道！我們的心就揪成了一團兒，怕日本人來屠村子。可是，他們到今天，也沒有來。我猜呀，大概死的那幾個都是中國人，所以日本人沒把這件事放在心上。多麼好的一家人哪，就這麼完了，完了，像個夢似的完了！」

　　老人說完，直起腰來，看了看兩棵柳樹，看了看兩邊的墳頭兒。瑞宣的眼睛隨著老人的向左右看，可是好像沒看到什麼；一切，一切都要變成空的，都要死去，整個的大地將要變成一張紙，連棵草都沒有！一切是空的，他自己也是空的，沒有作用，沒有辦法，只等寂寂的死去，和一切同歸於盡！

　　快到晌午，坑已打好，瑞宣給馬老人一點錢，老人一定不肯收，直到孫七起了誓：「你要不收，我是條小狗子！」老人才收了一半。瑞宣把其餘的一半，塞在提茶壺的男孩兒手中。

　　瑞宣沒再回到馬家，雖然老人極誠懇的勸讓。他到常二爺的墳前，含淚磕了三個頭，口中嘟囔著：「二爺爺，等著吧，我爸爸就快來和你作伴兒了！」

　　孫七靈機一動，主張改走西邊的大道，因為他們好順腳到三仙觀看看。馬老人送出他們老遠，才轉身回家。

　　三仙觀裡已經有幾位祁家的至親陪著瑞豐，等候祁家的人到齊好入殮。瑞豐已穿上孝衣，紅著眼圈跟大家閒扯，他口口聲聲抱怨父親死得冤枉，委屈，──不是為父親死在日本人手裡，而是為喪事辦得簡陋，不大體面。他言來語去的，也表示出他並不負責，因為瑞宣既主持家務，又是洋鬼子脾氣，不懂得爭體面，而只懂把錢穿在肋條骨上。看見大哥和孫七進來，他嚷嚷得更厲害了些，生怕大哥聽不懂他的意思。看瑞宣不理會他，他便特意又痛哭了一場，而後張羅著給親友們買好煙好茶好酒，好像他跟錢有仇似的。

　　四點半鐘，天佑入了殮。

第 62 幕　喫茶談天

程長順忙得很，不單手腳忙，心裡也忙。所以，他沒能到祁家來幫忙。這使他很難過，可是無可如何。

高亦陀把長順約到茶館裡去談一談。亦陀很客氣，坐下就先付了茶錢。然後，真照著朋友在一塊兒喫茶談天的樣子，他扯了些閒篇兒。他問馬老太太近來可硬朗？他們的生活怎樣，還過得去？他也問到孫七，和丁約翰。程長順雖然頗以成人自居，可是到底年輕，心眼簡單，所以一五一十的回答，並沒覺出亦陀只是沒話找話的閒扯。

說來說去，亦陀提到了小崔太太。長順回答得更加詳細，而且有點興奮，因為小崔太太的命實在是他與他的外婆給救下來的，他沒法不覺得驕傲。他並且代她感謝亦陀：「每月那十塊錢，實在太有用了，救了她的命！」亦陀彷彿完全因為長順提醒，才想起那點錢來：「嘔，你要不說，我還忘了呢！既說到這裡，我倒要跟你談一談！」他輕輕的挽起袍袖，露出雪白的襯衫袖口來。然後，他慢慢的把手伸進懷裡，半天才掏出那個小本子來 —— 長順認識那個小本子。掏出來，他吸著氣兒，一頁一頁的翻。翻到了一個地方，他細細的看，而後跟往上看，捏著手指算了一會兒。算完，他噗哧的一笑：「正好！正好！五百塊了！」「什麼？」程長順的眼睛得很大。「五百？」

「那還有錯？我們這是公道玩藝兒！你有帳沒有？」亦陀還微笑著，可是眼神不那麼柔和了。

長順搖了搖大腦袋。

「你該記著點帳！無論作什麼事，請你記住，總要細心，不可馬馬虎虎！」

「我知道，那不是『給』她的錢嗎？何必記帳呢？」長順的鼻音加重了一些。

「給 ── 她的？」亦陀非常的驚異，眨巴了好大半天的眼。

「這個年月，你想想，誰肯白給誰一個錢呢？」「你不是說，」長順嗅出怪味道。

「我說？我說她借的錢，你擔的保；這裡有你的簽字！連本帶利，五百塊！」

「我，我，我，」長順說不上話來了。

「可不是你！不是你，難道還是我？」亦陀的眼整個的盯在長順的臉上，長順連一動也不敢動了。

眼往下看著，長順嗚囔出一句：「這是什麼意思呢？」「來，來，來！別跟我裝傻充愣，我的小兄弟！」亦陀充分的施展出他的言語的天才來：「當初，你看她可憐；誰能不可憐她呢？人同此心，心同此理，我不能怪你！你有個好心腸！所以，你來跟我借錢。」

「我沒有！」

「唉，唉，年輕輕的，可不能不講信義！」亦陀差不多是苦口婆心的講道了。「處世為人，信義為本！人而無信，不知其可也！」

「我沒跟你借錢！你給我的！」長順的鼻子上出了汗。

亦陀的眼瞇成一道縫兒，脖子伸出多長，口中的熱氣吹到長順的腦門上；「那麼，是誰，是誰，我問你，是誰簽的字呢？」

「我！我不知道⋯⋯」

「簽字有自己不知道的？胡說！亂說！我要不看在你心眼還不錯的話，馬上給你兩個嘴巴子！不要胡說，我們得商議個辦法。這筆帳誰負責還？怎麼還？」

「我沒辦法，要命有命！」長順的淚已在眼圈中轉。「不准耍無賴！要命有命，像什麼話呢？要往真理說，要你這條命，還真一點不費事！告訴你吧，這筆錢是冠所長的。她託我給放放帳，吃點利。你想想，即使我是好說話的人——我本是好說話的人——我可也不能給冠所長丟了錢，放了禿尾巴鷹啊！我惹不起她，不用說，你更惹不起她。好，她跺一跺腳就震動了大半個北京城，我們，就憑我們，敢在老虎嘴裡掏肉吃？她有勢力，有本領，有膽量，有日本人幫助她，我們，在她的眼裡，還算得了什麼呢？不用說你，就是我要交不上這五百元去，哼，她準會給我三年徒刑，一天也不會少！你想想看！」

長順的眼中要冒出火來。「教她給我三年監禁好了。我沒錢！小崔太太也沒錢！」

「話不是這樣講！」亦陀簡直是享受這種談話呢，他的話一擒一縱，有鉤有刺，伸縮自如。「你下了獄，馬老太太，你的外婆，怎麼辦呢？她把你拉扯到這麼大，容易嗎？」他居然揉了一下眼，好像很動心似的。「想法子慢慢的還債吧，你說個辦法，我去向冠所長求情。就比如說一月還五十，十個月不就還清了嗎？」

「我還不起！」.

「這可就難辦了！」亦陀把袖口又放下來，揣著手，擰著眉，替長順想辦法。想了好大半天，他的靈機一動：「你還不起，教小崔太太想辦法呀！錢是她用了的，不是嗎？」「她有什麼辦法呢？」長順抹著鼻子上的汗說。

亦陀把聲音放低，親切誠懇的問：「她是你的親戚？」長順搖了搖頭。

「你欠她什麼情？」

長順又搖了搖頭。

「完啦！既不沾親，又不欠情，你何苦替她揹著黑鍋呢？」長順沒有說什麼。

「女人呀，」亦陀彷彿想起個哲學上的問題似的，有腔有調的說：「女人呀，比我們男人更有辦法，我們男人乾什麼都得要資本，女人方便，她們可以赤手空拳就能謀生賺錢。女人們，嘔，我羨慕她們！她們的臉，手，身體，都是天然的資本。只要她們肯放鬆自己一步，她們馬上就有金錢，吃穿，和享受！就拿小崔太太說吧，她年輕，長得滿下得去，她為什麼不設法找些快樂與金錢呢？我簡直不能明白！」「你什麼意思？」長順有點不耐煩了。

「沒有別的意思，除了我要提醒她，幫助她，把這筆債還上！」

「怎麼還？」

「小兄弟，別怪我說，你的腦子實在不大靈活；讀書太少的關係！是的，讀書太少！」

「你說乾脆的好不好？」長順含著怒央告。

「好，我們說乾脆的！」亦陀用茶漱了漱口，噴在了地上。「她或你，要是有法子馬上還錢，再好沒有。要是不能的話，你去告訴她，我可以幫她的忙。我可以再借給她五十元錢，教她作兩件花哨的衣服，燙燙頭髮。然後，我會給她找朋友，陪著她玩耍。我跟她對半分帳。這筆錢可並不歸我，我是替冠所長收帳，巡警不會來麻煩她，我去給她打點好。只要她好好的幹，她的生意必定錯不了。那麼以後我就專去和她分帳，這五百元就不再提了！」

「你是教她賣……」長順兒的喉中噎了一下，不能說下去。「這時興的很！一點兒也不丟人！你看，」亦陀指著那個小本子，「這裡有多少登記過的吧！還有女學生呢！好啦，你回去告訴她，再給我個回話兒。是這麼

辦呢，我們大家都是朋友；不是呢，你們倆馬上拿出五百元來。你要犯牛脖子不服氣呢 —— 不，我想你不能，你知道冠所長有多麼厲害！好啦，小兄弟，等你的回話兒！麻煩你呀，對不起！你是不是要吃點什麼再回去呢？」亦陀立起來。

長順莫名其妙的也立起來。

亦陀到茶館門口拍了拍長順的肩頭，「等你的回話兒！慢走！慢走！」說完，他好像怪捨不得離開似的，向南走去。

長順兒的大頭裡像有一對大牛蜂似的嗡嗡的亂響。在茶館外愣了好久，他才邁開步兒，兩隻腳像有一百多斤沉。走了幾步，他又立住。不，他不能回家，他沒臉見外婆和小崔太太。又愣了半天，他想起孫七來。他並不佩服孫七，但孫七到底比他歲數大，而且是同院的老鄰居，說不定他會有個好主意。

在街上找了半天，他把孫七找到。兩個人進了茶館，長順會了茶資。

「喝！了不得，你連這一套全學會了！」孫七笑著說。

長順顧不得閒扯。他低聲的，著急的，開門見山的把事情一五一十的告訴了孫七。

「哼！我還沒想到冠家會這麼壞，媽的狗日的！怪不的到處都是暗門子呢，敢情有人包辦！妹妹的！告訴你，日本人要老在我們這裡住下去，誰家的寡婦，姑娘，都不敢說不當暗門子！」

「先別罵街，想主意喲！」長順央告著。

「我要有主意才怪！」孫七很著急，很氣憤，但是沒有主意。

「沒主意也得想！想！想！快著！」

孫七閉上了近視眼，認真的去思索。想了不知有多久。他忽然的睜開了眼：「長順！長順！你娶了她，不就行了嗎？」「我？」長順的臉忽然的

紅了。「我娶了她？」「一點不錯！娶了她！她成了你的老婆，看他們還有什麼辦法呢！」

「那五百塊錢呢？」

「那！」孫七又閉上了眼。半天，他才又說話：「你的生意怎樣？」

長順的確是氣胡塗了，竟自忘了自己的生意。經孫七這一提示，他想起那一千元錢來。不過，那一千元，除去一切開銷，也只許剩五六百元，或更少一點。假若都拿去還債，他指仗著什麼過日子呢？況且，冠家分明是敲詐；他怎能把那千辛萬苦賺來的錢白送給冠家呢？思索了半天，他對孫七說：「你去和我外婆商議商議，好不好？」他沒臉見外婆，更沒法開口對外婆講婚姻的事。

「連婚事也說了？」孫七問。

長順不知怎麼回答好。他不反對娶了小崔太太。即使他還不十分明白婚姻的意義與責任，可是為了搭救小崔太太，他彷彿應當去冒險。他傻子似的點了頭。

孫七覺出來自己的重要。他今天不單沒被長順兒駁倒，而且為長順作了媒。這是不可多得的事。

孫七回了家。

長順兒可不敢回去。他須找個清靜地方，去涼一涼自己的大腦袋。慢慢的他走向北城根去。坐在城根下，他翻來覆去的想，越想越生氣。但是，生氣是沒有用的，他得想好主意，那足以一下子把大赤包和高亦陀打到地獄裡去的主意。好容易，他把氣沉下去。又待了好大半天，他想起來了：去告，去告他們！

到哪裡去告狀呢？他不知道。

怎麼寫狀紙呢？他不會。

告狀有用沒有呢？他不曉得。

假若告了狀，日本人不單不懲罰大赤包與高亦陀，而反治他的罪呢？他的腦門上又出了汗。

不過，不能管那麼多，不能！當他小的時候，對得罪了他的孩子們，即使他不敢去打架，他也要在牆上用炭或石灰寫上，某某是個大王八，好出一口惡氣，並不管大王八對他的敵人有什麼實際的損害與挫折。今天，他還須那麼辦，不管結果如何，他必須去告狀；不然，他沒法出這口惡氣。

胡裡胡塗的，他立起來，向南走。在新街口，他找到一位測字的先生。花了五毛錢，他求那位先生給他寫了狀子。那位先生曉得狀紙內容的厲害，也許不利於告狀人。但是，為了五毛錢的收入，他並沒有警告長順。狀紙寫完，先生問：「遞到什麼地方去呢？」

「你說呢？」長順和測字先生要主意。

「市政府吧？」先生建議。

「就好！」長順沒特別的用心去考慮。

拿起狀紙，他用最快的腳步，直奔市政府去。他拚了命。是福是禍，都不管了。他當初沒聽瑞宣的話，去加入抗日的軍隊，滿以為就可以老老實實的奉養著外婆。誰知道，閉門家中坐，禍從天上來。大赤包會要教他破產，或小崔太太作暗娼。好吧，乾乾看吧！反正他只有一條命，拚吧！他想起來錢家的，祁家的，崔家的，不幸與禍患，我不再想當個安分守己的小老人了，他須把青春的熱血找回來，不能傻蛋似的等著鋼刀放在脖子上。他必須馬上把狀紙遞上去，一猶疑就會失去勇氣。

把狀子遞好，他往回走。走得很慢了，他開始懷疑自己的智慧，有點後悔。但是，後悔已太遲了，他須挺起胸膛，等著結果，即使是最壞的結果。

　　孫七把事情辦得很快。在長順還沒回來的時候，他已經教老少兩個寡婦都為上了難。馬老太太對小崔太太並沒有什麼挑剔，但是，給外孫娶個小寡婦未免太不合理。再說，即使她肯將就了這門親事，事情也並不就這麼簡單的可以結束，而還得設法還債呀。她沒了主意。

　　小崔太太呢，聽明白孫七的話，就只剩了落淚。還沒工夫去細想，她該再嫁不該，和假若願再嫁應該嫁給誰。她只覺得自己的命太苦，太苦，作了寡婦還不夠，還須去作娼！落著淚，她立了起來。她要到冠家去拚命。她是小崔的老婆，到被逼得無路可走的時候，她會撒野，會拚命！「好，我欠他們五百元哪，我還給他們這條命還不行嗎？我什麼也沒有，除了這條命！」她的眉毛立起來，說著就往外跑。她忘了她是寡婦，而要痛痛快快的在冠家門外罵一場，然後在門上碰死。她願意死，而不能作暗娼。

　　孫七嚇慌了，一面攔著她，一面叫馬老太太。「馬老太太，過來呀！我是好心好意，我要有一點壞心，教我不得好死！快來！」

　　馬老太太過來了，可是無話可說。兩個寡婦對愣起來。愣著愣著，她們都落了淚，她們的委屈都沒法說，因為那些委屈都不是由她們自己的行為招來的，而是由一種莫名其妙的，無可抵禦的什麼，硬壓在她們的背上的。她們已不是兩條可以自由活著的性命，而是被狂風捲起的兩片落葉；風把她們刮到什麼地方去，她們就得到什麼地方去，不管那是一汪臭水，還是一個糞坑。

　　在這種心情下，馬老太太忘了什麼叫謹慎小心。她拉住了小崔太太的手。她只覺得大家能在一塊兒活著，關係更親密一點，彷彿就是一種抵禦「外侮」的力量。

　　正在這時候，長順兒走進來。看了她們一眼，他走到自己屋中去。他不敢表示什麼，也顧不得表示什麼。他非常的怕那個狀子會惹下極大的禍來！

第 63 幕　南屋房客

把父親安葬了以後，瑞宣病了好幾十天。

天佑這一死，祁家可不像樣子了。雖然在他活著的時候，他並不住在家裡，可是大家總彷彿覺得他老和他們在一處呢。家裡每逢得到一點好的茶葉，或作了一點迎時當令的食品，大家不是馬上給他送去，便是留出一點，等他回來享用。他也是這樣，哪怕他買到一些櫻桃或幾塊點心，他也必抓工夫跑回家一會兒，把那點東西獻給老父親，而後由老父親再分給大家。

特別是因為他不在家裡住，所以大家才分外關心他。雖然他離他們不過三四里地，可是這點距離使大家心中彷彿有了一小塊空隙，時時想念他，說叨他。這樣，每逢他回來，他與大家就特別顯出親熱，每每使大家轉怒為喜，改沉默為歡笑，假若大家正在犯一點小彆扭或吵了幾句嘴的話。

他沒有派頭，不會吹鬍子瞪眼睛。進了家門，他一點也不使大家感到「父親」回來了。他只是那麼不聲不響的，像一股溫暖的微風，使大家感到點柔軟的興奮。同時，大家也都知道他對這一家的功績與重要，而且知道除了祁老人就得算他的地位與輩數最高，因為知道這些，大家對他才特別的敬愛。他們曉得，一旦祁老人去世，這一家的代表便當然是他了，而他是這麼容易伺候，永遠不鬧脾氣，豈不是大家的福氣麼？沒有人盼望祁老人快死，但是不幸老人一旦去世，而由天佑補充上去，祁家或者就更和睦光明了。他是祁家的和風與陽光，他會給祁家的後輩照亮了好幾代。祁老人只得到了四世同堂的榮譽，天佑，說不定，還許有五世同堂的造化呢！

這樣的一個人卻死去了，而且死得那麼慘！

在祁老人，天佑太太，瑞豐，與韻梅心裡，都多少有點迷信。假若不是天佑，而是別人，投了河，他們一定會感到不安，怕屈死鬼來為厲作祟。但是，投河的是天佑。大家一追想他的溫柔老實，就只能想起他的慈祥的面容，而想像不到他可能的變為厲鬼。大家只感到家中少了一個人，一個最可愛的人，而想不到別的。

因此，在喪事辦完之後，祁家每天都安靜得可怕。瑞宣病倒，祁老人也時常臥在炕上，不說什麼，而鬍子嘴輕輕的動。天佑太太瘦得已不像樣子，穿著件又肥又大的孝袍，一聲不出，而出來進去的幫助兒媳操作。她早就該躺下去休養，她可是不肯。她知道自己已活不很久，可是她必須教瑞宣看看，她還能作事，一時不會死去，好教他放心。她知道，假若家裡馬上再落了白事，瑞宣就毫無辦法了。她有病，她有一肚子的委屈，但是她既不落淚，也不肯躺下。她須代丈夫支援這個家，使它不會馬上垮台。

瑞豐一天到晚還照舊和一群無賴子去鬼混。沒人敢勸告他。「死」的空氣封住了大家的嘴，誰都不想出聲，更不要說拌幾句嘴了。

苦了韻梅，她須設法博得大家的歡心，同時還不要顯出過度的活躍，省得惹人家說她沒心沒肺。她最關切丈夫的病，但是還要使爺爺與婆母不感到冷淡。她看不上瑞豐的行動，可是不敢開口說他；大家還都穿著熱孝，不能由她挑著頭兒吵架拌嘴。

喪事辦得很簡單。可是，幾乎多花去一倍錢。婚喪事的預算永遠是靠不住的。零錢好像沒有限制，而瑞豐的給大家買好煙，好酒，好茶，給大家僱車，添菜，教這無限制的零用變成隨意的揮霍。瑞宣負了債。祁家一向沒有多少積蓄，可是向來不負債。祁老人永遠不准大家賒一斤炭，或欠人家一塊錢。瑞宣不敢告訴祖父，到底一共花了多少錢。天佑太太知道，可也不敢在長子病著的時候多說多問。韻梅知道一切，而且覺得責無旁貸

的須由她馬上緊縮，雖然多從油鹽醬醋裡節省一文半文的，並無濟於事，可是那到底表現了她的責任心。但是，手一緊，就容易招大家不滿，特別是瑞豐，他的菸酒零用是不能減少的，減少了他會吵鬧，使老人們焦心。她的大眼睛已不那麼水靈了，而是離離光光的，像走迷了路那樣。

韻梅和婆母商議，好不好她老人家搬到老三的屋裡來，而把南屋租出去，月間好收入兩個租錢。房子現在不好找，即使南屋又暗又冷，也會馬上租出去，而且租價不會很低。

天佑太太願意這麼辦。瑞宣也不反對。這可傷了祁老人的心。在當初，他置買這所房子的時候，因為人口少，本來是有鄰居的。但是，那時候他的眼是看著將來，他準知道一旦人口新增了，他便會把鄰居攆了走，而由自己的兒孫完全占滿了全院的房屋。那時候，他是一棵正往高大裡生長的樹，他算得到，不久他的枝葉就會鋪展開。現在，兒子死了，馬上又要往外租房，他看明白這是自己的枝葉凋落。怎麼不死了呢？他問自己。為什麼不乘著全須全尾的時候死去，而必等著自己的屋子招租別人呢？

雖然這麼難過，他可是沒有堅決的反對。在這荒亂的年月，個人的意見有什麼用處呢？他含著淚去告訴了李四爺：「有合適的人家，你分心給招呼一下，那兩間南屋……」

李老人答應給幫忙，並且囑咐老友千萬不要聲張，因為訊息一傳出去，馬上會有日本人搬來，北平已增多了二十萬日本人，他們見縫子就鑽，說不定不久會把北平人擠走一大半的！是的，日本人已開始在平則門外八里莊建設新北平，好教北平人去住，而把城裡的房子勻給日本人。日本人似乎拿定了北平，永遠不再放手。

當天，李四爺就給了回話，有一家剛由城外遷來的人，一對中年夫婦，帶著兩個孩子，願意來往。

祁老人要先看一看租客。他小心，不肯把屋子隨便租給不三不四的

人。李四爺很快的把他們帶了來。這一家姓孟。從西苑到西山，他們有不少的田地。日本人在西苑修飛機場，占去他們許多畝地，而在靠近西山的那些田產，既找不到人去耕種，只要照常納稅完糧，所以他們決定放棄了土地，而到城裡躲一躲。孟先生人很老成，也相當的精明，舉止動作很有點像常二爺。孟太太是掉了一個門牙的，相當結實的中年婦人，看樣子也不會不老實。兩個孩子都是男的，一個十五歲，一個十二歲，長得虎頭虎腦的怪足壯。

　　祁老人一見孟先生有點像常二爺，馬上點了頭，並且拉不斷扯不斷的對客人講說常二爺的一切。孟先生雖然不曉得常二爺是誰，可也順口答音的述說自己的委屈。患難使人心容易碰在一處，發出同情來，祁老人很快的和孟先生成為朋友。雖然如此，他可是沒忘了囑告孟先生，他是愛體面愛清潔的人。孟先生聽出來老人的弦外之音，立刻保證他必不許孩子們糟蹋院子，而且他們全家都老實勤儉，連一個不三不四的朋友也沒有。

　　第二天，孟家搬進來。祁老人雖然相當滿意他的房客，可是不由的就更思念去世了的兒子。在院中看著孟家出來進去的搬東西，老人低聲的說，「天佑！天佑！你回來可別走錯了屋子呀！你的南屋租出去了！」

　　馬老太太穿著乾淨的衣服，很靦腆的來看祁老人。她不是喜歡串門子的人，老人猜到她必定有要事相商。天佑太太也趕緊過來陪著說話。雖然都是近鄰，可是一來彼此不大常來往，二來因日本人鬧的每家都有一本難唸的經，所以偶爾相見，話就特別的多。大家談了好大半天，把心中的委屈都多少傾倒出一些，馬老太太才說到正題。她來徵求祁老人的意見，假若長順真和小崔太太結婚，招大家恥笑不招？祁老人是全衚衕裡最年高有德的人，假若他對這件事沒有什麼指摘，馬老太太便敢放膽去辦了。

　　祁老人遇見了難題。他幾乎無從開口了。假若他表示反對，那就是破壞人家的婚姻——俗語說得好，硬拆十座廟，不破一門婚呀！反之，他

若表示同意吧，誰知道這門婚事是吉是兇呢？第一，小崔太太是個寡婦，這就不很吉祥。第二，她比長順的歲數大，也似乎不盡妥當。第三，即使他們決定結婚，也並不能解決了一切呀；大赤包的那筆錢怎辦呢？

他的小眼睛幾乎閉嚴了，也決定不了什麼。說話就要負責，他不能亂說。想來想去，他只想起來：「這年月，這年月，什麼都沒法辦！」

天佑太太也想不出主意來，她把瑞宣叫了過來。瑞宣的病好了一點，可是臉色還很不好看。把事情聽明白了，他馬上想到：「一個炸彈，把大赤包，高亦陀那群狗男女全炸得粉碎！」但是，他截住了這句最痛快，最簡截，最有實效的話。假若他自己不敢去扔炸彈，他就不能希望馬老太太或長順去那麼辦。他知道只有炸彈可以解決一切，可也知道即使炸彈就在手邊，他，馬老太太，長順，都不敢去扔！他自己下過獄，他的父親被日本人給逼得投了河，他可表示了什麼？他只吐了血，給父親打了坑，和借了錢給父親辦了喪事，而不敢去動仇人的一根汗毛！他只知道照著傳統的辦法，盡了作兒子的責任，而不敢正眼看那禍患的根源。他的教育，歷史，文化，只教他去敷衍，去低頭，去毫無用處的犧牲自己，而把報仇雪恨當作太冒險，過分激烈的事。

沉默了好久，他極勉強的把難堪與羞愧像壓抑一口要噴出的熱血似的壓下去，而後用他慣用的柔和的語調說：「據我看，馬老太太，這件婚事倒許沒有人恥笑。你，長順，小崔太太，都是正經人，不會招出閒言閒語來。難處全在他們倆結了婚，就給冠家很大很大的刺激。說不定他們會用盡心機來搗亂！」

「對！對！冠傢什麼屎都拉，就是不拉人屎！」祁老人嘆著氣說。

「可是，要不這麼辦吧，小崔太太馬上就要變成，變成……」馬老太太的嘴和她的衣服一樣乾淨，不肯說一個不好聽的字。看看這個，看看那個，她失去平日的安靜與沉穩。

　　屋裡沒有了聲音，好像死亡的影子輕輕的走進來。剛交過五點。天短，已經有點像黃昏時候了。

　　馬老太太正要告辭，瑞豐滿頭大汗，像被鬼追著似的跑進來。顧不得招呼任何人，他一下子坐在椅子上，張著嘴急急的喘氣。

　　「怎麼啦？」大家不約而同的問。他只擺了擺手，說不上話來。大家這才看明白：他的小幹臉上碰青了好幾塊，袍子的後襟扯了一尺多長的大口子。

　　今天是義賑遊藝會的第一天，西單牌樓的一家劇場演義務戲。戲碼相當的硬，倒第三是文若霞的《奇雙會》，壓軸是招弟的《紅鸞禧》，大軸是名角會串《大溪皇莊》。只有《紅鸞禧》軟一點，可是招弟既長得美，又是第一次登臺，而且戲不很長，大家也就不十分苛求。

　　冠家忙得天翻地覆。行頭是招弟的男朋友們「孝敬」給她的，她試了五次，改了五次，叫來一位裁縫在家專科伺候著她。亦陀忙著借頭面，忙著找來梳頭與化妝的專家。大赤包忙著給女兒「徵集」鮮花籃，她必須要八對花籃在女兒將要發表簾的時候，一齊獻上去。曉荷更忙，忙著給女兒找北平城內最好的打鼓佬，大鑼與小鑼；又忙著叫來新聞記者給招弟照化妝的與便衣的像片，以便事前和當日登露在報紙上與雜誌上。此外，他還得寫詩與散文，好交給藍東陽分派到各報紙去，出招弟女士特刊。他自己覺得很有些天才，可是喝了多少杯濃茶與咖啡，還是一字寫不出。他只好請了一桌客，把他認為有文藝天才的人們約來，代他寫文章。他們的確有文才，當席就寫出了有「嬌小玲瓏」，「小鳥依人」和「歌喉清囀」，「一串驪珠」，「作工不瘟不火」這樣句子的文字。藍東陽是義賑遊藝會的總幹事，所以忙得很，只能抽空兒跑來，向大家咧一咧嘴。胖菊子倒常在這裡，可是胖得懶的動一動，只在大家忙得稍好一點的時節，提議打幾圈牌。桐芳緊跟著招弟，老給小姐拿著大衣，生怕她受了涼，丟了嗓音。

　　桐芳還抓著了空兒出去，和錢先生碰頭，商議。戲票在前三天已經賣光。池子第四五排全留給日本人。一二三排與小池子全被招弟的與若霞的朋友們定去。黑票的價錢已比原價高了三倍至五倍。若霞的朋友們看她在招弟前面發表，心中不平，打算在招弟一出來便都退席，給她個難堪。招弟的那一群油頭滑面的小鬼聽到這訊息，也準備拚命給若霞喊倒好兒，作為抵抗。幸而曉荷得到了風聲，趕快約了雙方的頭腦，由若霞與招弟親自出來招待，還請了一位日本無賴出席鎮壓，才算把事情說妥，大家握了手，停止戰爭。瑞豐無論怎樣也要看上這個熱鬧。他有當特務的朋友，而特務必在開戲以前佈滿了劇場，因為有許多日本要人來看戲。他在午前十點便到戲園外去等，他的嘴張著，心跳的很快，兩眼東張西望，見到一個朋友便三步改作兩步的迎上去：「老姚！帶我進去喲！」待一會兒，又迎上另一個人：「老陳，別忘了我喲！」這樣對十來個人打過招呼，他還不放心，還東瞧瞧西看看預備再多託咐幾位。離開鑼還早，他可是不肯離開那裡，倒彷彿怕戲園會忽然搬開似的。慢慢的，他看到檢票的與軍警，和戲箱來到，他的心跳得更快了，嘴張得更大了些。他又去託咐朋友，朋友們沒好氣的說：「放心，落不下你！早得很呢，你忙什麼？」他張著嘴，嘻嘻兩聲，覺得自己有進去的把握，又怕朋友是敷衍他。他幾乎想要求他們馬上帶他進去，就是看一兩個鐘頭光板凳也無所不可；進去了才是進去了。在門外到底不保險！可是，他沒好意思開口，怕逼急了他們反為不美。他買了塊烤白薯，面對戲園嚼著，看一眼白薯，看一眼戲園，恨不能一口也把戲園吞了下去。

　　按規矩說，他還在孝期裡，不應當來看戲。但是，為了看戲，他連命也肯犧牲了，何況那點老規矩呢。到了十一點多鐘，他差不多要急瘋了。拉住一位朋友，央告著非馬上進去不可。他已說不上整句的話來，而只由嘴中蹦出一兩個字。他的額上的青筋都鼓起來，鼻子上出著汗，手心發

涼。朋友告訴他：「可沒有座兒！」他啊啊了兩聲，表示願意立著。

他進去了，坐在了頂好的座位上，看著空的臺，空的園子，心中非常的舒服。他並上了嘴，口中有一股甜水，老催促著他微笑。他笑了。

好容易，好容易，臺上才打通，他隨著第一聲的鼓，又張開了嘴，而且把脖子伸出去，聚精會神的看臺上怎麼打鼓，怎麼敲鑼。他的身子隨著鑼鼓點子動，心中浪蕩著一點甜美的，有節奏的，愉快。

又待了半天，《天官賜福》上了場。他的脖子更伸得長了些。正看得入神，他被人家叫起來，「票」到了。他眼睛還看著戲臺，改換了座位。待了一會兒，「票」又到了，他又換了座位。他絲毫沒覺到難堪，因為全副的注意都在臺上，彷彿已經沉醉。改換了不知多少座位，到了《奇雙會》快上場，他稍微覺出來，他是站著呢。他不怕站著，他已忘了吃力的是他自己的腿。他的嘴張得更大了些，往往被煙嗆得咳嗽一下，他才用口液潤色它一下。

日本人到了，他欠著腳往臺上看，顧不得看看日本人中有哪幾個要人。在換鑼鼓的當兒，他似乎看見了錢先生由他身旁走過去。他顧不得打招呼。小文出來，坐下，試笛音。他更高了興。他喜歡小文，佩服小文，小文天天在戲園裡，多麼美！他也看見了藍東陽在臺上轉了一下。他應當恨藍東陽。可是，他並沒動心；看戲要緊。胖菊子和一位漂亮的小姐捧著花籃，放在了臺口。他心中微微一動，只嚥了一口唾沫，便把她打發開了。曉荷在臺簾縫中，往外探了探頭，他羨慕曉荷！

雖然捧場的不少，若霞可是有真本事，並不專靠著捧場的人給她喝彩。反之，一個碰頭好兒過後，戲園裡反倒非常的靜了。她的秀麗，端莊，沉穩，與適當的一舉一動，都使人沒法不沉下氣去。她的眼彷彿看到了臺下的每一個人，教大家心中舒服，又使大家敬愛她。即使是特來捧場的也不敢隨便叫好了，因為那與其說是討好，還不如說是不敬。她是那麼

瘦弱苗條，她又是那麼活動煥發，倒彷彿她身上有一種什麼魔力，使大家看見她的青春與美麗，同時也都感到自己心中有了青春的熱力與愉快。她控制住了整個的戲園，雖然她好像並沒分外的用力，特別的賣弄。

小文似乎已經忘了自己。探著點身子，橫著笛，他的眼盯住了若霞，把每一音都吹得圓，送到家。他不僅是伴奏，而是用著全份的精神把自己的生命化在音樂之中，每一個聲音都像帶著感情，電力，與光浪，好把若霞的身子與喉音都提起來，使她不費力而能夠飄飄欲仙。

在那兩排日本人中，有一個日本軍官喝多了酒，已經昏昏的睡去。在他的偶爾睜開的眼中，他似乎看到面前有個美女子來回的閃動。他又閉上了眼，可是也把那個美女子關閉在眼中。一個日本軍人見了女的，當然想不起別的，而只能想到女人的「用處」。他又睜開了眼，並且用力揉了揉它們。他看明白了若霞。他的醉眼隨著她走，而老遇不上她的眼。他生了氣。他是大日本帝國的軍人，中國人的征服者，他理當可以蹂躪任何一箇中國女子。而且，他應當隨時隨地發洩他的獸慾，儘管是在戲園裡。他想馬上由臺上把個女的拖下來，扯下衣褲，表演表演日本軍人特有的本事，為日本軍人增加一點光榮。可是，若霞老不看他。他半立起來，向她「嘻」了一聲。她還沒理會。很快的，他掏出槍來。槍響了，若霞晃了兩晃，要用手遮一遮胸口，手還沒到胸前，她倒在了臺上。樓上樓下馬上哭喊，奔跑，跌倒，亂滾，像一股人潮，一齊往外跑。瑞豐的嘴還沒並好，就被碰倒。他滾，他爬，他的頭上手上身上都是鞋與靴；他立起來，再跌倒，再滾，再喊，再亂掄拳頭。他的眼一會兒被衣服遮住，一會兒擋上一條腿，一會兒又看到一根柱子。他迷失了方向，分不清哪是自己的腿，哪是別人的腿。亂滾，亂爬，亂碰，亂打，他隨著人潮滾了出來。

日本軍人都立起來，都掏出來槍，槍口對著樓上樓下的每一角落。

桐芳由後臺鑽出來。她本預備在招弟上場的時候，扔出她的手榴彈。

現在，計劃被破壞了，她忘了一切，而只顧去保護若霞。鑽出來，一個槍彈從她的耳旁打過去。她爬下，用手用膝往前走，走到若霞的身旁。

小文扔下了笛子，順手抄起一把椅子來。像有什麼魔鬼附了他的體，他一躍，躍到臺下，連人帶椅子都砸在行兇的醉鬼頭上，醉鬼還沒清醒過來的腦漿濺出來，濺到小文的大襟上。

小文不能再動，幾隻手槍杵在他的身上。他笑了笑。他回頭看了看若霞：「霞！死吧，沒關係！」他自動的把手放在背後，任憑他們捆綁。

後臺的特務特別的多。上了裝的，正在上裝的，還沒有上裝的，票友與伶人；龍套，跟包的，文場，一個沒能跑脫。招弟已上了裝，一手拉著亦陀，一手拉著曉荷，顫成一團。

樓上的人還沒跑淨。只有一個老人，坐定了不動，他的沒有牙的鬍子嘴動了動，像是咬牙床，又像是要笑。他的眼發著光，彷彿得到了一些詩的靈感。他知道桐芳還在臺上，小文還在臺下，但是他顧不了許多。他的眼中只有那一群日本人，他們應當死。他扔下他的手榴彈去。

第二天，瘸著點腿的詩人買了一份小報，在西安市場的一家小茶館裡，細細的看本市新聞：「女伶之死：本市名票與名琴手文若霞夫婦，勾通姦黨，暗藏武器，於義賑遊藝會中，擬行刺皇軍武官。當場，文氏夫婦均被擊斃。文若霞之女友一名，亦受誤傷身死。」老人眼盯著報紙，而看見的卻是活生生的小文，若霞，與尤桐芳。對小文夫婦，老人並不怎麼認識，也就不敢批評他們。但是，他覺得他們很可愛，因為他們是死了；他們和他的妻與子一樣的死了，也就一樣的可愛。他特別的愛小文，小文並不只是個有天才的琴手，也是個烈士 —— 敢用椅子砸出仇人的腦漿！對桐芳，他不單愛惜，而且覺得對不起她！她！多麼聰明，勇敢的一個小婦人 —— 必是死在了他的手中，炸彈的一個小碎片就會殺死她。假若她還活著，她必能成為他的助手，幫助他作出更大的事來。她的姓名也許可以

流傳千古。現在，她只落了個「誤傷身死」！想到這裡，老人幾乎出了聲音：「桐芳！我的心，永遠記著你，就是你的碑記！」他的眼往下面看，又看到了新聞：「皇軍武官無一受傷者。」老人把這句又看了一遍，微微的一笑。哼，無一受傷者，真的！他再往下看：「行刺之時，觀眾秩序尚佳，只有二三老弱略受損傷。」老人點了點頭，讚許記者的「創造」天才。「所有後臺人員均解往司令部審詢，無嫌疑者日內可被釋放雲。」老人愣了一會兒，哼，他知道，十個八個，也許一二十個，將永遠出不來獄門！他心中極難過，但是他不能不告訴自己：「就是這樣吧！這才是鬥爭！只有死，死，才能產生仇恨；知道恨才會報仇！」

老人喝了口白開水，離開茶館，慢慢的往東城走，打算到墳地上，去告訴亡妻與亡子一聲：「安睡吧，我已給你們報了一點點仇！」

第 64 幕　小文夫婦

　　小羊圈裡亂了營，每個人的眼都發了光，每個人的心都開了花，每個人的臉上都帶著笑；嘴，耳，心，都在動。他們想狂呼，想亂跳，想喝酒，想開一個慶祝會。黑毛兒方六成了最重要的人物，大家圍著他，扯他的衣襟與袖子要求他述說，述說戲園中的奇雙會，槍聲，死亡，椅子，腦漿，炸彈，混亂，傷亡……聽明白了的，要求他再說，沒聽見的，捨不得離開他，彷彿只看一看他也很過癮；他是英雄，天使——給大家帶來了福音。

　　方六，在這以前，已經成了「要人」。論本事，他不過是第二三流的說相聲的，除了大茶館與書場的相聲藝員被天津上海約去，他臨時給搭一搭桌，他總是在天橋，東安市場，隆福寺或護國寺去撂地攤。他很少有參加堂會的機會。

　　可是，北平的淪陷教他轉了運氣。他的一個朋友，在新民會裡得了個地位。由這個朋友，他得到去廣播的機會。由這個朋友，他知道應當怎樣用功——「你趕快背熟了四書！」朋友告訴他。「日本人相信四書，因為那是老東西。只要你每段相聲裡都有四書句子，日本人就必永遠僱用你廣播！你要時常廣播，你就會也到大茶樓和大書場去作生意，你就成了頭路角兒！」

　　方六開始背四書。他明知道引用四書句子並不能受聽眾的歡迎，因為現在的大學生中學生，和由大學生中學生變成的公務員，甚至於教員，都沒唸過四書。在他所會的段子裡原有用四書取笑的地方，像：「君不君，程咬金；臣不臣，大火輪；父不父，冥衣鋪；子不子，大茄子」；和「冠者五六人，童子六七人」，是說七十二賢人裡有三十個結了婚的，四十二

個沒有結婚的，等等。每逢他應用這些「典故」，臺下 —— 除了幾個老人 —— 都愣著，不知道這有什麼可笑之處。但是，他相信了朋友的話。他知道這是日本人的天下，只要日本人肯因他會運用四書而長期的僱用他去廣播，他便有了飯碗。他把四書背得飛熟。當他講解的時候，有的相當的可笑，有的毫無趣味。可是，他不管聽眾，他的眼只看著日本人。在每次廣播的時候，他必遞上去講題：「子曰學而」，「曾子曰，吾日三省吾身」，或「父母在不遠遊，遊必有方」……日本人很滿意，他拿穩飯碗。同時，他不再去撂地攤，而大館子爭著來約他 —— 不為他的本事，而為他與日本人的關係。同時，福至心靈的他也熱心的參加文藝協會，和其他一切有關文化的集會。他變成了文化人。

在義賑遊藝會裡，他是招待員。他都看見了，而且沒有受傷。他的嘴會說，也愛說。他不便給日本人隱瞞著什麼。雖然他吃著日本人的飯，他可是並沒有把靈魂也賣給日本人。特別是，死的是小文夫婦，使他動了心。他雖和他們小夫婦不同行，也沒有什麼來往，可是到底他們與他都是賣藝的，兔死狐悲，他不能不難受。

大家對小文夫婦一致的表示惋惜，他們甚至於到六號院中，扒著東屋的窗子往裡看一看，覺得屋裡的桌椅擺設都很神聖。可是，最教他們興奮的倒是招弟穿著戲行頭就被軍警帶走，而冠曉荷與高亦陀也被拿去。

他們還看見了大赤包呀。她的插野雞毛的帽子在頭上歪歪著，雞毛只剩下了半根。她的狐皮皮袍上面溼了半邊襟，像是澆過了一壺茶。她光著襪底，左手提著「一」只高跟鞋。她臉上的粉已完全落下去，露著一堆堆的雀斑。她的氣派還很大，於是也就更可笑。她沒有高亦陀攙著，也沒有招弟跟著，也沒有曉荷在後面給拿著風衣與皮包。只是她一個人，光著襪底兒，像剛被魔王給趕出來的女怪似的，一瘸一拐的走進了三號。

程長順顧不得操作了。他也擠在人群裡，聽方六有聲有色的述說。聽

完了，他馬上報告了外婆。孫七的近視眼彷彿不單不近視，而且能夠透視了；聽完了方六的話，他似乎已能遠遠的看到曉荷和亦陀在獄中正被日本人灌煤油，壓棍子，打掉了牙齒。他高興，他非請長順喝酒不可。長順還沒學會喝酒，孫七可是非常的堅決：「我是喝你的喜酒！你敢說不喝！」他去告訴馬老太太，「老太太，你說，教長順兒喝一杯酒，喜酒！」

「什麼喜酒啊？」老太太莫名其妙的問。

孫七哈哈的笑起來。「老太太，他們 ──」他往三號那邊指了指，「都被憲兵鎖了走，我們還不趕快辦我們的事？」馬老太太聽明白了孫七的話，可是還有點不放心。「他們有勢力，萬一圈兩天就放出來呢？」

「那，他們也不敢馬上再欺侮我們！」

馬老太太不再說什麼。她心中盤算：外孫理當娶親，早晚必須辦這件事，何不現在就辦呢？小崔太太雖是個寡婦，可是她能洗能作能吃苦，而且脾氣模樣都說得下去。再說，小崔太太已經知道了這回事，而且並沒表示堅決的反對，若是從此又一字不提了，豈不教她很難堪，大家還怎麼在一個院子裡住下去呢？沒別的辦法，事情只好怎麼來怎麼走吧。她向孫七點了點頭。

第二天下午，小文的一個胯骨上的遠親，把文家的東西都搬了走。這引起大家的不平。第一，他們想問問，小文夫婦的屍首可曾埋葬了沒有？第二，根據了誰的和什麼遺言，就來搬東西？這些心中的話漸漸的由大家的口中說出來，然後慢慢的表現在行動上。李四爺，方六，孫七，都不約而同的出來，把那個遠親攔住。他沒了辦法，只好答應去買棺材。

但是，小文夫婦的屍首已經找不到了。日本人已把他們扔到城外，餵了野狗。日本人的報復是對死人也毫不留情的。李四爺沒的話可說，只好憤憤的看著文家的東西被搬運了走。

　　瑞豐見黑毛兒方六出了風頭，也不甘寂寞，要把自己的所聞所見也去報告大家。可是，祁老人攔住了他：「你少出去！臉上青一塊紫一塊的，萬一教偵探看見，說你是囚犯呢？你好好的在家裡坐著！」瑞豐無可如何，只好蹲在家裡，把在戲園中的見聞都說與大嫂與孩子們聽，覺得自己是個敢冒險，見過大陣式的英雄好漢。

　　大赤包對桐芳的死，覺得滿意。桐芳的屍身已同小文夫婦的一齊被拋棄在城外。大赤包以為這是桐芳的最合適的歸宿。她決定不許任何人給桐芳辦喪事，一來為是解恨，二來是避免嫌疑 —— 好傢夥，要教日本人知道了桐芳是冠家的人，那還了得！她囑咐了高第與男女僕人，絕對不許到外邊去說死在文若霞身旁的是桐芳，而只準說桐芳拐去了金銀首飾，偷跑了出去。她並且到白巡長那裡報了案。

　　這樣把桐芳結束了，她開始到處去奔走，好把招弟，亦陀，曉荷趕快營救出來。

　　她找了藍東陽去。東陽，因為辦事不力，已受了申斥，記了一大過。由記過與受申斥，他想像到撤職丟差。他怕，他恐慌，他憂慮，他恨不能咬掉誰一塊肉！他的眼珠經常的往上翻，大有永遠不再落下來的趨勢。他必須設法破獲兇手，以便將功贖罪，仍然作紅人。看大赤包來到，他馬上想起，好，就拿冠家開刀吧！桐芳有詭病，無疑的；他須也把招弟，亦陀，曉荷咬住，硬說冠家吃裡爬外，要刺殺皇軍的武官。

　　大赤包的確動了心，招弟是她的掌上明珠，高亦陀是她的「一種」愛人。她必須馬上把他們救了出來。她並沒十分關切曉荷，因為曉荷到如今還沒弄上一官半職，差不多是個廢物。真要是不幸而曉荷死在獄中，她也不會十分傷心。說不定，她還許，在他死後，改嫁給亦陀呢！她的心路寬，眼光遠，一眼便看出老遠老遠去。不過，現在她既奔走營救招弟與亦陀，也就不好意思不順手把曉荷牽出來罷了。雖然心中很不好受，見了東

陽，她可是還大搖大擺的。她不是輕易皺上眉頭的人。

「東陽！」她大模大樣的，好像心中連豆兒大的事也沒有的，喊叫：「東陽！有什麼訊息沒有？」

東陽的臉上一勁兒抽動，身子也不住的扭，很像吃過煙油子的壁虎。他決定不回答什麼。他的眼看著自己的心，他的心變成一劑毒藥。

見東陽不出一聲，大赤包和胖菊子閒扯了幾句。胖菊子的身體面積大，容易被碰著，所以受了不少的傷，雖然都不怎樣重，可是她已和東陽發了好幾次脾氣 —— 以一個處長太太而隨便被人家給碰傷，她的精神上的損失比肉體上要大著許多。自從作了處長太太以來，有意的無意的，她摹仿大赤包頗有成績。她驕傲，狂妄，目中無人，到處要擺出架子。她討厭東陽的骯髒，吝嗇，與無盡無休的性慾要求。但是，她又不肯輕易放棄了「處長太太」。因此，她只能對東陽和別人時常發威，鬧脾氣，以便發洩心中的怨氣。

她喜歡和大赤包閒扯。她本是大赤包的「門徒」，現在她可是和大赤包能平起平坐了，所以感到自傲。同時，在經驗上，年紀上，排場上，她到底須讓大赤包一步，所以不能不向大赤包討教。雖然有時候，她深盼大赤包死掉，好使她獨霸北平，但是一見了大赤包的面，她彷彿又不忍去詛咒老朋友，而覺得她們兩個拚在一處，也許勢力要更大一些。

大赤包今天可不預備多和菊子閒談，她還須去奔走。胖菊子願意隨她一同出去。她不高興蹲在家裡，接受或發作脾氣 —— 東陽這兩天老一腦門子官司，她要是不發氣，他就必橫著來。大赤包也願意有菊子陪著她去奔走，因為兩個面子湊在一處，效力當然大了一倍。菊子開始忙著往身上擦抹馳名藥膏和萬金油，預備陪著大赤包出征。

東陽攔住了菊子。沒有解釋，他乾脆不准她出去。菊子胖臉紅得像個海螃蟹。「為什麼？為什麼？」她含著怒問。

東陽不哼一聲，只一勁兒啃手指甲。被菊子問急了，他才說了句：「我不准你出去！」

大赤包看出來，東陽是不准菊子陪她出去。她很不高興，可是仍然保持著外場勁兒，勉強的笑著說：「算了吧！我一個人也會走！」

菊子轉過臉來，一定要跟著客人走。東陽，不懂什麼叫做禮貌，哪叫規矩，把實話說了出來：「我不准你同她出去！」

大赤包的臉紅了，雀斑變成了一些小葡萄，灰中帶紫。「怎麼著，東陽？看我有點不順序的事，馬上就要躲著我嗎？告訴你，老太太還不會教這點事給難住！哼，我瞎了眼，拿你當作了朋友！你要知道，招弟出頭露面的登臺，原是為捧你！別忘恩負義！你掰開手指頭算算，吃過我多少頓飯，喝過我多少酒，咖啡？說句不好聽的話，我要把那些東西餵了狗，它見到我都得搖搖尾巴！」大赤包本來覺得自己很偉大，可是一罵起人來，也不是怎的她找不到了偉大的言語，而只把飯食與咖啡想起來。這使她自己也感到點有失體統，而又不能不順著語氣兒罵下去。

東陽自信有豐富的想像力，一定能想起些光偉的言語來反攻。可是，他也只想起：「我還給你們買過東西呢！」「你買過！不錯！一包花生豆，兩個涼柿子！告訴你，你小子別太目中無人，老太太知道是什麼東西！」說完，大赤包抓起提包，冷笑了兩聲，大搖大擺的走了出去。

胖菊子反倒不知道怎麼辦好啦。以交情說，她實在不高興東陽那麼對待大赤包。她覺得大赤包總多少比東陽更像個人，更可愛一點。可是，大赤包的責罵，也多少把她包括在裡面，她到底是東陽的太太，為什麼不教東陽大方一點，而老白吃白喝冠家呢？大赤包雖罵的是東陽，可是也把她 —— 胖菊子 —— 連累在裡面。她是個婦人，她看一杯咖啡的價值，在彼此爭吵的時候，比什麼友誼友情更重要。為了這個，她不願和東陽開火。可是，不和他開火，又減了自己的威風。她只好板著胖臉發愣。

東陽的心裡善於藏話，他不願告訴箇中的真意。可是，為了避免太太的發威，他決定吐露一點訊息。「告訴你！我要鬥一鬥她。打倒了她，我有好處！」然後，他用詩的語言說出點他的心意。

菊子起初不十分贊同他的計劃。不錯，大赤包有時候確是盛氣凌人，使人難堪。但是，她們到底是朋友，怎好翻臉為仇作對呢？她想了一會兒，拿不定主意。想到最後，她同意了東陽的意見。好哪，把大赤包打下去，而使自己成為北平天字第一號的女霸，也不見得不是件好事。在這混亂的年月與局面中，她想，只有狠心才是成功的訣竅。假若當初她不狠心甩了瑞豐，她能變成處長太太嗎？不能！好啦，她與大赤包既同是「新時代」的有頭有臉的人，她何必一定非捧著大赤包，而使自己坐第二把交椅呢？她笑了，她接受了東陽的意見，並且願意幫助他。

東陽的綠臉上也有了一點點笑意。夫婦靠近了嘀咕了半天。他們必須去報告桐芳是冠家的人，教日本人懷疑冠家。然後他們再從多少方面設法栽贓，造證據，把大赤包置之死地。即使她死不了，他們也必弄掉了她的所長，使她不再揚眉吐氣。

「是的！只要把她咬住，這案子就有了交代。我的地位可也就穩當了。你呢，你該去運動，把那個所長地位拿過來！」胖菊子的眼亮了起來。她沒想到東陽會有這麼多心路，竟自想起教她去作所長！從她一認識東陽，一直到嫁給他，她沒有真的喜愛過他一回。今天，她感到他的確是個可愛的人，他不但給了她處長太太，還會教她作上所長！除了聲勢地位，她還看見了整堆的鈔票像被狂風吹著走動的黃沙似的，朝著她飛了來。只要作一二年妓女檢查所的所長，她的後半世的生活就不成問題了。一旦有了那個把握，她將是最自由的女人，藍東陽沒法再干涉她的行動，她可以放膽的任意而為，不再受絲毫的拘束！她吻了東陽的綠臉。她今天真喜愛了他。等事情成功之後，她再把他踩在腳底下，像踩一個蟲子似的收拾他。

　　她馬上穿上最好的衣服，準備出去活動，她不能再偷懶，而必須挺起一身的胖肉，去找那個肥差事。等差事到手，她再加倍的偷懶，連洗臉都可以找女僕替她動手，那才是福氣。瑞宣聽到了戲園中的「暴動」，和小文夫婦與桐芳的死亡。他覺得對不起桐芳。錢先生曾經囑咐過他，照應著她。他可是絲毫沒有盡力。除了這點慚愧，他對這件事並沒感到什麼興奮。不錯，他知道小文夫婦死得冤枉；但是，他自己的父親難道死得不冤枉麼？假若他不能去為父報仇，他就用不著再替別人的冤枉表示憤慨。從一種意義來說，他以為小文夫婦都可以算作藝術家，都死得可惜。但是，假若藝術家只是聽天由命的苟安於亂世，不會反抗，不會自衛，那麼慘死便是他們必然的歸宿。

　　有這些念頭在他心中，他幾乎打不起精神去注意那件值得興奮的事。假若小文夫婦與桐芳的慘死只在他心中飄過，對於冠家那些狗男女的遭遇，他就根本沒有理會。一天到晚，自從辦過了喪事之後，他總是那麼安安靜靜的，不言不語的，作著他的事。從表面上看他好像是抱定逆來順受的道理，不聲不響的度著苦難的日子。在他心裡，他卻沒有一刻的寧靜。他忘不了父親的慘死，於是也就把自己看成最沒出息的人。他覺得自己的生命已完全沒有作用。除非他能替父親報了仇。這個，他知道，可絕不是專為盡孝。他是新時代的中國人，絕不甘心把自己只看成父母的一部分，而去為父母喪掉了自己的生命。他知道父子的關係是生命的延續關係，最合理的孝道恐怕是繼承父輩的成就，把它發揚光大，好教下一輩得到更好的精神的與物質的遺產。生命是延續，是進步，是活在今天而關切著明天的人類福利。新的生命不能攔阻，也不能代替老的生命的死亡。假若他的父親是老死的，或病死的，他一定一方面很悲痛，一方面也要打起精神，勇敢的面向明天的責任走下去。但是，父親是被日本人殺害了的。假若他不敢去用自己的血去雪恥報仇，他自己的子孫將也永遠沉淪在地獄中。日

本人會殺他的父親，也會殺他的子孫。今天他若想偷生，他便只給兒孫留下恥辱。恥辱的延續還不如一齊死亡。

可是，有一件事使他稍微的高了興。當鄰居們都正注意冠家與文家的事的時候，一號的兩個日本男人都被徵調了走。瑞宣覺得這比曉荷與招弟的被捕更有意義。冠家父女的下獄，在他看，不過是動亂時代的一種必然發生的醜劇。而一號的男人被調去當炮灰卻說明瞭侵略者也須大量的，不斷的，投資——把百姓的血濺在戰場上。隨著士兵的傷亡，便來了家庭的毀滅，生產的人力缺乏，與撫卹經費的增加。侵略只便宜了將官與資本家，而民眾須去賣命。

在平日，他本討厭那兩個男人。今天，他反倒有點可憐他們了。他們把家眷與財產都帶到中國來，而他自己卻要死在異域，教女人們抱一小罐兒骨灰回去。可是，這點惋惜並沒壓倒他的高興。不，不，不，他不能還按照著平時的，愛好和平的想法去惋惜他們；不能！他們，不管他們是受了有毒的教育與宣傳，還是受了軍閥與資本家的欺騙，既然肯扛起槍去作戰，他們便會殺戮中國人，也就是中國人的仇敵。槍彈，不管是怎樣打出去的，總不會有善心！是的，他們必須死在戰場上；他們不死，便會多殺中國人。是的，他必須狠心的詛咒他們，教他們死，教他們的家破人亡，教他們和他們的弟兄子侄朋友親戚全變成了骨灰。他們是臭蟲，老鼠，與毒蛇，必須死滅，而後中國與世界才得到太平與安全！

他看見了那兩個像磁娃娃的女人，帶著那兩個淘氣的孩子，去送那兩個出征的人。她們的眼是乾的，她們的臉上沒有任何表情，她們的全身上都表示出服從與由服從中產生的驕傲。是的，這些女人也該死。她們服從，為是由服從而得到光榮。她們不言不語的向那毒惡的戰神深深的鞠躬，鼓勵她們的男人去橫殺亂砍。瑞宣知道，這也許是錯怪了那兩個女人：她們不過是日本的教育與文化製成的磁娃娃，不能不服從，不忍受。

她們自幼吃了教育的啞藥，不會出聲，而只會微笑。雖然如此，瑞宣還是不肯原諒她們。正因為她們吃了那種啞藥，所以她們才正好與日本的全盤機構相配備。她們的沉默與服從恰好完成了她們男人的狂吼與亂殺。從這個事實——這的確是事實——來看，她們是她們男人的幫兇。假若他不能原諒日本男人，他也不便輕易的饒恕她們。即使這都不對，他也不能改變念頭，因為孟石，仲石，錢太太，小崔，小文夫婦，桐芳，和他的父親都千真萬確的死在日本人手裡。繞著彎子過分的去原諒仇敵便是無恥！

　　立在槐樹下，他注視著那出徵人，磁娃娃，與兩個淘氣鬼。他的心中不由的想起些殘破不全的，中國的外國的詩句：「一將功成萬骨枯；可憐無定河邊骨；誰沒有父母，誰沒有兄弟？……」可是，他挺著脖子，看著他們與她們，把那些人道的，崇高的句子，硬放在了一邊，換上些「仇恨，死亡，殺戮，報復」等字樣。「這是戰爭，不敢殺人的便被殺！」他對自己說。

　　一號的老婆婆是最後出來的。她深深的向兩個年輕的鞠躬，一直等到他們拐過彎去才直起身來。她抬起頭，看見了瑞宣。她又鞠了一躬。直起身，她向瑞宣這邊走過來，走得很快。她的走路的樣子改了，不像個日本婦人了。她挺著身，揚著臉，不再像平日那麼團團著了。她好像一個剛醒來的螃蟹，把腳都伸展出來，不是那麼圓圓的一團了。她的臉上有了笑容，好像那兩個年輕人走後，她得到了自由，可以隨便笑了似的。

　　「早安！」她用英語說。「我可以跟你說兩句話嗎？」她的英語很流利正確，不像是由一個日本人口中說出來。瑞宣愣住了。

　　「我久想和你談一談，老沒有機會。今天，」她向衚衕的出口指了指，「他們和她們都走了，所以……」她的口氣與動作都像個西洋人，特別是她的指法，不用食指，而用大指。

　　瑞宣一想便想到：日本人都是偵探，老婦人知道他會英文，便是很好

的證據。因此，他想敷衍一下，躲開她。老婦人彷彿猜到了他的心意，又很大方的一笑。「不必懷疑我！我不是平常的日本人。我生在坎拿大，長在美國，後來隨著我的父親在倫敦為商。我看見過世界，知道日本人的錯誤。那倆年輕的是我的侄子，他們的生意，資本，都是我的。我可是他們的奴隸。我既沒有兒子，又不會經營 —— 我的青春是在彈琴，跳舞，看戲，滑冰，騎馬，游泳……度過去的 —— 我只好用我的錢買來深鞠躬，跪著給他們獻茶端飯！」

瑞宣還是不敢說話。他知道日本人會用各種不同的方法偵探訊息。

老婆婆湊近了他，把聲音放低了些：「我早就想和你談談。這一條衚衕裡的人，算你最有品格，最有思想，我看得出來。我知道你會小心，不願意和我談心。但是，我把心中的話，能對一個明白人說出來，也就夠了。我是日本人，可是當我用日本語講話的時候，我永遠不能說我的心腹話。我的話，一千個日本人裡大概只有一個能聽得懂。」她的話說得非常的快，好像已經背誦熟了似的。

「你們的事，」她指了三號，五號，六號，四號，眼隨著手指轉了個半圓。「我都知道。我們日本人在北平所作的一切，當然你也知道。我只須告訴你一句老實話：日本人必敗！沒有另一個日本人敢說這句話。我 —— 從一個意義來說 —— 並不是日本人。我不能因為我的國籍，而忘了人類與世界。自然，我憑良心說，我也不能希望日本人因為他們的罪惡而被別人殺盡。殺戮與橫暴是日本人的罪惡，我不願別人以殺戮懲罰殺戮。對於你，我只願說出：日本必敗。對於日本人，我只願他們因失敗而悔悟，把他們的聰明與努力都換個方向，用到造福於人類的事情上去。我不是對你說預言，我的判斷是由我對世界的認識與日本的認識提取出來的。我看你一天到晚老不愉快，我願意使你樂觀一點。不要憂慮，不要悲觀；你的敵人早晚必失敗！不要說別的，我的一家人已經失敗了：已經死了兩個，現

在又添上兩個 —— 他們出征，他們毀滅！我知道你不肯輕易相信我，那沒關係。不過，你也請想想，假若你肯去給我報告，我一樣的得丟了腦袋，像那個拉車的似的！」她指了指四號。「不要以為我有神經病，也不要以為我是特意討你的歡心，找好聽的話對你說。不，我是日本人，永遠是日本人，我並不希望誰特別的原諒我。我只願極客觀的把我的判斷說出來，去了我的一塊心病！真話不說出來，的確像一塊心病！好吧，你要不懷疑我呢，讓我們作作朋友，超出中日的關係的朋友。你不高興這麼作呢，也沒關係；今天你能給我機會，教我說出心中的話來，我已經應當感謝你！」說完，她並沒等著瑞宣回答什麼，便慢慢的走開。把手揣在袖裡，背彎了下去，她又恢復了原態 —— 一個老準備著鞠躬的日本老婦人。

瑞宣呆呆的愣了半天，不知怎樣才好。他不肯信老婆婆的話，又似乎沒法不信她的話。不論怎樣吧，他可是止不住的笑了一下。他有好些天沒笑過一回了。

四世同堂——暗濤

作　　者：老舍

發 行 人：黃振庭

出 版 者：複刻文化事業有限公司

發 行 者：複刻文化事業有限公司

E-mail：sonbookservice@gmail.com

粉 絲 頁：https://www.facebook.com/
　　　　　sonbookss/

網　　址：https://sonbook.net/

地　　址：台北市中正區重慶南路一段六十一號八
　　　　　樓 815 室

Rm. 815, 8F., No.61, Sec. 1, Chongqing S. Rd.,
Zhongzheng Dist., Taipei City 100, Taiwan

電　　話：(02)2370-3310

傳　　真：(02)2388-1990

印　　刷：京峯數位服務有限公司

律師顧問：廣華律師事務所 張珮琦律師

定　　價：375 元

發行日期：2024 年 01 月第一版

◎本書以 POD 印製

國家圖書館出版品預行編目資料

四世同堂——暗濤 / 老舍 著 . -- 第
一版 . -- 臺北市：複刻文化事業有
限公司 , 2024.01
面；　公分
POD 版
ISBN 978-626-7426-18-0(平裝)
857.7　　112022174

電子書購買

臉書

爽讀 APP